天下贞观

锐一 ◎ 著

前时太平仍歌咏

中国文史出版社

图书在版编目（CIP）数据

天下贞观：前时太平仍歌咏 / 锐一著. -- 北京：
中国文史出版社，2025.1. --（昭昭有唐）. -- ISBN
978-7-5205-4837-3

Ⅰ. I247.5

中国国家版本馆 CIP 数据核字第 20249DQ177 号

责任编辑：刘华夏

出版发行：中国文史出版社

地　　址：北京市海淀区西八里庄路69号　　邮编：100142

电　　话：010 - 81136606 / 6602 / 6603 / 6642（发行部）

传　　真：010 - 81136655

印　　装：廊坊市海涛印刷有限公司

经　　销：全国新华书店

开　　本：787mm × 1092mm　1/16

印　　张：17.25

字　　数：261千字

版　　次：2025年3月北京第1版

印　　次：2025年3月第1次印刷

定　　价：69.00元

目录

远大前程

一、莫失莫忘

长安城内，坊内茶馆的闲人们沿着朱雀大道眺望，天上一阵阵的箭矢划过。

"这大唐才不到十年，又不太平喽。"任侠们嬉笑，"这次又是谁啊？"

"照我看，指定是天策府！"

他们躲在朱雀大道两旁的坊中私语，一队人马沿着大道向着城外冲杀而过，为首的人是齐王府副护军——薛万彻。此时此刻，薛将军失了平日的嚣张，失魂落魄的，而他身后数十名骑兵，也个个灰头土脸，劫后余生似的。

不久之前，随着太子和齐王被杀，东宫及齐王府迎来了终局。失去了效忠的对象，护卫们也失去了存在的意义。前途先抛到一边，为了不失节，或者说为了保命，这二者其实是一致的，薛万彻等人只得先逃出长安，再做打算。

视线重回长安，那泼皮嘴里的"不太平"并未发生，至少争端始终被限制在了坊市之外。

"看来胜负已分。"一老汉抚须，"在'兄弟阋墙'上，本朝还是要远胜于前朝啊！"

"老丈，你这话忒不地道。"一文士哼笑一声，"前汉巫蛊之祸，长安死伤数万。与之相比，今日我等岂不幸哉？"

说书的人最爱这种戏码——太子对诸侯王，兄弟再度阋墙。舞台一样，仍是长安这座城；结局也一样，仍是次子压长子一筹。二者仅有的区别，在于隔了一辈人、两个朝代、将近三十年后，争储的人心意变了副模样。

当磊落的李世民和矫饰的杨广面对相同的处境，二人做出了截然不同的决定。前者选择了亲赴战场，沾上兄弟的鲜血，用手中的弓箭把事件终结；后者选择了借刀杀人，在获得父亲的信任后，用谎言让事件落幕。

人人都爱主角亲力亲为，没人喜欢虚伪的故事。正因如此，在当代和后世评论家的笔下，李世民比杨广更富议论性，他成为太子这件事也必将招来更多的揶揄。

不过，此时的李世民对此丝毫不在意。作为最终的胜利者，他需要以最快的速度填补权力真空。这不光是秦王集团的集体目标，也是为了不让刚刚恢复的山河因此流血。毕竟事已至此，万不能让父亲成了晚年的汉武帝啊！

以雷霆之势将太子残党清洗完毕后，仅仅一日之内，长安便温温和和地换了天。玄武门之变当天午后，朝廷的诏就奔向了天下各道：大赦天下，归罪太子。天策府的学士们顷刻间发挥了巨大的力量：罪孽止于皇家，余党再不过问。

一句"再不过问"，应了文士的"岂不幸哉"。除了必死之人，每个人都是幸运的。先前逃出城的薛万彻等人是，在城中议论的闲散之人也是。

"上至尧舜禹，下迄隋炀帝，纵观国史，"那位文士叹息，"此间三百年，用陶潜一言足以蔽之！"

"何句？"

"白日沦西阿。"

"嘻！三代以降，千年以来，毁冠裂冕不可胜数，又鲜有经天纬地之人。"茶馆博士跟着叹口气，"叫这白日怎能不沦西阿？"

"我倒是希望，除了这等宫廷之事，本朝也能远胜于前朝。"文士又道，"可这世上，善用人者多而平天下者少，能上位者多而知为君者少，成帝业者多而善治国者少……"

"这位明公，请喝茶。"

玄武门之变后第三天，李渊立李世民为皇太子，同日下诏将国事处决权交由太子，皇帝本人则退居幕后，只闻奏、不与谋，再不管天下。

李世民成为太子后，天策府属紧随其后，人人得以更上一层楼。文官们以长孙无忌、杜如晦、高士廉、房玄龄四人为例，长孙与杜位列左庶子，高、房位列右庶子；武官们以尉迟敬德和程知节为例，二人分别担任太子左、右卫率；十八学士中，虞世南为中舍人，褚亮为舍人，姚思廉为洗马。

虽然这只是东宫的人事安排，但人们很清楚，这就是未来的朝堂格局。换句话讲，等到太子登基即位，大唐的庙堂诸公，约莫也就是这些人了，他们将在之后的十数年中深刻影响整个大唐。

自己人都安排妥当了，该处理那些原先的"敌人"了。"一无所问"的承诺自然作数，然而罪可以不问，但人不能不用。尤其对于那些有真才实学的"失败者"，李世民绝不愿因权斗而偏废之。

武德九年中，统一战争只占四年，权力斗争却占了五年。由此能看出，东宫和齐王府着实不是什么草台班子，不然秦王早就得了手了。齐王府暂且不论，太子李建成的朋党中，有一位最知名的人士——魏徵。

魏徵作为前东宫洗马，曾三番五次向李建成进言，譬如建议太子代替秦王平刘黑闼等。除此之外，魏徵还是东宫中为数不多的清醒者，他时常劝说太子切莫妇人之仁，以免夜长梦多……这些"罪行"，魏徵清楚得很。他是原东宫"奸党"的头号，是兄弟阋墙"祸水"的源头。他跟旧太子绑得太死，只有等新太子来索命。

魏徵什么事都不做，打从李建成被杀后，就待在自家的院子里，默默望着大开的院门。家里的亲友见他一副没生机的样子，纷纷上前宽慰，"魏公，我听说薛万彻将军遁入终南山后，秦王多次遣人晓谕，欲免其罪。魏公您学究天人，此次肯定会逢凶化吉、平安无事的"。

"谬矣！薛将军是刀，换个去处、换个用处当然行。"魏徵摇头说，"我不一样，我是参与谋划的人，哪有轻易放过的道理？"

"'此皆忠于所事，义士也。'魏公，秦王说完这话就赦免了薛将军，您不正是'忠于所事'吗？"

魏徵没有说话，他还是躺在椅子上，看看院门，看看落叶，想着自己壮志未酬就要为李建成陪葬了，心中越发烦闷。等啊等，终于，太子的人来召他了。在魏徵看来，这些人与阴间的阴差也没什么区别。他正了正衣冠，洗了把脸，便说："带路！"

李世民没有急着杀他，见到魏徵后，李世民笑出了声："魏公，别来无恙啊？只是不知，魏公为何要离间我与兄长啊？"

听到李世民的问题，魏徵直视着前面的这个青年，平静地甚至有些冷酷地说出了他的答案——先太子若是早听谏言，必无今日之灾祸。

这是找死了。魏徵应是也没想着能活，可不承想，李世民哪是常人？他站起身来，向前一步紧紧抓住了魏徵的手。

"魏公有仁有义，大才！"李世民松开了手，旋即给魏徵安排了东宫詹事主簿的职位。魏徵来回折返了一遭，结果又回到了东宫，也不知是不是李世民的幽默感迸发了。就这种曾经的敌人在事后共事，对其他的君主来说，着实不常见。特别还是"最坏"的、最想要了现任君主命的那一个，让君主的幕僚团数年来恨不得生啖其肉的那一个。但在李世民的手里，这种事倒也不是发生过一次两次了。

倘若将李世民和他兄长的命运颠倒，李建成是否会像他对待魏徵一般，对原先秦王府的能人以礼相待呢？念及此，李世民的思绪又回到了数日之前的玄武门，从玄武门再往前，又飘了更远，直到落在当年的太子谋反案上。

那是武德七年（624）的事，当时太子明摆着插手了杨文干案。结果等到秦王率军平了杨文干后，李渊竟将这一切都归咎于"兄弟不睦"，大概玄武门的事在当时就埋下了伏笔。想了又想，那起事件中，莫名受到牵连的还有东宫和秦王府一众能臣，有些人至今还在外流放中……

"召王珪、韦挺等人回京吧，这些都是能治世之人。"

"他们与先太子关系密切。"侍者低声道，"望殿下三思。"

"魏徵我都容得下，再多几个又何妨？"李世民朗声道，"谏官的位子还是给得起的。"

仰仗天策府诸士统筹全局，长安城中风波很快平息了下去。帝国的基本盘——洛阳与山东那边，也在屈突通的提早预防镇守之下安如磐石。可是，帝国中心的石子却在边疆掀起了巨浪，在遥远的幽州城中，一张由恐惧和欲望编织的大网，即将粘住城中之人的命运。

李瑗和王君廓，一个是幽州大都督，一个是右领军将军。李瑗是李渊的堂侄，曾经与河间王李孝恭等合兵攻打过萧铣；而王君廓是老熟人了，瓦岗出身，大唐武德元年第一批收到的草莽猛将。

作为城中最有权力的两个人，他们的心情各有阴晴：李瑗与李建成私交颇好，满是恐惧；而王君廓嗅到了对方的不安，燃起了魔焰。他悄悄地，慢慢地，犹如心魔一般地对李瑗说："庐江王是为长安来的使者忧愁吗？"

"正是。你瞧，这是通事舍人崔敦礼带来的。"李瑗皱着眉，点点头，将手中的令书递了过去，"朝廷召我入京，我到底能不能去？"

这件事王君廓门儿清，幽州谁不知都督府与李建成暗自联结！

虽然李瑗也是李渊的子侄辈，可他毕竟比李世民大了十多岁。单从年纪来看，这位庐江王与李建成才是同龄人。因此早年间，这俩人私交颇为密切，在武德末年的权斗中，李瑗顺理成章也"押宝"在了李建成身上。

现如今赌输离场，太子换了新的，这位押注的幽州主事人会不会换？既是要换人，又有谁能比王君廓合适？反正先前李渊是因李瑗懦弱，方才将王君廓派去幽州辅佐。再者说，李瑗能力实在不怎么样，王君廓刚来不久就几乎主导了幽州的一概军队事务。有了这个背景，经过这段时间的共事，王君廓确信他完全有能力拿捏李瑗。要是将这件事利用好，何愁不上位？

王君廓面无表情："庐江王奉命守边，麾下数万精兵，此去长安，只怕一去不还。"

"唉，将军此言甚得我心啊……"

"太子和齐王刚刚殒命，庐江王去了京师，如何自保？"

"噫！"李瑗干咳一声，"传我命令，将崔敦礼关押起来，好生照看着！"

事情进展得比想象中顺利，王君廓三言两语就让李瑗下了一步错棋。直到现在，李瑗其实都没想好是否真的谋反，他只是想着走一步算一步，先按住使者，再想其他的办法。李瑗以为王君廓是真心为自己好，拉住人家的手，含着热泪说："将军，你我的身家性命就在此了啊！"

不过仅此还是不够，兵曹参军王利涉看出王君廓为人反复，认为王君廓心怀不轨，秘密请求李瑗对其要么罢之，要么除之，总之就是不能用此人！王利涉甚至找好了王君廓的替代品——燕州刺史王诜。

然而即便如此，李瑗还是有些犹豫。毕竟王君廓这么好的人，满心都是为了我李瑗的前途，怎么能凉了好人的心呢？

武德九年（626）六月二十五，王君廓先下手了。他先是一刀斩了王诜，再举着王诜的脑袋向着士卒们大吼："李瑗与王诜谋反，已将陛下使者囚禁！兄弟们是要自绝于天下，还是要随我一同讨伐叛党？"

幽州城的士卒齐声高呼："愿随将军讨贼！"

王君廓取得兵权之后，李瑗的命运已再无逆转的可能。然而，直到崔敦礼被放出来后，李瑗才后知后觉，原来他被王君廓耍了！

堂堂庐江王，半晌就成了阶下囚。李瑗幡然醒悟，他挣扎着骂道："小人卖我，卖我媚上啊！"

"快些勒死。"

看着李瑗眼珠都掉了出来，王君廓心头冷笑一声：

"活的人只有我，都督。你就安息吧！"

幽州事件暂时画下逗号，这起谋反案由恐惧和欲望引起，一人因内心恐惧而死，另一人的欲望得到了满足。然而，缺乏恐惧的欲望比恐惧更可怕，它会支配着人不断折腾，覆水难收，不死不休。

转眼到了七月，玄武门之变已过去一月有余。现在局势越来越明朗，李世民成功地在朝中构建起了统一战线，并基本肃清了反对势力。

先太子集团的成员中，有不少选择接受了新太子释放的友好信号。那些不肯"和解"的，诸如幽州的庐江王李瑗、益州的行台尚书韦云起等，不管是主动还是被动，也都随着先太子西去，而人死了，就再难有影响了。

七月初六起，李世民开始为更进一步做准备，上月获封的东宫僚属挨个儿取得了正式的高阶官职。

文官之中，还是以长孙无忌、杜如晦、高士廉、房玄龄四人职位最高，他们分别被任命为吏部尚书、兵部尚书、侍中、中书令。那些朝中旧人当然还在，宇文士及也领着中书令，萧瑀则为左仆射，封德彝为右仆射。

武官之中，侯君集为左卫将军，段志玄为骁卫将军，薛万彻为右领军将军，张公谨为右武候将军……这些个个都是说书人能说一年的盖世大英雄。当然还有些声望没自家兄弟大的将军，如右监门将军长孙安业、领左右军将军李客师。二人的兄弟正是长孙无忌和李靖——两位国之柱石，大唐文武双杰。

至此，人事任命圆满完成，朝堂实现完美过渡，行政权、军事权尽归李世民之手。现在重要的事只剩下最后一件——让李建成和李元吉尘归尘，土归土，连带他们的名字，一起翻篇。

只要没翻篇，就总有人用他们的名头做一些非法的勾当。不论到底是不是其党羽，就算朝廷早就颁布了赦令，但他们依旧躲在阴沟里面，不知策划着什么诡计。更何况才稳定没多久，因着建成、元吉之事，王君廓之流越来越多，竟要掀起一阵诬告杀人的浪潮。这些行为不光损害了朝臣的公信力，还让基层社会变得岌岌可危。大唐缺人，但不缺封臣。各地的王侯们要都想借此发挥一下，升个一官半职，那这天下真的没法平稳了，这潭刚刚分出清浊的水恐怕又得给搅浑！

那么，应该让何人去为天下翻过这一页呢？

七月中旬，带着李世民对他的期待，带着朝堂的重任，谏议大夫魏徵前往山东开展宣慰工作。魏徵人刚到磁州（今河北磁县），就碰上了件急需他来断的公案：前太子千牛李志安与齐王护军李师行被捕，正在送往京师的路上。

这可真是一大考验，解决得好就是一把尺，日后将不会再有人乱举报、乱抓人，但要是解决坏了，那李世民的苦心可就白费了。

放人是肯定要放的，这是最基本的事。除此之外，魏徵不能避嫌，因为只有他身份特殊，是皇帝的使者，而只有他办好了这事儿，才能让天下信服。

"既然蒙受国士之遇，怎敢不以国士报答？"

魏徵这句铿锵有力的发言，既是为本人辩解，也是在为李世民正名。坊间传颂着魏徵的名誉，而前太子旧臣谨奉太子之命，赦免前东宫与齐王府旧人这件事，也算把喧嚣的气氛压回去了些。

有了国士魏徵的支持，李世民得以迅速驱散民间的浮躁。不觉已至初秋，庙堂和江湖上的事儿都理顺了，秋意凉，是时候去登高望远了。

二、渭水河边的皇帝

武德九年（626）八月初八，皇太子李世民的众贤着实再难等待下去了。夜长梦多，就算再有千种顾虑，登基一事也得提上日程。

其实在此之前李渊亲笔信加封自己为太上皇也是多次了，只是李世民想着在皇太子之位上久点，做得多些，过渡得平顺，总好过即位后行改朝换代之实。毕竟他是想开创万古之基业的，就算开头不甚体面，但能做好的，还是想尽量做出点能叫后人效仿的来。

那李渊还愿意当这个虚名皇帝吗？李世民行太子以来，突厥请降，吐谷浑请降，虽说突厥请降也是照常之事，但毕竟平四方邦夷的功绩还是落在了李渊的头上。往常他还自信帝王心术，御得了一朝的衮衮诸公，然今时今日诸公换了副面孔，熟悉的老脸也个个正襟危坐不多言语。他便知道，拖不下去了。莫说父子情，登在太极殿的，哪怕是真的神人，恐也要被挑飞下大宝。

三让三辞，李渊不再允许李世民且居幕后。就在大兴宫的请辞推让中，华夏的历史悄然打了个转圜，揭开了新的帷幕。

次日，八月初九，李世民在东宫显德殿登基。这天阳光洒在红墙绿瓦上，父子二人，前后二帝都是一概的冕旒礼袍，参与大典的武将、文官们也缚甲紫袍，一时花团锦簇，连太史令傅奕都为此咂舌。

"二郎。"

李世民还在想着什么，一声低呼把他唤了回来。他抬眼望去，见阿耶只是嘴唇翕动，似是要说一些不愿为人所知的话。

"二郎……阿耶老了，天下交给你了。"

李世民赧然，再定定一看，李渊竟是满头华发。岁月难饶人，起兵到武德九年这整整十年，李渊从那位野心勃勃的雄主变成了老人。三位最亲的孩子去了两个，这更是杀了他大半剩余精力，再也不能行一位开国君主之事了。

那李世民自己呢，他就没有老吗？

十六岁的雁门关，十八岁的平大兴，十九岁斩薛举，二十一岁谋刘武周，二十二岁擒二王，二十三岁肃河北，再往后，尽是些无谓的朝堂钻营勾当。

但他是李世民。就算是理想遭现实打击的时候，他也忘不掉他的战绩，更忘不掉下面是多少人的血。突厥人生活凄苦，凶狠之至。中原的儿郎们为了守土，西联西突厥统叶护可汗，东拒颉利于雁门关外。沿着无定河畔，从凉州到太行，每寸每尺都承载着中原人的希冀。

可怜，可憎，可笑。阿耶想的是他的霸业已竟，吾却放不下那些低贱的，仿若田野中黎黍般的人。

"喏。"

李渊叹了口气，便闭目养神起来。

礼毕功成，既换了圣天子，功臣集团们合了意，就该把重心转移到国家大事上了。颉利可汗看似道貌岸然的求和，满朝文武是一个也不信。说起来，这和突厥的社会构成其实有极为密切的关系。

太原起兵时刘文静就曾密访突厥，那时还是始毕可汗。在唐国公的名与重利下，突厥与唐多多少少保持了很长一段时间的安定。始毕可汗卒后，其弟处罗可汗即位。处罗在位的这几年秉持着他兄长的方针，扶持着中原的代理人，又畏手畏脚不愿做出更激进的尝试。在萧皇后、杨政道到了突厥王庭后，他有了"大隋正统"和"知恩图报"的名头，才打算真刀真枪地对准南边的大唐。

那么，义成公主呢？约莫始毕预料到，抑或是体会到了些什么。这位他从父亲启民可汗处继承来的杨家宗室女，不仅触手深及突厥贵族，还有一帮前隋的忠实拥趸，一个不慎，汗国改朝换代也是旦夕之间。

千算万算，死人是算不过活人的。杨政道是可贺敦请来的，他的影响力变大，可贺敦自然水涨船高。先反唐复隋还是先统一内政，对义成来说，这实在不算什么选择题。

武德三年（620）十一月，突厥发兵之际，一道五石散收了处罗可汗的性命。义成受不了处罗时期的蛰伏，找了个长得丑之类的理由，废掉了处罗的子嗣奥射设阿史那摸末，立了建牙在五原（在今内蒙古自治区）的那位莫贺咄设，处罗可汗的弟弟阿史那咄苾为新可汗颉利。当然了，这位新可汗，一样得承接大隋的恩泽——可贺敦义成公主。

阿史那摸末答不答应不说，突厥最为尊贵的东方泥步设，始毕可汗的子嗣阿史那什钵苾先不痛快了。于情于理，处罗可汗给他的可是

"太子"的封设，废了阿史那摸末，也不该轮到这个叔叔来。所以尽管颉利即位又赶忙恢复大小可汗制度，封了他个突利可汗的汗位，嫌隙的种子还是埋了下去。

在突厥人的权力制衡斗争中，还有两位地方设颇为重要。一位是启民可汗的弟弟，沙钵罗设阿史那苏尼失，他接任了莫贺咄设的位子，建牙在五原之北；而另一位，则是处罗可汗的次子，建牙在突厥之西漠北的拓设，阿史那社尔。

打从颉利即位，其面临的局面就是如此的一盘散沙。又因为和王族的兄弟叔侄们相处得并不好，颉利可汗比起突厥人，更偏向于用一些杂胡，也就是昭武九姓这群人。这些人高鼻深目，不管和草原还是中原人比，都俨然异族。尽管他们精通商业，也着实给北突厥带来不少好处，可颉利与突厥本族人的嫌隙却越来越大了。

武德四年（621）四月，颉利为了声誉，拉起一支军队，联合马邑（今山西朔州）的苑君璋，朝南边的雁门打了打秋风。眼前或许得了些利益，然而长期终究无济于事，雁门守军击退了他们。不能一战来为自己助势的颉利越发恼羞成怒，扣了唐的使者众人。

再往后就是天旋地转，云海相倒。李世民一战擒二王，地域势力唐一跃成了中原正统。颉利这边难以统聚始毕可汗控弦百万的荣光，只得每年蝗虫似的，向南如水如火，劫掠即走。

武德九年（626），是有点不一样的地方了。长安城的政治斗争害苦了边将，李渊的胡乱指配，李元吉的胡乱统领，都为北边的防线埋下了重重的炸弹。颉利哪会放下这等时机，他鼓足了劲，把突利可汗和自己的精兵们全聚一处，决意一役夺了长安正统的宝座。

八月二十八，颉利与突利的二十余万合兵一路披荆斩棘，到了渭水便桥的北岸。此诚危急存亡之秋耶？须知，渭水的背后就是长安，而长安的北边再无任何天险可守。十万火急，颉利畅怀激动。不过他深知，他面对的是一战灭二国的李世民，任何贸然和侥幸都有可能令他万劫不复。因此，他暂且安抚了心绪，派遣心腹大将执失思力去长安觐见李世民，探探长安的虚实。

突厥大军南下，李世民自不会坐视不管。早在突厥人刚刚南下的时候，他就令李靖为灵州道（今宁夏灵武）大总管前去阻击。阻击不成，又召其速回豳州（今陕西咸阳北），为防突厥人渡河进犯都城做后备手段。

有暗手，也得展露出明手。李世民刚刚即位，各路豪杰虽说支持他得紧，但也在观察他的表现。此时此刻，首要的，是绝不能表现出犯怵的模样；其次，就是最好将这场国战消弭掉。想到这点，李世民眉头微展，已有了成熟的打算。

颉利可汗很狂，先杀杀他的威风！李世民细数颉利的罪过，将执失思力关了起来。光关一关来使还不够，李世民还做出了宗主国的样子。突厥人三番五次南下，这次倾尽全力，力量强归强，但内在其实分散。突利与颉利面和心不和，而最妙的是，双方都曾和唐私下有过利益往来。再者，突厥人也没了北魏拓跋家的野心了。中原和突厥勾连太久了，久到草原上的民族想起中原只剩下瑟瑟发抖，久到腾格里的宠儿们满心满眼只剩下金银财宝。

八月三十日，李世民带着一队股肱，堂而皇之地到了渭水河岸。颉利远远看见六仞牙旗，三辰大纛，像一盆凉水迎头浇下。说到底，谁敢自信能击败这位年轻的大唐天子？秦王破阵曲奏响，从来所向披靡。对于突厥的贵族们，他们对秦王非常了解，也更为畏惧。毕竟，突厥封的那些个小可汗，纛和头可都是被这位圣天子取的。就算秦王从未做过草原上的可汗，按照功绩来看，也俨然是大到不能再大的可汗了。

"与朕一叙！"李世民横过眼，对着便桥对岸的王旗喊道。

大可汗有腾格里的护佑，从北邙山下来后，无人不知大可汗李世民的威名。突厥贵族们没人认为李世民傲慢，他们只觉得理所当然，颉利也是如此。他眼睁睁看着李世民慢悠悠地骑马走了过来，嘴唇翕动，竟是片刻没能发声。当然颉利也没失去作为一个王者的涵养，他一挥马鞭，也直直地从大军中冲了出来。

圣天子与可汗的对话无人知晓，世人只知二人相谈甚欢，杀白马歃血为盟。唐国的大可汗给草原上的可汗许了大量的金银财宝，而草原上的可汗放还了南下一趟所掠的中原人，执失思力也得以与他的可汗向北而撤。

渭水之盟缓解了大唐新旧交替的空窗，北边千疮百孔的防御线得到了喘息之机。从历史的角度来看，李世民做了最为正确的抉择。然而李世民终究是李世民，连片刻的忍让也觉得念头不通达。就算是当时当日唯一解法，他说，依旧是他此生最大之不痛快。英雄人物，不可同等视之。

三、新人新事新气象

九月的长安，百花总凋零，秋菊傲霜枝。在这个时代，菊花是最后的胜利者，它拥有黄金般的自尊，也拥有黄金般的色彩。芳菊开林耀，青松冠岩列。每逢这时节，世人都得多看它一眼。但今年的赏花季，情况却变了样。一边是金风飘菊蕊，一边是拜爵赐黄金。双"金"相斗，在这座尘世之城中，出世的花只能做配角，入世的人才是主角。

重阳节刚过不久，陈叔达还没听完亲友们的吉祥话，倒先为其他的同僚们报了喜。这位陈叔达是何许人也？时年他近六旬，而早在武德四年（621），他就已位列侍中。大唐行三省六部制，中书省两个中书令，门下省两个侍中，尚书省两个仆射，而尚书令，则是由李世民本人终身兼任了。

但对于陈叔达来说，大唐的侍中不是他的人生巅峰，他十几岁的时候就做过侍中啦！而他有一位兄长，还当了皇帝——大陈皇帝陈叔宝。没错，陈叔达不仅是五朝老臣，还是三代老臣。开皇年间隋灭陈，陈叔宝出降，陈叔达随同一起入了隋朝大兴。彼时大兴名将云集，名臣济济，一个十几岁的旧朝王公着实招不来他人的眼光。于是，在隋文帝杨坚将他放去绛郡（今山西运城新绛）做通守，即绛郡二把手后，他就老老实实地蛰伏了起来。

　　这一蛰伏便是近二十年。十几岁的少年郎熬到了不惑之年，也终于熬到了契机，李渊反了！陈叔达深知人生中唯一的机缘稍纵即逝，径直向李渊义军献城，因为身份显贵又上船早，他与温大雅一道开始了为李渊执掌机密的生涯。

　　皇天不负苦心人，满腔才华总算得了些正果。陈叔达从人生的坎坷中一跃而起，封公拜相，一时风光无两。尽管陈叔达似是消磨了壮年，但有一桩事，惹得李渊也曾对其艳羡。西域臣服后，在一次皇家宴席上，诸公的桌子都摆了新鲜葡萄，青翠欲滴，香甜可口，陈叔达尝了一个就将整串葡萄藏在了袖兜中。好巧不巧被李渊一眼瞅见，笑问他意欲何为，为何不吃。陈叔达拱了拱手，正襟危坐道："臣阿娘患口干，想吃葡萄日久却无可奈何，臣想拿回家给阿娘吃。"只怕是年轻时候在大陈吃过的葡萄，进了梦中折磨得人流连。李渊听了只觉难过，他深吸了口气，哽咽地说："善也，卿有母遗乎！"天地苍茫，树欲静而风不止，子欲养而亲不待，哪怕是皇帝，也是母亲的孩子。

　　陈叔达从他的圈椅上站了起来，对着上位行了个礼，这是准备发言了。不过在他发言之前，还得赘述一下。自三皇五帝以来，中原王朝都是以等级划人。在生产力不足、通信困难的时代，这种士农工商全民分级的管理对于文明的延续，卓有成效。但哪怕是最严苛的君主，在惯例的朝会时，文武百官与君主都是一齐席地而坐的。可是一直坐在地上，就算是有垫子垫着，也还是算不得舒服的。所以从汉灵帝始，先人们就将坐具不断加高，一直到了隋唐年间，才有了圈椅等垂足而坐的椅子出现。椅，通"倚"，即车的围栏，一开始的椅子便也是有所倚靠的。只有倚靠还不行，还得有点讲究。圈椅圈背连着扶手一顺而下，坐靠时臂膀倚着圈形的扶手，舒适不提，还暗合外圆内方的传统哲学，达官贵人们对此都趋之若鹜。

陈叔达咳了咳嗓，诸公们多少是知道他今日大抵要宣读二郎对诸公的封赏了，殿中为之一静。

"诸公！"陈叔达拱拱手，"今日大喜之日，定诸位封爵食邑之事，吾奉陛下诏令，在此一一道来。"陈叔达提高音量，"房玄龄、杜如晦、长孙无忌、尉迟敬德、侯君集五人功居第一等……"

且看五贤，或镇静，或欣悦，不一一言表。但在这五贤之外，淮安王李神通的脸色霎时上了阴云。除了这位，其余诸公大多没意见，毕竟此五贤皆是帝王肱股，当得住第一等。再者封爵不过水到渠成，李世民可从未亏待过他们。

很快，陈叔达唱完了名，再行了一礼，坐回了圈椅。

上位的李世民颔首道："劳烦陈相了。"随后他看向了似是不忿的一些文臣武将，"封爵之事，全凭诸位功勋。若有不恰，大可一言表之。"

李神通登时站了出来："房、杜刀笔之吏，功居第一？二郎，这着实难以令吾信服啊！当年太原起兵，吾身先士卒，于关西率先响应，凡此种种，数不胜数，不如刀笔吏乎？"

"房、杜二公运筹帷幄、安定社稷，一如汉初之张良、萧何。岂能以'刀笔之吏'所论？叔父，谬矣！再者，叔父率军出山东后，先为窦建德所败，后又被刘黑闼所破，叔父犹忆哉？叔父乃朕至爱亲朋，朕对您绝无吝惜。只是昨日功勋有多有少，今日爵邑有高有低，朕怎能因私情失了公允呢？"

言尽于此，李神通哼笑一声，只当自讨没趣。其余的心痒之人见势，也悄悄作罢，论功行赏的事暂时落下了帷幕。

相较以往大肆封赏的盛况，李世民尽力做了最大程度的简化，但国之大事在祀在戎，封爵封赏是确立等级制的标志性手段，不得不审慎进行。因此，封赏的流程依旧拖了近两个月的时间才完成，从这点就能窥得武德年间的人事状况有多复杂。这事儿不好办，主要在两个方面。

一是宗室的分封问题。武德年间，李渊出于稳固江山的需要，封了太多同姓王。这位太上皇执政时虽对旁人极尽刻薄，但他秉持着家天下的信念，对李家人是好到了骨子里。即便是李家旁支咿呀学语的孩童，李渊都像喂奶一样将王位喂进了他们嘴里。

如此一来，封的时候得了亲友们的吹捧，但建国不到十年，大唐的分封体系就成了沉疴痼疾。农业时代，都是在土里刨食，整个国家都靠着土里的肥力来养活。李渊把大量的土地都给分了出去，后来者还怎么分？国家还怎么养？休养生息可不是垂手天下，是要在分配上下大功夫的。

登基伊始，或许在登基之前，李世民就意识到了这一问题。正好他方才继位，还挟着天策上将的威势。因此他做的第一件事，就是着手对这些荫封的王侯一刀切下去。等到了年底，几乎所有宗室郡王都被降为县公，只有少数有功之人保住了位子。

二是要平衡天策府和非天策府之间的关系。这里并不涉及李建成住在东宫时的社交圈，主要说的则是李神通这种元从功臣。前者已经彻底失势，让他们活着他们已然谢天谢地；后者不同，其中心是以大唐朝廷为核心，既是太上皇李渊在朝堂遗留的影响力，又是大唐的建国基石。这些人心里想的，就是与天策府的斗一斗、合一合，归根结底，即是保住手中的权柄。

虽然先前李神通对"谁功居第一"之事甚为不满，李世民也严词保护了功居第一的五贤，然而到了实封食邑的时候，五贤最终定在了一千三百户——并不是最多，比裴寂还少了两百户。

试问裴寂是谁的人？这个问题路人皆知。李世民此举是在给衮衮诸公看，更是在给天下看，亦是给太上皇看……看吧，朕也会妥协！看吧，阿耶！

在对李建成交际圈的定性上，这种妥协和示好同样展现了出来。

李世民追封李建成为息王，谥号曰隐。这是一个平谥，隐拂不成、不尸其位曰隐，隐在其中的，大多是些李世民对兄长的哀伤怜悯。李元吉就不一样了，他被追封为海陵王，谥号曰刺。这是个纯粹的恶谥，暴戾无亲、愎狠遂过曰刺，只能说谥号可能会美化人，但绝不会恶化人，李元吉着实配得上这个"刺"字。

在二人的葬礼当日，李世民登上宜秋门眺望。远远看着出城的车队，行列中的人流寥落，似是初冬的霜叶一般稀疏。年轻的皇帝一时悲从中来，或许想起了兄长谆谆教诲，或是将自己代入了兄长的境遇。当日若是他输了，不知又将葬于何处？那么李元吉呢？届时站在此处的兄长，是否会令其死无葬身之地？我的兄弟们，这就是我送你们的最后一程了啊！

念及此，李世民捂住了脸。

忽有近侍脚步渐近："陛下，魏徵、王珪上表，请求陪送灵柩至墓所。"

"让他们去吧。还有要去的，都跟着去吧。"

死人需要盖棺论定，活人讲究名正言顺。得到皇帝允许后，魏徵、王珪等人才敢去送李建成最后一段路。等死人进了墓所，钉上了棺椁，封上了墓门，人生中的这一页，就算真的翻过去了。

其实妥协也好，示好也罢，活人终究也只能朝前看。别无他法之时，妥协来的前程照样算得上是前进，示好来的同僚也同样能一并同行。魏徵、王珪等，正是由此而来的同路人。

几个月间风云骤变，但有些东西还是没有变的。比如长安城的瓦砾，比如朱雀大街旁坊市里的闲人，也比如大唐的年号。改元的时候未到，大唐仍是武德；再比如太上皇的住所，虽然太上皇退位了，可太上皇没有半点搬家的意思，还住在太极宫。李世民不好意思逼父亲腾地方，而他父亲的后宫也实在庞大，搬到别处去不适应不说，还劳顿得很。

有些东西，有些人，有些事，就像用铲子挖一口井，唯有慢慢来。

武德的末尾得让步子迈得稳，父子间关系亦需要慢慢细心修补。

继位以来，太极宫有人占着，李世民便一直待在东宫显德殿办公。换句话讲，显德殿实际上成为大唐的政治中心。既是政治中心，就该有政治中心的规矩。但在这本该定于一尊的处所，却时常有身着甲胄的生面孔出现。这些人有的拿着弓矢，有的拿着刀兵。进去后再出来，有换了新弓的，有换了新刀的，甚至还有怀里抱着布帛的。须知，在大唐的经济体系中，不光有武德年间伊始官方废除五铢钱后铸的开元通宝，更是有实物作为经济市场的主要货币。而这些实物，即是金、银、布、丝、粮等。

那这些甲士是去打劫显德殿了吗？其实他们是应皇帝之召，前来宫廷练习箭术的各卫精锐。李世民自身勇武过人，对于备战也是极为重视。这些精锐就是他的重视之策——亲自在宫中办"军校"，现场教学，现场考核，现场发放奖励。

可文官们不依了，天天有陌生人披坚执锐的，不仅是弃体统礼法于不顾，还是对皇帝自身安危、对天下轻佻的行径。大臣们联名，以防止狂徒作乱为由，要求皇帝关停"宫廷军校"，以免发生事故。

然而旧法旧制，束的都是庸人。学李世民者死不死不论，但李世民的的确确与庸才们是不同的。他慨言："王者视四海如一家，封域之内，皆朕赤子，朕一一推心置其腹中。"

好一个推心置腹，好一个王者胸怀。当后人把历史的聚光灯打在李世民身上时，人们会赞叹他那与生俱来的成熟，会惊异他那无师自通的天才，却时常忘记了这位大唐的新皇帝，登基之时也不过是个二十多岁的青年。

他自信，是因为数年之前，他常年做着先锋一马当先。他从容，是因为任尔何等精锐，他永远都是一剑破之。在一旁观摩军士练习射箭时，李世民一定能看到自己十八九岁的影子。对他而言，这些人是他过去军旅生涯的延伸，将来等这些人踏上疆场，一定也能替他见证更广阔的天地。

李世民给了将士们信任，他相信，将士们也会以热血回报他。信任是李世民武力的根源。有了信任，猜忌杳无影踪；有了信任，军心陡然凝聚。大唐与突厥必有一战，在此之前，他须做好万全准备，下定万胜决心。"办好军校"才是万胜的第一步，北境的突厥人，想沐浴王化太久了。

显德殿内，武人操练得如火如荼。弘文殿内，文人静静悄悄，唯有翻书的沙沙声。但一动一静，二者的重要性不分上下。天下军政大事皆出自显德殿，此乃骨；而将文化与国运相联结的弘文馆，乃魂也。

二者合力，擘画出了一张崭新时代的蓝图。只不过，军政之事往往富有张力，叫人为之心驰神往，恨不得冲杀到死去，而文化的交织是如此晦涩，皓首穷经，叫人心神俱疲。

文人学者在荒芜的原野上劳作，在繁杂的资料和感性的经验中钻研，最后或整理、或创作出传世的文化作品。仅此，还不够，一本又一本，一部又一部，写啊写，直到文明中的作品井喷了，直到枯死过去，文化堪堪称得上繁荣。

这个过程从来都要花费一代人、两代人，乃至数代人的时间。可能决定国运的战争都打完了，文化的原野依旧是瘴气密布。初唐年间便是如此，统一战争胜利落幕，但因为数百年混乱，文化的幕布依旧死死地遮盖着。诗家、史家、经学家们一齐竭力试图将幕布拉开。

李世民登基之后，收集天下二十余万卷书籍聚于弘文馆。同时，他遴选出天下有才学之人在弘文馆任职，赫赫有名的"十八学士"中的部分也在其中。

弘文馆发轫于武德四年（621）所建的文学馆，随着当年的秦王成为新的帝王，"馆"的规模也跟着扩大。这里既是国家图书馆，也是国家研究院；既是政策咨询机构，也是当时最高学府。

兼职学者们大都在朝堂有正式官职，他们在弘文馆作诗属文、编修史书、研究儒学、确立典章制度、提供政策支持……他们在这方寸之间播下文化之种，在众人的呵护下使其抽出了枝芽。可毕竟弘文馆始成，现在去讨论其影响力还为时尚早。

但等到书成名就的那一天，等到文化的幕布拉开的那一天，世人终能一睹，初唐名篇将如何书写？过去三百年将如何书写？新的经籍将如何书写？新的典章将如何书写？等等，虽不是文化最繁荣昌盛的模样，但一定是它最朴素昂扬的形象。

四、君民与君臣

　　时间滚滚飞逝，政事军事文事，处处事，处处是非。在朝堂齐心协力下，大唐稳步迈入第十个年头。尽管适才登基，但李世民驾轻就熟，只用了很短的时间，就摸索出了统治哲学的核心问题——两对关系——君与民、君与臣。他还不知道，这两大矛盾，未来将会伴随他人生始终。

　　在不同的统治者眼中，君与民的关系截然不同。有些君主将人民视为工具，视为耗材；有些君主将人民视为手足，视为骨肉。《荀子》云："水能载舟，亦能覆舟。"用这八个字来概括隋唐之交的君民关系，再合适不过了。

　　人在舟上待久了，就会产生错觉，自以为能像骑马一样驾驭水。其实水是最变幻莫测的事物，它有一双无形的手，顺之则风平浪静，逆之则天翻地覆。当年杨广正是在这样的错觉下，被天下人的怒火潮水般淹没。有一个现成的教训摆在眼前，李世民的君民观定然是理智清醒的。

　　无论怎么说，作为人君，一个好皇帝，都得先有一颗同理心。不求亲身体验，但求感同身受，只有知民生之多艰，执政才能有的放矢。

李世民很幸运，他的同理心很强，这是他成为一个好皇帝的基础；天下人同样幸运，终于不会再有人乱来了，终于能过几天安生日子了。

以边患善后为例。当百姓财产因突厥袭扰而受损，事后需要朝廷救济时，民部尚书裴矩建议"按户口救济"，每户赐绢一匹，折合大概一斗米，这大概是历朝历代救灾惯例了。然而其他君主可能也会发觉其中有些问题，但只有李世民提出了问题：按户救济自然简单方便，但这样一来，是否会忽略了一些贫苦的大家庭呢？

灾户有大有小，丁口多的家庭远比丁口少的更需要帮助。李世民不想徒有抚恤百姓的虚名，他不在意惯例，只在意官理。诸君既为官，那么不仅要管自家的吃喝，也得管治下男女老幼一概人等的吃喝，因为天灾人祸生了饿莩，谁能说这样的大唐伟大呢？也由此，救灾救济的物资分配由户口制改成了丁口制，即按人头来算。

共情弱势群体，尚属人之常情。但李世民自是不同，他不光是共情，更能思常人之不能思。武德九年（626）时，盗贼猖獗，在这样的情况下，人们将重刑重新搬上台面，乱世用重典。

而李世民就不同了，他甚为反对所谓重刑遏罪之事。他说，问题不在于盗贼本身，在于产生盗贼的祸端。百姓之所以做盗贼，首因是赋役繁重，次因是官吏腐败，人活不下去又看不到希望，这才顾不上廉耻了。

坏人常有，但要有一个挟制坏人的环境，让人人有衣穿，有粮吃。如果世人都兢兢业业，都对未来有希望，都做着自己一亩三分地的主人，哪来的盗贼呢？仓廪实而知礼节，衣食足而知荣辱。世道好了，天下太平了，自然天下无贼。

更有甚者，当益州上奏当地番民的谋反问题时，李世民仍然心平气和。他以诸葛亮安抚孟获之旧事来提出他的考量，番民不知礼、不懂礼，说是谋反，其实与大唐中央无关。应该化敌为友，矛盾宜解不宜结。

不论是《史记》还是诸葛亮，李世民理想中的君民关系很简单，就五个字——把人当人看。

他对益州批注："比之禽兽，岂为民父母之意邪！"

诚然，父母官的观念早已过时，但溢于言表的朴素观念仍然适用：要把人当人看，而不是当禽兽看。

如果五个字还多，那就再少一个——不要吃人。

任何吃人的历史发生之前，一定早有人在无形中被吃了。李世民曾说过："鱼肉百姓奉养君主，犹如割肉充饥，腹饱而身死，君富而国亡……"

这句话归根结底，就是不要吃人，否则身死国灭近在咫尺。不到十年之前，杨广不屑于这些，不把人当人看，漠视吃人现实，这才步入万劫不复的深渊。天地之道，贞观者也。天子当以正道示人，李世民要澄清天下，恢宏正道，决不当杨广！

不当杨广，首先是克制。克制是君主最该做的修行。不仅旁人叫自己圣人，李世民也得把自己当作圣人来克制。圣人无情，圣人爱人，圣人克制享乐的欲望，圣人也克制无限的雄心，圣人非人。

这件事听起来挺难，做起来其实更难。因为单单君主克己不够，朝臣也得出力才行。思忖至此，李世民发觉，他需要为自己、为后世打造一套全新的君臣关系。

年轻人精力旺盛，年轻人也一诺千金。李世民为了思考治国之道，励精图治，把寝宫都变成了档案馆。他挑选朝臣所上奏章中重要的粘贴在墙壁上，白天出入时看，晚上睡前也看。当然他的寝宫常常有重臣出入，重臣们也要看——励精图治，万世太平，卿等亦当竭力而为。

在这样的高强度工作下，李世民反复读了相当多的奏章，大致摸清了当朝官员们的能力水平。但仅仅这样，似乎还是不行。日子一久，他意识到了弊端：亲力亲为固然好，可效率实在不高。中央加地方，每天都有茫茫多的奏章呈上。并且除了奏章，还有更多的政务需要处理，皇帝一人来干，着实是分身乏术。

看还是不看，这是个问题。不看吧，可能会错过人才；看吧，那得想个法子。于是乎，李世民决定简化阅奏章的流程。具体怎么简化，他暂时也不知道。不知者无罪，李世民开始在民间搜索起了诸葛卧龙。大开门庭，聚天下英才而用之！一时间能人如天上的繁星般下到了长安，这其中就包括景州（今河北景县）录事参军张玄素。

应皇帝之召，天下的英才之一张玄素入宫觐见。

"久闻公之大名，今日才得见之。"李世民一点帝王的架子没摆，显得甚为可亲。

"谢陛下抬爱。不知陛下何事？"

"张卿，你乃少有的人才，朕就不避讳了。朕只问你三道，曰为君之道，为臣之道，为政之道！"

张玄素从隋出发，以隋炀帝为例，搞起了老生常谈的话。朝堂氛围该生动活泼，杨广将其变得乌烟瘴气，致使群臣恐惧，人人自危，人被逼成了虫豸，亡国之道也，陛下所问三道尽在其中云云。

"归罪炀帝的话，无须再说。朕问你，隋臣无罪乎？"

"隋臣之罪？"张玄素思考片刻，"罪在只知奉行，不敢谏阻。"张玄素拱了拱手，劝道，"广开言路，虚心纳谏，盛世之兆也。"

李世民摆摆手，有点不耐烦。这些英才怎的似是一个模子刻出来的，说的话总像听过似的。多多纳谏，多多纳谏，汉元帝多多纳谏了，行吗？

诚然，对于臣子而言，首要任务还是把握住自身钳制君王的权柄。因此比起那些刚愎自用的君主，君王若能听取建议，已是难能可贵。但人的精力是有限的，谏言是无穷无尽的。更何况言语多是务虚，而人是要去办实事的。等到了真正做事的阶段，只听谏言能做成事吗？谏言永远只是必要条件，而成不了充分条件。

从这个角度看，好的君主需要做的不是泥沙俱收，而是从沙土中淘出金子，让正确的人去做正确的事。杨广就不一样了，他既听不进逆耳的忠言，也容不下做事的实干家，所谓被谗言蒙蔽，实则是被自身蒙蔽罢了。最终自骗自地以为天下大事尽在掌握，唯一结果只有众叛亲离。

"陛下若能知人善任，何愁治世不来？"聊了半天，君臣俱欢，张玄素算是给出了定论，"总之，以一人之智决天下之务，切莫如是！"

这句话如一记惊雷，炸醒了李世民。等烟雾散去，先前那团乱麻被他一根根地捋清了。从制度上知人善任，从制度上简化流程。要想简化流程，就从制度下手。

年轻的帝王下定了决心，他也同样有着比决心更强大的魄力。千古改革者，要么从下而上，血流成河，黎民涂炭；要么从上而下，风声鹤唳，被名士大夫们厌之。李世民知道他代表不了百姓的利益，但是，他更知道士族官僚们代表不了他的利益、宗室的利益、中央的利益。

骂名我来担，腥风血雨莫沉到黔首的身上，他想。

第一章

天地之道 贞观者也

一、革故鼎新

武德最后的几个月在中央官员们勤政连轴转下步入尾声，跨过了除夕，新桃换了旧符，武德成为历史，贞观款款到来。

贞观元年（627），正月初三，改元伊始，《秦王破阵乐》的宫商角徵羽，一如它所赞颂的英雄，刺破了大兴宫。问世数年之后，一人一乐一同入主了中央心脏。也从此之后，沙场将士们呼喊的歌谣成了大国宫廷雅乐，冲杀在阵前一线的少年将军成为大唐贞观皇帝。

鼓声隆隆，震得地面打战；筝声阵阵，似有箭矢遮天。恰逢其时，乐器鼓瑟争鸣，如相见之兵戈，银瓶乍破，天惊地动，天宫中神女都禁不住诱惑下凡来探问。

"彩！彩！彩！"乐到兴头，舞至烈时，酒上半酣，宴会的臣子家眷们如云如雾，如歌如诉，他们高声应和着，大声笑谈着。乐到最高潮，披坚执锐的甲士们陡然出现。甲士们着玄色战甲和玄色面具，与秦王穿过了宴会大堂，冲向了天边，冲到了天上。他们驰骋着，肃穆着，音乐乍停，他们的王站了起来，所有人都站了起来。幻影消散，可所有人都知道，伟大的王与他的甲士们，将会一直胜利，永远胜利，直到将苍天的窟窿补满。

"天地之道，贞观者也！"李世民大喝一声，"破阵乐起，破阵势成。大唐将士，万胜不辞！破阵者虽略失文德，可朕与卿等一扫六合，无不仰仗于破阵之势。朕以为，故剑情深也！"

尚书右仆射封德彝乘兴拱手："陛下以神武之功一统天下，何输文德？陛下乃经天纬地之人，破阵乐当为文德是也！"

李世民听了只是大笑，另一旁的前左仆射萧瑀看到当朝右仆射谄媚的模样，瞟了封德彝一眼，对其媚上行径嗤之以鼻。

萧瑀一如陈叔达，也是南朝宗室之后。他还有一位显赫的姐姐，就是今时今日仍在义成公主保护之下的前隋皇后萧后。除了父族，萧瑀的妻族也闻名一时——前隋文帝杨坚皇后独孤伽罗的侄女。众所周知，李渊是独孤伽罗的外甥，因此，李渊与萧瑀之妻是正经血浓于水的表兄妹。不仅与当朝宗室有着血缘关系，与前隋的宗室，萧瑀更是熟悉得多。他比杨广小六岁，因前梁归隋，打小就封了王，与杨广一同长大，称得上和杨广是总角之交。后来杨广变了模样，估摸见着萧瑀刚正不阿、光明磊落，怕母亲半夜进梦里训斥他，便把萧瑀赶到了河池（今陕西凤县）做了太守。

李世民攻薛举时专程去萧瑀家，带着李渊亲笔写的家书，以实在亲戚的名义，请了萧瑀来当时的大兴城辅佐李渊。这么一个刚正坚挺、家世显赫，李世民都尊称为姑丈的国之股肱，怎的成了前左仆射呢？这还要从去年说起。

彼时萧瑀、封德彝同为尚书省仆射，虽说左尊贵些，但毕竟都是相，着实也没多大区别。相爷们做事，商量议定后，再与李世民呈报。朝中事事，过相爷之手的，哪有儿戏，当的是不可肆意更改，更不可约定之后再变卦龇牙。但封德彝好像完全没有这种觉悟，他屡屡变卦不说，还多次当着皇帝的面变卦，逢迎皇帝就罢了，还要把萧瑀当垫脚石踩一踩。萧瑀哪受得了这气，再者封德彝也不是一次两次，二人的嫌隙便越来越大。

以德报怨，何以报德？以直报怨也！萧瑀秉持着圣人言，也有样学样，与封德彝棋逢对手，相互拆台，不给对方好脸色看。另一边与他们竞争的新臣们，房玄龄、长孙无忌这些人互相之间处得比他们好得多，步调相当一致。照理来说都是亲戚，萧瑀应该与长孙无忌有些共同语言，其实不然。萧瑀毕竟是昭明太子的后人，行的都是中原汉人古礼；长孙无忌这人天天戴个浑脱毡帽，还留着鲜卑人的辫子，萧瑀见了不骂两句都算好了，指望着打好关系实在有些为难了。久而久之，萧瑀不乐意和新臣们打好关系，新臣们自然而然地跟封德彝走得近了。萧瑀又讨厌这个又厌烦那个的，结果连权力都要被分润走，心中愈加愤懑。

终于，萧瑀做了件符合他性格的事情：告状！他将不满狠狠地给侄儿李世民宣泄了一番，言辞之间颇为寥落。李世民哭也不是，笑也不是，三番五次被姑丈找上门来哭诉，实在有些让他难挨。

这种自己的事儿不能自己解决，总要麻烦别人的行为，当然引得李世民不满。但就凭这，李世民也不能治萧瑀的罪，只得听之任之，权当姑丈过嘴瘾来了。然而仅此也就罢了，萧瑀可不止于此，没过几天又搞出了别的事。

尚书省的萧相爷与封相爷打不好关系，与侍中陈叔达陈相爷的冲突，细细密密的，更是比天上的星辰还多。或许也是在新臣们面前不招人待见，萧瑀的气性越来越大，和陈叔达在李世民面前议事的时候，收不住气性，武力都用上了。这两个年龄加起来超过百岁的老臣，当着李世民的面不只吹胡子瞪眼，都要拔胡子戳眼了！

"成何体统！"李世民一步跨过去，一手按住一个，将两位相爷分了开来。

争斗暂歇，但二位依旧瞪着眼珠子，面红耳赤的都犯了牛脾气，简直蛮牛照镜子。李世民着实受不了了，天下之事在朝堂、在庙堂，百姓们、士族们一旦知道相爷们在庙堂之上大展拳脚，该如何嘲笑他这位新君？

"二位龙争虎斗，朕殃及池鱼啊！"

于是，萧瑀与陈叔达一块儿成了"前"相爷。免职之事，既是老臣们咎由自取，其中或也有新臣们推波助澜、馋相爷们的位置的缘故，个中因由，不可一言表之。

不过免就免吧，侍中右仆射是大权在握，免了自然落魄，但这与他们的爵位并无甚关联，他们依旧还是大唐的功勋贵胄。譬如萧瑀，仍是大唐的太子少师，仍是烈火烹油的重臣之一。萧瑀瞧不起封德彝，心高气傲的大唐勋贵们也看不起封德彝。便有人站了出来堵封德彝的嘴。只听这人拱手，唱道："诚如陛下之言，天地之道，贞观者也。文德武德，一如天地之辨，岂能分之而论耶？"

李世民自然知道封德彝是谄媚之辈，也自然知道勋贵们搞党争排挤封德彝，但他没接这话茬，转而抱着一个毛茸茸圆滚滚的玩意儿看向萧瑀，对着他说：

"姑丈，这天下之大，无奇不有啊！你看，此乃当年李靖李尚书平抚岭南后，岭南上贡的胥邪，其形似人首，其味似美酒。吾以为，天地广阔，姑丈莫要消沉耶！"李靖在渭水之盟后就被擢升为刑部尚书，胥邪，正是后人喜爱的椰子。

贞观已至，新的时代正式到来。在这新旧交替之际，李世民明白，是时候去实践那些已经做好的决定了。他将一扫武德年间旧气，澄清天下，恢宏正道！

《尚书》有云，民惟邦本，本固邦宁；《太上感应篇》又云，祸福无门，惟人自召。说到底，社会之大事，改革之要务，归根结底是"用人"和"选人"这两件大事。

作为皇帝直隶，皇帝平日经常见得到的人的所在地，以中书省、门下省为代表的中央行政机构，必然要面临一系列的改革。但这个过程绝不可一蹴而就，改革之事兹事体大，牵扯到新旧交替、流程优化、咨询决策等诸多因素，稍有不慎就遗祸深远，唯有一步一步慢慢来。

正月十五，一道制令颁布了出来：自今日起，中书省、门下省以及朝中三品以上官员，凡入阁议事，都须带谏官随行。

这算是皇帝以让渡自身权力的方式，为改革奠定了第一块基石。谏官谏官，上劝皇帝，下谏官员，非常时期还能起到"监管"的作用。皇帝不可恣意妄为，但同样地，在引入谏官系统制衡后，大臣们也得行事谨慎起来。谏官对大臣和皇帝有则改之，无则加勉，一招之下，改革"用人"制度的基石算是建了起来。

效果如何，还得交给时间去验证。但无论如何，掷地有声，"用人"这件事算是找到了抓手，给未来在曲折摩擦中改进留下了空间。李世民分得清轻重缓急，他知道世间大事，多是针对制度，而制度上的事是急不得的，谏官系统一落定，他就转头看向了选人工作。

"选人"这事儿，李世民刚刚继位就提了出来。先是天下举贤，再是弘文馆，声势浩大不说，着实也招了不少人。但是，哪怕这些人或贤才，或士子，或滥竽，或庸常，居然都跟石沉大海一般，见不得朝堂上有半点反响出来。这天下之贤才，仅到此为止吗？李世民的心中满是疑问，得让主管此事的封德彝给个解释才行。

"封卿，这举贤之事，为何久无进展啊？朕求贤若渴，你是让朕渴死不成哪？"

"请陛下恕罪！非是臣敷衍了事，实在陛下英明，世人多驽钝，天下无奇才啊！"

不出意外，跟上次一样，封德彝依照用着对付杨广的那套话术对付李世民。

"封卿，这是何话？"李世民被逗乐了，"原来三圣之臣，伊尹周公，竟把我大唐贤才借光了？以后休得此言。"

连着两次拍马屁拍到马腿上，是李世民在故意刁难，还是说封德彝能力不行？答案都不是。尽管封德彝曾有背弃杨广的旧事，但李渊都不在意，李世民哪会因此刻意针对；再者封德彝作为两朝能臣，能力其实不凡。他出身渤海封氏，渤海封氏以律学著称，为北朝最负盛名的律学世家。譬如对御史大夫杜淹的工作，封德彝就提供了很大的帮助——李世民对此也高度赞扬，由此可见君臣之间对事不对人。

但透过这些事情的本身，总归能看出一个信号：进入贞观年间后，有些老臣的确跟不上节奏了。在旧有的律法礼法中，老臣尚且能凭借经验拉后辈一把。可一旦涉及新事务，如机构改革、人才选拔时，老臣的精力与能力，乃至他们在旧领域的积累，围绕着他们的座位做着人上人的亲友们，统统都会反对他们。

从这个角度来看，封德彝、萧瑀之争，不会也不可能有赢家。封也好，萧也好，时代不可避免地更迭时，旧人们能做的就是好好想想如何退场，贞观的大旗唯有新人才能扛得起来。

其实正如前面所说，一切改革的发力点都在重新做分配。老官僚们或许个人忠君体国，可他们绵绵延延蔓出的羽翼撕扯、迫使、主宰着他们。

封德彝实在是老熟人了，这位杨素的姻亲，杨广的重臣，履历三代两朝，他何来的本事偏偏能屹立不倒呢？再把视界放远些，这满朝的文臣们，又有哪个没有这样的本事呢？且看看他们，各自身后都是一方豪族。他们寄生在察举的骨髓中，代代相传的家学渊源成了他们最好的护城河。在这个基础上，武德年间草草初设的科举，其实起不到多少真正击碎阶级壁垒的作用。那么在这个基础上，贞观帝思虑的举贤一事，也就无从提起了。

除却官吏选拔制度外，国家的政治运转机制也殊为重要。这中间既包括税赋，也包括三省六部的建制构成。

依照北魏惯例，武德年间大唐就把赋税劳役合在一起，组成帝国的血源——租庸。而大唐和北魏又有不同，多了一样别的——调。为租庸调充实基础的，正是均田制，每人按照性别、职业、爵位，分口分田与永业田。二者的不同在于永业田可买卖，而口分田人死收回。租乃是国家征收的粟——主粮，调则是国家征收的经济作物——桑、麻。庸是什么呢？因着隋末混乱，人口大减的影响，庸应运而生。在农业社会，庙堂是没多少闲钱的，那一旦庙堂要做一些需要人力的事，就得民众来服役了。武德规定，每丁男每年应服役二十日，称为正役，而不服役的可以选择用棉麻等相抵，这个就是庸。当然了，就像不仅只有租庸调一样，劳役也不是一定的二十天。因此还有辅助条案，即庙堂可以扩大服役的日期，但旬有五日免其调，三旬则租调俱免，并且正役和增加的日数一起不得超过五十日。总的来说，在刚刚遭难的中原大地上，租庸调还是颇为先进的。所谓休养生息，就是让土里重新长出银子来，银子虽然大头都被刮走，但好歹也有些贴补在了人们的身上，这便是生息了。

三省六部的建构，也更是依照前朝惯例了。三省指中书省、门下省、尚书省，六部指尚书省下属的吏部、户部、礼部、兵部、刑部、工部。每部各辖四司，共为二十四司。中书省是全国政务中枢，掌管机要，发布政令。门下省则是审查诏令，签署章奏，也有封驳的权力。这两省再加上尚书令李世民，就构成了贞观时的大唐帝国中枢建制了。那么宰相呢？因为前朝的前车之鉴，大唐的宰相实际上是三省长官，而在李世民时期，皇权被极大地加强后，相权便自自然然地旁落了。

在这二者之外，中层行政也有了改观。武德数年间，大唐四面开弓，所向披靡，无论反隋军阀抑或大唐官员，但凡尚存，多少都有了州县之类的荣禄。这么一来，各路豪杰的心是安了，可问题也出现了，全国的州县远超开皇、大业年间，甚至成倍，行政"门槛"反而被拔高了。因此，李世民吸取大业的教训，以大唐地形山川为界，把全国分成了十个道，算是暂且解决了这个问题。

林林总总，古人云：治大国如烹小鲜，李世民只觉如履薄冰。天下太大了，数不清的手插在土地上，数不清的口张着嗷嗷待哺，他既要开万世之太平，就要为万世做表率。当今当世，哪容得下轻佻如杨广的皇帝呢？

二、贞观之始　情礼云毕

李世民到底想要一个什么样的天下呢？他又如何能让子孙后代都受到他和群臣共思共力之绵薄呢？思来想去，恐怕唯有二字：思想。

后世儒学家借古改今，常常笑大唐化外之民，未曾有圣贤之语青垂于世。可对于实干家来说，圣贤教诲固然重要，最重要的，还是李世民为首的大唐最聪慧的智囊团们群策下的机敏灵巧的行事逻辑。可惜后世人口激增，便也只能在历史上留下魅影了。

首当其冲的，还是杨广。无他，杨广太近了，杨广的死亡也太震撼了。偌大的帝国顷刻间分崩离析，天子授首，民不聊生，哪怕只为了治下黎民的生计，李世民也不愿意重蹈覆辙。他吸取了杨广的经验，首先处理了君臣关系。

虞世基等人身死国灭的例子还在耳旁，李世民难免回想起幼年见过的那些大官。他们一个个都是大隋的股肱，一个个都有着无数党羽。结果一念之差，没人敢，也没人愿意去提醒杨广的作为，酿造了滔天大祸。这其中杨广定是得负八成的责任，但股肱们，多少也有其咎。归根结底，在皇帝任人唯亲、听不进意见的时候，大隋群臣更多的是试图在其中为自身攫取利益。他见过太多的人说，锱锱铢铢都是为了朝廷、为了国家，蝇营狗苟也都是为了更大的话语权。诸如此类，他从来嗤之以鼻。不否认庙堂之上会有人有这种心思，但事物的腐坏是双向的。为了达成一个目的委曲求全，一次两次，次数多了，委曲求全求的就不一定是全了。李世民不是崎岖挫折的刘备，刘备尚有白帝城的绝烈，李世民更是豪迈，他从不觉得有事物能阻挡住他，哪怕这个事物是他自己。

他说："人想要见到自己的形体，一定要借助镜子；而君主想知道自己的过失，一定要借助忠臣。如果君主刚愎自用、自以为是，大臣阿谀逢迎、欺上瞒下，那么，君主失去了基业，大臣们又怎么能够自己保全！虞世基这群人谄媚侍奉杨广以保富贵，等到杨广死的时候，他们也一样被杀了。你们应该下去多想想，以此为戒，事情有得失，唯有畅所欲言是不错的！"

而畅所欲言，第一个想起的该是魏徵。说来也是稀奇，玄武门之变后，魏徵被李世民授了谏议大夫的官职去山东抚慰李建成、李元吉的旧部。而那时魏徵作为正使，他的副使居然是李桐客！那个在江都当面反对杨广偏安江南的李桐客！可能也是胆大之人惺惺相惜，大业朝险些因直言不讳而遭难的李桐客，遇上了贞观朝凭直言不讳青云直上的魏徵。此后，李桐客也终于得到了直言的报偿，得以去通州（今四川达州）、巴州做刺史。

魏徵畅所欲言，李世民也爱极了他。当然了，李世民要求的以臣为镜，他也得以自身做表率。将权力锁住是极难的事，更何况对一个皇帝而言。可李世民依然这么做了，譬如征兵之事，魏徵言之有理，哪怕李世民再三敕令，哪怕再三被魏徵损了颜面，但李世民还是接受了魏徵的说辞。

光是内政还不够，杨广号称有西域三十国来臣，大唐怎能比之更少？就算抛开面子问题，大唐也是比大隋更为进取、更为先进的国家，怎么会与尚水草富裕的西域诸国，乃至更远的波斯、大食断了联系？

只有想法可不行，还得做。大业年间，经营西域事务一向由裴矩来做。裴矩曾借此交往西域的官员、商人们，从他们的口中，再用自己人的印证，林林总总，将瓜州以西、地中海以东的四十四国国土水文民俗等汇编成书，名曰《西域图记》，献与杨广。好巧不巧的是，裴矩此时摇身一变，又成了大唐的户部尚书。哪怕他实在年事已高将近八十岁，做不得经营之事了，但他的经验门生，依旧可以为大唐效力。

于是，李建成的旧部张弼带着一支队伍，携着李世民深沉的期望，借着裴矩的余光，踏上了经营西域之路。而裴矩，似是在等待此事一般，张弼的队伍甫一从长安出发，他就随着武德一起离开了人间。

时人有言，人一生或逢迎或苟且，但终有一事是其全部精气神的寄托。于裴矩而言，西域四十四国事，应是如此了。他最为年轻力壮时，曾把热情都投注其中，之后山海改姓，乱世横生，兜转回来，在临别之际又投身到了他的事业中。年轻时，西域的乐师们曾为杨广演奏过西域的《西凉》大曲。临了了，他似乎又回想起了《西凉》。他想起了第一次前往张掖时的壮志雄心，想起了编撰《西域图记》时的殚精竭虑，更想起了大业五年（609），焉支山下，他为隋炀帝安排的贸易盛会，彼时万国来朝，当时的宫廷乐师，也演奏了这曲《西凉》。罢了，噫吁嚱，何其妙哉耶？含笑九泉只怕不过如是也！

雁门关内的中原一派欣欣向荣，从长安出发的使者满天下跑，他们的足迹遍布整个亚欧大陆，长安的太阳把阴沟里的石头都晒得通透。

与之相对的，就是如坐针毡的颉利可汗和他一团乱麻的北突厥汗国。颉利可汗和突利可汗之间的矛盾越来越大，王庭连去唐打秋风的工夫也没了。大唐悍勇边民们吃着胡饼喝着羊汤，同样是边民的突厥这边的人们只有奶和草吃，连盐也没有。肉？肉可不是牧民们自家能随便吃的，家财万贯，带毛的不算，草原上的人没了中原的支持，一场暴风雪都挨不住，哪敢随便就杀了牛羊吃肉呢？

突利可汗和颉利可汗只是你来我往地过着招，为他们守在马邑的苑君璋受不了了。

其实苑君璋早就想投唐了，只是他身在突厥，体感的突厥武功远胜于大唐手段。再者坊间传闻，唐皇李渊好杀降臣，没见王世充、窦建德都被杀了吗？因此武德年间，苑君璋虽有心思，但只得按捺住，做个敲钟的和尚守住自己的地盘，伺一个降唐的时机。

玄武门事成，时机亦成。苑君璋的使者几乎是在得知玄武门事变后，第一时间就赶往了长安。一来二去，苑君璋当给李世民这位大可汗献礼，李世民也投桃报李，给了他安州（今湖北安陆）都督这种一方诸侯的位置，没有丝毫苛待。

王霸之气，其实就是世人认可的为人行事。正如苑君璋归唐，他深知李世民即便再怨恨他，也不会置他于死地；也正如苑君璋不敢归唐，他也深知李渊就算不怨恨他，也想置他于死地。

李世民的确是位好人君，你为我效忠，我给你脸面，虽然日后或许夺你权，但无论如何都能落得个善终。须知，享了做大王的威风还能平稳落地的能有几多？只有脑袋被高热烧坏掉的人，才会想着一姓治一州，千秋百代，与王朝同寿。

不论哪一朝，哪一代，地方官员谒见天子，抑或提拔至京城，都是件十分严肃的事。这种事，一般称为入朝。不同于朝臣入朝，地方大员、诸侯们的入朝，与王朝的命运息息相关。在信息传递效率低下、人与人之间多靠信任来链接的时代，入朝在事实上是中央与地方之间最庄重有效的交流手段。

也正是由于入朝是地方同中央直接沟通的唯一渠道，因此每逢新君登基，"入朝"二字出现的频率就会大大增加。皇帝一是要通过它来检验忠诚度，二是得借此同步完成人员调动，化干戈为玉帛，将矛盾扼杀在襁褓中。

而与之相符的，对于中央来说，入朝也往往会将一些潜藏在水面下的祸事捅到台面上。窗户纸一旦被捅破，连带着脸皮一并被撕烂，叛变、谋逆等事便会从一点蛛丝马迹疯长成参天大树。

贞观元年也是这样。这一年间，有三件公案发生，桩桩皆是借"入朝"所致。三件公案或涉及地方大员，或涉及偏远藩属，或涉及宗室郡王，所覆盖的阶阶层层甚为广泛全面，从中多少能一窥贞观之初的形势。

第一案，幽州王君廓谋叛案。

一年前，王君廓乘玄武门的东风手刃"建成逆党"庐江王李瑗后，顺势取代"逆党"成为幽州都督。大概是怎么样对别人，也惧怕别人怎么对自己，王君廓任都督时，恨不得将幽州变成"幽城"，一束阳光也不许透进去。天高皇帝远，新君李世民方才上任，王君廓投桃报李，除了新君的"心腹大患"，他估摸李世民不会去插手幽州的事。毕竟，我向这位皇帝献了投名状不是吗？时间长了，王君廓在幽州城中愈加无法无天，或者换句话说，他就是幽州城的法与天。

难道王君廓毫无敬畏之心吗？难道因为出身寒微，王君廓就看不到大势所趋吗？实则相反，对于新君李世民，王君廓是充满敬畏的。当年逐鹿中原时，他王君廓也不过是秦王帐下一员将军而已，擒二王也是秦王带着他博得的功劳！纵使王君廓再狂、再傲，也只敢辗转于幽州城中，绝不敢扛旗造反。因为在王君廓的心中，他完完全全知道，属于他的一切，包括荣耀、功业、爵位等，全都是李世民给予的。

作为秦王的部将，王君廓一刻也不敢忘记他深埋在心里的敬畏，更确切地说——恐惧。他害怕自己会变成那面大纛的敌人，害怕自己的头颅像窦建德一样被人从身体上取下来。

王君廓不信鬼神，但他近来老是做噩梦，也梦不到别的，总是李瑷临死前吐出的舌头、掉下的眼球。他的情绪跟噩梦交织在一起，反反复复，他唯有在人前表现得越发凶狠、越发骄傲，可结果却是越发恐惧、越发放纵，畏惧和自负时时刻刻冲击着他，将他推进了死亡的恶性循环。

时间一天天地过去，王君廓的内心扭曲着、膨大着，像个透镜，迫得他越发猜疑。他怕极了，成天担心会有人来害他。最开始，他提防的是都督府护卫，因为李瑷就死在了护卫的手里。再接着，就是李世民派来的幽州长史李玄道。

一是皇帝最近征召他入朝，怕是知道了些什么；二是李玄道身份特殊，是房玄龄的外甥，与朝廷联系紧密；三是王君廓刚刚截获了一封李玄道的家书，内容全是些奇形怪状的草书，他王君廓哪认得草书，这分明就是密文！

王君廓的精神紧绷日久，只差一丝外力即可扯断，入朝一事和李玄道一事压在他的精神上，压得他喘不过气。但王君廓还是不敢反，他的弦还紧绷着，他哭丧着脸，颤抖着，惴惴地踏上了入京之路。

行至渭南，路程过了九成。许是驿站官吏磨刀杀鸡之声彻底击垮了王君廓的意志，他终于下定决心——他要活！他只想活！跑吧，跑吧！是的，他至今想的都是谋叛而不是谋反，谋反才是造反，谋叛只是再回去当绿林响马而已，总比被李世民看破心迹然后一刀斩了的好！

王君廓挨不住了，但干的事其实下作：先杀了驿站的官吏，再投奔突厥。官吏何辜？结果一路欺男霸女的逃窜下，王君廓在途中宿一农户家中，半夜被其勒杀。不知他死的时候有没有想到，他的死相与李瑗其实并无差别。

叛逃和身死的消息先后传到了长安，李世民先是惊愕，再是无奈。皇帝怔怔地看着信使，眼光透过信使，看到了中原的那一座城，"武德五年洺水城前，罗士信替王君廓守了城。罗将军冻成了冰雕也未有半句弃城，与他相比，王君廓，嗟乎，世事无常耶！"

李世民挥了挥手，让信使退下，旋即对着近侍叹了口气："今日他落得如此下场，待到下至地府了，他得亲自跟罗将军好好说道说道！"

"陛下，还请莫要伤神。王君廓叛逃，死在半道，不足为虑。"

"是啊，"李世民站起身来，踱步思忖着，"不知岭南谋反的冯盎、谈殿等人，又是何故呢？"

第二案，岭南冯盎不入朝案。

李世民登基以来，时常有人上书说岭南谋反，希望朝廷派兵镇压。冯盎，是这些奏章中出现频次最高的名字。作为岭南的实际掌权人，冯盎会被人告这么多次状，还得从他的家族历史谈起。

冯盎是北燕皇族后裔，家世可以追溯到东晋的尾声刘寄奴兴起之时。彼时中原的名誉王朝晋走向终结，九鼎四散，中华大地朝着南北两大政治中心演进过渡。面对刘宋与北魏南北两大强权，割据辽东的北燕毫无选择空间，于公元436年最终为北魏所灭。而北燕的末代君主冯弘向着北边逃入高句丽，其子冯业经海路向着南边投奔刘宋，后被任命为罗州（今广东化州）刺史。

逃亡高句丽的冯弘没过两年就死在了他乡，逃亡南边的冯业从北到南，从辽东到岭南，辗转数千里，为他们这一支"天潢贵胄"争到了生路。冯家至此就在岭南扎下根来。打从冯业扎根岭南至今，已近二百年，冯家世代朝廷命官，先后效力梁朝、陈朝、隋朝，而在梁陈隋的时代转折中，还出了一位被民间尊为"圣母"的巾帼人杰——冼夫人。

冼夫人出身高凉（今广东高州）冼氏，在年少时就世袭当了冼氏大首领，部属有十余万家。越人好斗，她一手刀剑一手礼仪，镇服附近州县。凭着威望声名，南部沿海地区，包括海南岛在内的上千个岛屿全都归附于她的统领。此时冯家至岭南已经三代有余，代代都履高凉太守一职。时任罗州刺史的冯业之子冯融听闻冼夫人的才学威势，与冼夫人一拍即合，全力促成了冼夫人与其子——时任高凉太守冯宝的婚姻。冯融需要冼夫人的威名权势来巩固冯氏地位，冼夫人需要冯氏的家学汉学，以此改变越人"不知礼则""不闲典训"的状况。

二人成婚后，冼夫人修庠序之教，设婚姻之礼，鼓励越人学习汉语、汉字，有教化之德，有圣贤之功。文有孔圣之德，武也有韩信之利。在冯宝去世后，冼夫人掌握着罗州大小资源，帮助梁、陈二朝击败谋逆者多次。大隋一统天下后，又与裴矩一同走访抚慰安辑岭南，所到之处，历遍数十州，无不臣服。

后人对其有云："夫称妇人之德，皆以柔顺为先，斯乃举其中庸，未臻其极者也。至于明识远图，贞心峻节，志不可夺，唯义所在，考之图史，亦何世而无哉！"

时光悠悠，英雄易老，连陈霸先和杨坚都先后作了古，冼夫人二十年前也离开了人世间。武德五年（622），李靖前来安抚岭南。站在新的历史节点，冯盎谨遵着祖母在世时的举止，归顺，统一，融合，冼夫人绝不会为了私欲罔顾百姓利益，他也不愿意背弃祖母。

但时代变了，冼夫人是"岭南圣母"，是能够一言定一隅的大英雄、大豪杰，可他不是。人的名随着时间逐渐失去了力量，早年间冯盎还能亲随皇帝杨广出征辽东，踏上故土的冯盎，如今在岭南说话都变得苍白了起来。

说到底，中央与地方的矛盾仅在其外，朝廷强势，矛盾自会迎刃而解。但岭南，这种边陲之地的核心问题，在于地方内部的矛盾，而地方内部自身的矛盾，往往会给中央的政策带来极大的困扰。

　　冼夫人仙逝二十载，尽管在冼夫人的时代岭南受到了文化的洗涤，但还是有些人不愿意做出改变。谈殿是高凉颇有威望的地方酋长，不同于冼夫人，他的威名主要来自陈霸先的土人大军。这些人不食王化、残忍好杀，又吃苦耐劳、好勇斗狠，陈霸先借着这股势力，打出了南陈的天下，其实许多土人都改姓了陈。陈朝尚在时谈殿与冼夫人井水不犯河水，陈朝覆灭后谈殿与陈家军这些陈朝遗民化军为匪，以土峒连横，积攒势力潜藏了起来。

　　谈殿与冯盎不仅是世仇，还有道义之争，谁赢了，谁就是教化越人的大英雄。毕竟教化不易，推倒一切可是尤其简单。在大唐重新恢复对岭南的统治后，谈殿自觉势力已足，与冯盎争斗日渐激烈，火大有烧向朝廷的趋势。武德四年（621），唐朝建立州县制，陈龙树主动上报朝廷，得了南扶州（今广东信宜）刺史的官位。等到武德五年（622）李靖来安抚岭南时，陈龙树显得怡然自得，土著首领也都翼赞其统领，李靖给他们发完礼物简单了解了一下情况，就带着贡品匆匆北上——他还要去打突厥人呢。结果他刚离开南扶州，陈龙树就被谈殿暗中串联的人给赶出了治所。

　　陈龙树的父亲是谈殿的好友，按理说陈龙树的命都是谈殿救的，应是极好的亲友。但土人与常人不同，就因为陈龙树要求南扶州的僚民入籍，谈殿不开心了。其时南扶州是大唐在岭南的羁縻州，羁縻州大都是当地土人的首领来主导地方政权，名义上是隶属于唐王朝，但不纳赋税。入籍就不一样了，入籍就代表接受了大唐的保护，接受了大唐的制度。不入籍者，土人领袖想杀则杀，想榨则榨，官府置若罔闻；入了籍，鉴于岭南生产情况，纳一半的赋税，但土人领袖也不可视之如自家牛羊。

　　在这种背景下，不管冯盎、谈殿还是陈龙树，朝廷哪怕三令五申，岭南众人都得推迟一下入朝的事——一旦离开，着实有可能被对家捡个大便宜。但天子一言，驷马难追，无论如何，不入朝的事儿不管是不可能的。到了现在，摆在皇帝面前的选择只剩下两个：要么学习汉高祖怀柔，要么效法隋文帝动武。

现在的李世民还没学到妥协的精髓，他此刻只想骑上马踏平岭南的这些"逆贼"。正当他打算把征发江岭数十州的兵马讨伐贰臣的事上朝会时，魏徵悄悄地来了。

魏徵带着一封告发冯盎谋反的奏章来到东宫："陛下，天下初定，不宜大动干戈。臣以为，冯盎实无谋反之意。"

"'无谋反之意？'你倒是说说，你手里拿的是什么？"

"启禀陛下，冯盎不入朝，非不为也，实不敢也。诸州疑其谋反，冯盎周围虎狼环伺，陛下又未安抚，这才是冯盎不来之真意。"魏徵提出新的解决方案："臣以为，陛下只需遣使抚慰，其定当入朝。"

魏徵是安抚各地的好手，在弥合矛盾的问题上，其一人能顶得上十万之师。李世民听取了他的建议，选择改派专人宣慰岭南。有了大唐朝堂的安抚，岭南各部按捺住了焦躁。冯盎也松了口气，便派他的长子冯智戴跟着大唐的使臣来朝，中央和地方总算解开了误会。而另外一个更为险要的矛盾，被摁在了爆发之时，等待被爆发波及的幸运儿来解决了。

冯智戴进了京，就留在了长安，这是入朝的规矩，宗室郡王来了都得遵守。义安王李孝常，既是入朝留京师的宗室郡王，也是第三件公案的主角。

第三案，长安李孝常谋反案。

论身份，李孝常为李渊同族兄弟，血脉之远，与皇位继承权实在没有任何关系；论功绩，义军入主关中时李孝常曾有献粮之举（李孝常时任华阴令，掌管永丰仓），但仅此而已，往后并未再建立寸功。

这么一个偏远的小郡王，他的生涯巅峰，恐怕就是这义安郡王的爵位了。可这世上，对他人的事聪明的人多，对自己的事聪明的人少。李孝常就昏了头，瞎了眼，也不知拿面铜镜看看自己是否比李世民英武些，他在入朝见过"世面"后，竟对皇权产生了兴趣！

如果事情只在兴趣收住，李孝常或能保全一条命，但请看看他身边人吧：右武卫将军刘德裕、统军元弘善、右监门将军长孙安业等，这几位有的是显贵之孽子，嗜酒如命，好吃懒做；有的是左右逢迎客，沙场从不去，抢功我第一。物以类聚，人以群分。这些人当然不拦着李孝常，他们可比李孝常更信"天命"！

更为夸张的是，这群人不仅敢想，还敢做。刘德裕等人就是宿卫的将领，多年的禁军工作让这些人产生了错觉：权力近在眼前，玄武门之事，眨眼即可重演。殊不知皇权甚于海市蜃楼，缩影离他们不知多远。

李孝常等人天真而又离谱的想法，容易让人联想到大业十四年（618）的江都兵变。他们约莫想照搬当年骁果军的经验，以一小撮人颠覆整个朝堂。可是……也实在没甚可是的，这一场伶人的戏剧，似乎即将上演了。

贞观元年在长安城内造反，这个问题似乎连讨论的价值都没有。不光李世民听了能笑个几天，秦叔宝、程知节、尉迟敬德等将领听了不仅想笑，而且想死。这近乎对他们个人才能的侮辱了，真当玄武门之变是偶然的成功吗？

对付区区李孝常，根本无须前面那些大人物出马，禁军的把关人多着呢。这不，乱党连贞观元年都没撑过去，贞观元年十二月底（628）李孝常等人谋逆，腊月三十，李孝常就因谋反罪伏诛了。

死一个李孝常事小，让李世民痛心的是身边出了叛徒。长孙安业是重臣长孙无忌与长孙皇后的兄长，虽说其人臭名昭著，但总归是兄长。刘德裕更是当年秦王府时的卫士，尽管没见过几次，但毕竟是卫士。一个是兄长，一个是亲信，背叛起来居然比吃饭还容易。那么，人情在利益面前，到底算什么呢？皇帝作为孤家寡人，又能相信什么呢？

只有制度。人情易变，制度长存，唯有好的制度方能跨越时代。

以宿卫制度为例，除了人选得是信得过的人，还得让信得过的人没有被腐蚀的空间——要做好分配工作。譬如确立轮换制度，分解关键职权等，给有能力的人搭有能力的人，让其相互配合、相互掣肘。

可做的事情很多，但又似乎远远不够。李世民意识到，他并不是神圣的，也不是天选的，他屁股下面的位子，亦不是天定的。洛水之誓后，传统的道德观念被瓦解，谁的拳头大谁做皇帝成了政治生活的家常便饭，江都兵变就是一个血淋淋的例子。

三百年的礼崩乐坏，三百年的毁冠裂冕，过去的神圣早已在过去消亡，现在的秩序仍未在现在重建。因此，除了确立新的制度之外，思想上的重建也势在必行。此事必须由这代人完成，否则必定后患无穷。

第

章

决
胜
前
夜

一、汉家自有制度

　　自三皇五帝始，中华大地上就产生了文明的星火。而在东周末年春秋战国时期，星火产生了第一次的爆发，在此之中，如同宇宙伊始的爆炸，孕育出了诸多各自特色的治国理念。有以"仁"为核心的儒家思想，其实际是把道德教化当作了治国的灵魂，但儒家思想并不否认，甚至重视刑罚产生的威慑作用；也有以"兼爱"为核心的墨家思想，认为治国需要通过"尚同"（建立统一标准）和"尚贤"（任用贤能）的治理方式，不挑战人的道德，从制度上实现良法善治；还有以"无为"为代表的黄老之术，提倡治国应垂拱而治，顺应自然法则；更有名曰"法"家，其实是以法作为治理手段，以君主的安全与尊严作为唯一标准，实行重刑威慑的治国方法。

　　对于中华大地来说，其运作的方式、治国的方式绝不会是单一独立的，它必然是融合的、复杂的，历朝历代的区别主要是在行政中的偏向。因此在基础的治国理念之上，在吸收诸子们的星火，吸收前代数千年经验的基础上，孟子提出了三个哲学上的辩论：人与动物到底有何区别？道义和利益哪个更重要？"王道"与"霸道"哪个更为有效？

　　"人禽之辩"通过"共情"彰显了人类可以跨越族群，建立起彼此间的情感呼应和人性诉求；"义利之辩"则说明个体、群体与他者之间可以实现"共赢"，达到利益均衡与协调；"王霸之辩"旨在强调在天下的运转过程中，以中央为中心的各个群体之间应当立足构建和谐稳固的多边关系，积极践行"王道"理想，实现共同发展。

"三大辩论"是千秋万代的问题，也是李世民面临的问题。"理国要道，在于公平正直。"李世民深刻地认识到制度的重要性，而在制度构建的过程中，首要的就是法制。武德年间，大唐沿用了隋文帝时的《开皇律》。杨广行的霸道，却不管"政之所兴，在顺民心；政之所废，在逆民心"的圣人语，五十多种刑罚配合着他的暴政，直接把他也绞死在了大业。李世民有言："德礼为政教之本，刑罚为政教之用。"变着花样地杀人何功之有？杀人耳，何需钝刀？他大手一挥，把多种多样的肉刑扫入垃圾堆，先换成了断右脚脚趾的刑罚。在全天下适应了新的刑罚后，很快，便把断右脚脚趾以流放替代，完成了他的目标——废除肉刑。借此，李世民也给贞观涂上了第一层背景——慎刑。

"若安天下，必须先正其身"，李世民如此说，也尽量如此做。但毕竟青年君主，虽是心里时刻有着警醒，可年轻人天性难灭，无数双眼睛盯着的时候，行事之间难免会露出点肆意来。譬如李世民，军伍中厮杀惯了，现如今怕是很难再亲征上战场，然而爱好不能灭，猎一猎野兽之流的，他还是要照常去做一做的。其实北朝之后的勋贵世家们多多少少都有点悍武在身，毕竟君子六艺——礼、乐、射、御、书、数，骑马射箭都不会了，还做什么君子，妄称帝王呢？

结果，在一个很平常的打猎日，李世民遇到了个不平常的人，大理寺少卿孙伏伽。大理寺，掌刑狱案件审理，其主官为大理寺卿，九卿之一，而少卿则是大理寺的副主管。对李世民来说，九卿实在没什么了不起，但孙伏伽不一样。武德四年（621），李渊发布敕令，要求诸州的学士，以及原来的明经、秀才、俊士、进士，参加本县考试，之后各州重加审核，选取合格者，于每年十月在诸州送物到京之时一并入贡。孙伏伽，就是恢复科举以来的第一位状元。

这时的科举力量尚且薄弱，还是帝王护佑的新鲜事物。因此孙伏伽的意见就变得很重要，他说："天子居住则要有九重门，出行则要警戒开道，这不是为了耀武扬威，而是为国家百姓考虑。陛下喜好亲自骑马射箭，但这种事既不安全，又不能为后世开典范，不妥。"李世民无话可说，只得收了他的爱好。

这还不算完，李世民登基没几天，又得了一封奏折名曰《大宝箴》，是个叫张蕴古的呈上来劝诫他的。

古往今来，俯察仰观，君主都要为民造福，做君主的确不易。君主统率整个天下，处王公之上，各地随其所有进贡，满朝文武一呼百应。因此，国君容易丢掉戒备之心，滋生放纵之情。岂知福兮祸所伏，事故生于疏忽，灾祸生于意外，世事无常。所以，圣人顺应天意，拯济苍生，归罪于自己，施恩于百姓。

……陛下拨乱反正，用智谋平定天下，百姓畏惧陛下的威严，而没有感受到陛下的恩德。陛下应当顺应时运，用敦厚淳朴的风气教化百姓，百姓虽开始接受教化，还不一定能保持下去。……

总而言之，便是圣人说的那一套了。当世天子应为天下之表率，为诸圣之圣。"知之非难，行之惟难"，李世民颇有感慨。他是要做圣人，要开万世之先河的，所以他对此来者不拒，全盘接受。还把张蕴古调给了孙伏伽，能说能做，那就多说多做，张蕴古平步青云，做了大理寺丞。

除此之外，贞观元年（627）七月，还发生了一件事。封德彝死了，突然在尚书省发病，不久就去世了。李世民为表哀悼，还辍朝三日。但是人死了，职位不能空着。于是，李世民拜长孙皇后之兄长孙无忌为尚书右仆射，因为尚书令空悬，尚书右仆射实际就是宰相之职。长孙无忌是勋贵之首，理当，也应当这个位置。

但是，长孙皇后对此有些微词。按理来说，长孙一家钟鸣鼎食，才显得皇帝隆恩。可长孙皇后不一样，她并不需要表面上的隆恩，她和李世民互相搀扶日久，早就密不可分。她说："二郎，你忘了吕后了吗？忘了霍光了吗？我还活着，就不要让我哥哥身负宰执！"李世民不依，而后长孙无忌也站出来请辞，才终于把尚书右仆射这位子让给了杜如晦。

"为政之要，唯在得人"，是李世民任人唯亲了吗？恰恰相反，李世民行事总比李渊公平公正得多。房玄龄让他给秦王府旧部没获得官职的人封官，把秦王府的侍卫全封进宿卫部队中，他也慨然拒绝。只能说李世民与长孙皇后二人着实情深意切，连天下都想与她一同分润。

东边响来西边呛，叮个零丁啷。乱糟糟的贞观元年白驹过隙，从过去的经验中，从当下的实践中，大唐独特的制度被慢慢孵化了出来。节俭再加裁除冗官，唐人们实在没过过这么好的日子，天上的太阳也变得没那么毒辣了。就算是遇到了大旱，也有官仓放粮。只要不是懒汉，拿着分到的土地总能有点盈余；受肉刑的人少了，劳动力也被解放了出来，一切都朝着好的方向奔跑，可算有了奔头。

经济好了，货币也有了变化。从西汉到隋朝，五铢钱一直在货币流通领域占主要地位。这种铜币其实主要依靠重量来维持价值尺度，随着时间的拉长腐败，原本二斤重的只剩二两，平民的财产就被大幅稀释了。于是武德四年（621），李渊下诏铸"开元通宝"钱。开元通宝，不以重量为衡量尺度，相对来说为平民的财产加了一份国字头的担保。

再者说，均田制与前朝又有了长足的进步。隋时妇女授丁男一半田，可夫妇二人税赋是丁男一倍，因此引发了许多人不愿结婚或隐瞒妻子的现象。唐时规定妇女不受田，不纳税，相对解决了这个问题。另外在北魏、北齐时，地方豪族和官僚可以通过奴婢与牛领受大量土地，唐朝就取消了奴婢与牛的受田。总的来说，都是分已有的胡饼，唐比前朝还是要领先得多，也因此，百姓们对未来也有盼头得多。

二、礼乐问题大讨论

贞观二年（628）六月，《唐雅乐》正式修成了。与《秦王破阵乐》这种从战曲发展而来的乐曲不同，《唐雅乐》是重大场合使用的乐曲，是礼崩乐坏中的乐，是文明重燃灯火的油芯，是当之无愧的国之重器。

从中华大地有了文明记忆开始，历朝历代，无论商周，确立礼乐都是件堪比祭天的头等大事。因为有了乐，才有了文明；有了文明，才有了天下。大唐作为乱世终结者，以及大一统的继承者，这礼乐怎能不修？

而且礼乐之于大唐，还有更深层次的意义。大业年间，杨广试图通过大运河来消弭南北隔阂，结果是天下分裂得更为细碎。今时今日天下重归一统，南人北人的隔阂依旧竖在每一个人的心中。用唐人自己的话，重修雅乐，实为重整日下的世风。此间乐颇为纷杂，有陈、梁旧乐，杂用吴、楚之音；有周、齐旧乐，多涉胡戎之伎。《唐雅乐》斟酌南北，考以古音，正本溯源，礼乐齐鸣，为天下之合也。

建国十周年，雅乐总算作出来了。恢宏的乐曲回响在大殿之中，不比破阵乐的桀骜与英武，却多了岁月与文明的厚重。乐器交织交响、弦瑟钟鼓交合之间，似是有老者悠悠道来尘封在百年岁月里的苍老故事。在这个重要时刻，大唐君臣借着礼乐打了番机锋。

"礼乐虽好，其实囹圄，圣人之教也，不是天下人之教！"

看似是在说礼乐，李世民实际上说的是大唐当时人不能被古代的礼教束缚了。紧接着，李世民又抛出了个更加棘手的问题："一国之兴衰，岂由礼乐而出？"

"陛下，国之兴衰，在于礼乐，在于宫商角徵羽也。"御史大夫杜淹替守旧派说了句书本话。

"哦？杜卿，依朕所见，天下百姓可不知乐，百姓与国无关耶？"

"臣谬言，陛下。"杜淹发现进了套，苦着张脸，但还得把话说完，"陈朝末年，《玉树后庭花》应运而生。其音含商咀徵，其声催人泪下，亡国之相先于前陈亡国之实。陛下，礼乐之意，大也。"

"非也。吾以为，前陈实亡远早于《玉树后庭花》。陈叔宝（陈朝末代君主）勤政不力，世人愁苦，方才有《玉树后庭花》，侧听悲风响。"李世民反驳道，"杜卿，若朕于此再奏此曲，公岂会悲伤？"

杜淹未再作答，这段君臣对话就此戛然而止，双方各有各的道理，双方也争不出个胜负来。况且前陈老臣陈叔达先前被罢官，其母又新逝，正值丁忧，李世民也不可能为这把他喊过来问话，此事也再未提及。然而李世民绝对想不到，三百多年后，他会因这段对话被后人扯入一场跨时空的辩论中去。那个后人正是司马光。

在编写《资治通鉴》的过程中，司马光在此处写了三大段的"臣光曰"，佶屈聱牙近千字，为的就是驳斥李世民的观点："而太宗遽云治之隆替不由于乐，何发言之易而果于非圣人也如此？"（太宗竟说兴衰隆替不在于礼乐，为何讲话如此轻率，非难圣人又如此果断呢？）

这就有点"欺负"人了，毕竟大唐太宗皇帝没法亲自回应他。

作为一名大儒，司马光排斥将礼乐视为手段，理想主义的他坚信礼乐是目的，它象征着一种秩序，那里尊卑有序、远近和合，完全是文明的最高级阶段。

而作为一名宋代的大儒，尽管司马光艳羡汉唐之盛，但在礼法上，宋儒们着实不认可汉唐的礼法。

李世民和司马光观点的对立，往浅了说，争的是一个"术"和"道"的问题；往深了说，是为了解决大乱与大治循环往复，从而探索文明前路的路线问题。

李世民所处的时代，天下大乱刚刚结束，国家才刚一只脚迈进大治。要做的事情还有很多，恢复生产、重建家园、守土戍边……这桩桩件件哪个不比天大？礼乐是很重要，但在这个时间节点，无非只是锦上添花罢了。

而司马光的时代，天下安定。如果将国家比作一驾马车，司马光等人便是最为舒适的乘客。对他们而言，马车能跑，坐着也很舒服，那就够了。至于换匹马换个饲料让车跑得更快些，甚至是让后面的乘客换上来，折腾这些才是吃力不讨好，谁晓得会捅出什么娄子。

司马光强调礼乐的重要性，正是因为他把稳定和秩序看得比天大，他期望能以此约束世人，尽可能延长所谓的治世。但问题是，这种秩序并非自然秩序，后者能够永存于世，而前者则终有瓦解之日——人们能树立起秩序，就能让秩序重置。宇宙的起点与终点都是混乱，文明则是在混乱上建起一栋栋井井有条的危楼。倘若不居安思危，没有"备豫不虞，为国常道"，就像照猫画虎地做菜一样，唯一结果只能是在把菜做得黑乎乎了之后，掀了桌子重新再起一锅。

有意思的是，几千年过去，李世民的"术"至今仍为人津津乐道，而司马光的"道"，却跟他的史论一样，永远被合在了书页里。

关于礼乐问题，李世民还有些超过守旧、超过革新的更深层次的思考。他在想，"礼崩乐坏"这四个字，究竟是结果，还是原因？是大乱导致的崩坏，还是崩坏才发生大乱？

为了寻找解题的捷径，李世民找到《隋炀帝集》翻阅起来，期望从这位亡国之君身上寻找答案。

"古先哲王，经国成务，莫不因人心而制礼，则天命而作乐。"
"朕永鉴前修，尚想名德，何尝不兴叹九原，属怀千载。"

但在前君温情脉脉又冷漠无情的文字上，李世民感受到的只有困惑。此人实在不符合那些圣人言的昏君暴君形象：说杨广是昏君，可他为何文采斐然？说杨广是暴君，可他浸淫礼乐日久。杨广分明想学前代的明君，可他做着明君的事，为何成为江都那具冰冷的尸体？

李世民百思不得其解，只好问贤于魏徵："杨广意欲行尧、舜之功，缘何沦为桀、纣之实呢？"

"陛下，其实乃口是心非也。嘴上是尧、舜，心中是桀、纣！"

魏徵将一切归咎于本心："即便君主是圣人，也应当虚心向贤者纳谏。炀帝一生刚愎自用，至死都不愿纳谏于他人，最终才使得社稷倾覆。"

"前事不远，当为后事之师。"皇帝颔首。

李世民认可魏徵的话。魏徵对杨广的评价是客观的，他当然同意。但除了同意，李世民始终觉得有些事没理顺。杨广的罪业，真的可以简单归结于口是心非、言行不一吗？于是魏徵走后，李世民又拾起那本《隋炀帝集》，继续乱翻了几页。

"是知非天下以奉一人也，乃一人以主天下也。"
"天下之重，非独治所安，帝王之功，岂一士之略。"

嚯，原来杨广竟也说过这样的话！世人皆以为杨广刚愎自负乃至疯狂，谁又知道他也有过这等警世之言？这还真是无比讽刺，君子论迹不论心，杨广这个叔父啊，做的是君主的事，可连君子都不是了。是了，论心谁都是圣人，论迹才能辨明功与过、是与非。

从这个角度看，"迹"这个字，不光是交给历史的答卷，也是坐在这个位子上的责任。所谓"知我罪我，其惟春秋"，说的正是这个道理。

杨广的答卷之所以一塌糊涂，根本原因在于没担好历史赋予的责任。至于性格、内心什么的，都只是其他原因罢了，因为它们都是会变的。尤其是坐上了君主之位后，这些东西只会变得更快。

李世民对此甚为感同身受。自打登基后，他眼中的一切都变了。天下变了，自己变了，连带着旁人——无论是死是活，全跟着变了。这些事魏徵是不会懂的，因为此番景致只有同为皇帝的人才见过。

多的不说，只往前数三人：太上皇李渊、隋炀帝杨广以及隋文帝杨坚。他们哪个没变过？又哪个到最后不是孤家寡人？自古以来，似乎每个帝王都逃不过这般诅咒。

或许是出于帝王间的怜悯，或许是出于对自身的怜悯，江都案发生了十年之后的今天，李世民重新将它翻了出来。他并不是要为杨广翻案，杨广也不值得被翻案，他要做的只是追究当年弑君元凶的罪孽。这些不是为了杨广，是为了他们共同的身份，是为了他的子嗣万代都会有的那个身份——皇帝。

"那个裴虔通……在辰州（今湖南怀化）吧？"李世民问吏部的官员。

"正是如此，陛下，此人今为辰州刺史。"

"他表现如何？"

"任上倒是没听闻有什么功过。只是……辰州那边常常有些流言蜚语，言称裴虔通时常提起当年江都之事。每逢酒醉便说些什么'身出隋室，以启大唐'，似是不满如今爵位，自恃有功之类的云云。"

"奇哉怪也！弑君逆贼耳，安敢口出狂言！"李世民暴起骂道，"若没有他，朕看大唐是无法开国了！"

随后李世民就下诏将裴虔通除名，以江都旧案为由把他流放到驩州（治所位于九德县，今越南义安荣市）。先拿此人开刀，完全是因为他最可恨。裴虔通是杨广的旧臣，杨广将他从晋王府带到宫城，又一路从东都带到江都，最后被裴虔通带人勒杀，实在滑天下之大稽。

诚然，杨广是对不起天下人，但无论如何，他都对得起裴虔通；天下人人都有资格诛杀杨广，可裴虔通不配。

"天下之恶，孰云可忍？"

远在辰州的裴虔通接到了圣旨，好似天打雷劈。他傻愣愣地望着皇帝的诏书，被这八个大字牢牢钉在原地。许是自知理亏，裴虔通罪认得干脆利落。人非草木，孰能无情？裴虔通念叨着杨广的名字，嘟嘟囔囔的，还没到驩州就一病不起，随着那位对他最好的君主去了，不知他将如何面对杨广，杨广将如何面对他。人死如灯灭，只怕是对他最好的祝福。

一个月后，贞观二年（628）七月，李世民翻起旧账来就不撒手了，他将莱州刺史牛方裕、绛州刺史薛世良等人一并除名流边。毫无例外，这些人全是当年宇文化及的同党。

李世民对此曾说："君虽不君，臣不可以不臣。"还把江都逆党评价为"古今同弃"。诚然，放到当今社会来看，这套君臣论调早已是老掉牙的糟粕，但"古今同弃"这四个字倒是没有多大问题，毕竟这世界上的投机者杀之不尽，数之不绝。

一千多年来，有人赞颂窦建德，有人哀叹李密，但宇文化及和他的同党，始终都没人看得起。一些人宁肯给杨广翻案，也不会给他们翻案。这是最朴素的价值观：没人喜欢私欲主导的背叛者，尤其是无能的，客观上对人民造成巨大损失的背叛。

江都兵变作为隋末最大的政治事件，影响连绵延续到了贞观前中期。因为牵扯甚广，又有许多亲历者尚在人世，盖棺论定的事被搁置了许久。直到数年之后，李世民才把逆流拨顺，做出最终判决：江都逆党，子孙并宜禁锢，勿令齿叙。也就是说，逆党子孙被连带剥夺了政治权利，永不为朝廷录用，永世不得翻身。

而对前隋孤忠尧君素，李世民的态度就温和得多了。朝廷追赠其为蒲州刺史，还要再寻访他的子孙，这般待遇与江都逆党相比简直是天壤之别。

或许对于礼乐问题，李世民心中已经有了答案。"礼崩乐坏"这四个字，其实既是结果，也是原因。

大乱必然伴随崩坏，而崩坏又将大乱推向高潮。唯有杨广亲手酿成的乱世才能养出江都的蛊，而那起弑君事件又将隋末乱世推向了最高潮。

自那之后，许多人都被卷入其中。十年以来，乱哄哄你方唱罢我登场，有的位极人臣，有的苟活于世，还有的殒命沙场……时至今日，该封侯的都封了，该拜相的都拜了，连无良的野心家也终被处理了。

那么被无端裹挟进来的人呢？不管是己方的，还是对立的，这些拿过刀、扛过旗的炮灰，黄土垄头白骨谁来送？

大唐来送!

处理完逆党后不久,李世民又下了新的诏书——《为殒身戎阵者立寺刹诏》。

从名字就能看出,寺庙是为全天下的战死者而建。天子要纪念英勇阵亡的大唐将士,还要超度敌方将士的游魂;不但要消除战争的仇恨和创伤,更要达成区域的和解与认同。

为此,李世民特意选择了七处地点建寺。

破薛举,于豳州立昭仁寺。

破宋老生,于台州立普济寺。

破宋金刚,于晋州立慈云寺。

破刘武周,于汾州立弘济寺。

破王世充,于邙山立昭觉寺。

破窦建德,于郑州立等慈寺。

破刘黑闼,于洺州立昭福寺。

从太原起兵到直取长安,从鏖战西北到收复河东,再到一战擒二王……这些都是他曾战斗过的地方。见识过战争惨烈的人,才会有决心施行仁政。而撰写在七寺碑上的文字,就是他向历史做出的承诺。

门下:至人虚己,忘彼我于胸怀;释教慈心,均异同于平等。是知上圣恻隐,无隔万方;大悲宏济,义犹一子。有隋失道。九服沸腾,朕亲总元戎,致兹明罚,誓牧登陑,曾无宁岁。老弱被其枭犬。愚惑婴此汤罗。衔须义愤,捐躯抗节,各徇所奉,咸有可嘉。日往月来,逝川斯远。虽复项籍方命,封树纪于邱坟;纪信捐生,丹青著于图史。犹恐九泉之下。尚沦鼎镬;八难之间,永缠冰炭。恻然疚怀,用忘兴寝,思所以树其福田,济其营魄。可于建义以来交兵之处,为义士凶徒殒身戎阵者,各建寺刹,招延胜侣。望法鼓所震,变炎火于青莲;清梵所闻,易苦海于甘露。所司宜量定处所,并立寺名,支配僧徒,及修造院宇，具为事条以闻，称朕矜湣之意。

先以七战定天下，后以七寺安人心。在诏书中，李世民提到"是知上圣恻隐，无隔万方"，这种话语和姿态，当年的隋炀帝也做过，但跟杨广不同，李世民向世人宣告的是：战争结束了，秩序回归了。

贞观三年（629），七寺正式开建，同年玄奘法师西出西域。十七年后，玄奘归国译经，其助手正是来自七寺的高僧。离开长安前，玄奘望着因饥荒出城求生的百姓，尚不知人间业障何时能去除干净；重返长安后，一饮一啄间，在这些高僧身上，玄奘大师的疑问应该有定数了。

三、尘归尘　土归土

贞观三年（629），裴寂落马了。

玄武门后登基大典上，与李世民同乘金路车时候的裴寂，大概想不到他会有这般结局，更想不到结局来得如此之快。"不学礼，无以立。"在万事靠人力的古代社会，礼是法的精神理念与载体，也是长治久安的保证。中华文明源远流长，礼既载着法，也有更为具体的事物来承载着礼。

周礼有云："王之五路，一曰玉路，锡，樊缨十有再就，建大常，十有二斿，以祀；金路，钩，樊缨九就，建大旗，以宾，同姓以封；象路，朱，樊缨七就，建大赤，以朝，异姓以封；革路，龙勒，条缨五就，建大白，以即戎，以封四卫；木路，前樊鹄缨，建大麾，以田，以封蕃国。"金路车就是礼中最高的一级，其车金光灼灼，璀璨辉煌，非国之大事，非天子出巡，皆不可用。登基之时，满朝文武去长安南郊祭祀，排场之极，正是此车。饰金的车身，高扬的龙旗，还有坐在里面普天之下唯一的皇帝。但与金路车以往的出行不同，这次车里坐了三个人——皇帝之外，还有裴寂、长孙无忌。毫无疑问，此乃仅次于赐九锡这类与谋反无异的最大荣宠。

然而才过了没多久，裴寂的境遇就跟着一个叫法雅的僧人一块儿急转直下。一个僧人何德何能居然会影响朝堂如此大员？还得从根上讲起。

武德年时，李渊尊老子为先祖，自称"神仙之苗裔"，行的是崇道抑佛的路子。魏晋南北朝数百年间，因为战乱，前汉时期士族百姓们追求学习的传统儒学陷入低潮，民众思想不可避免地被佛学中的轮回思想与善恶报应吸引。在这个时期，人们不得不去相信来生，今生虽苦，但总归可以修行来生，佛教的势力随着人们普遍的思潮一起大涨，整个北朝的社会都呈现出尊佛礼佛的现象。尽管有北魏太武帝、北周武帝相继"灭佛"之事，可其实二者的后继人北魏文成帝、北周宣帝都立即改变了"灭佛"的政策，佛教势力并未遭受致命的打击。在经过前隋文帝、炀帝的大力提倡后，佛教反而得到了极大的发展，到了历史上的巅峰。隋朝时期，国家对寺院施以特殊政策。国家还分给寺院以田地，分给僧人和尼姑的数量分别为三十亩、二十亩，并且还不交赋税、不服徭役等。这一是造成了劳动力的大量流失，二是还直接影响到了社会的稳定。

由此种种，寺院僧人的数量激增，僧侣们占据的土地越来越多，僧侣们的财富，乃至延伸出去的关系网越发庞大，寺庙成了比政府还被权势角逐的焦点地方，佛教也成了一个对王朝来说不可忽视的势力——乃至武德年间平王世充时，李世民都曾借用过嵩山少林寺僧众的帮助。

且不谈佛道儒三家之争，法雅这位僧人就是依靠着时代背景，借助着特殊身份，一跃而成为诸多达官贵人座上宾的众人之一。法雅的关系网甚为广阔，连皇城中也颇有几位他的受众——李渊、李建成。武德年间，他就受过李渊的恩典，可以自由出入大兴宫。李世民登基后，法雅被禁止随意出入大兴宫。这事合情合理，实在没什么差错，只是法雅高僧恐怕犯了贪嗔痴，不闭好嘴不说，还常年在外面散播一些很不地道的闲话。闲话泛起的波涛，也把"高僧"一并吞了进去。贞观三年（629）初，法雅被捕，罪名为妖言惑众。审判秉持了个简明快的流程，连正月都没出，法雅就带着他的闲嘴沉到了水底。

死了个和尚事小，留下了供词事大。法雅与朝中大员们交情甚广，其中最为密切的，就是裴寂。

事实上，李世民对裴寂心底始终是记着一笔账的。浅水原之战，刘文静因李世民而贬，再因裴寂而亡。对于做了这一切事的罪魁祸首，李世民不敢恨，但对于裴寂这个背后扎人的阴险小人，李世民是绝不会放过的。晋阳起兵，李世民是亲自到狱中捞的刘文静，那时候的刘文静英姿潇洒，目光灼灼，李世民忘不掉刘文静对着他说的"君之言正合吾意"，忘不掉刘文静为他做的每一件事，更忘不掉父亲与裴寂借机杀了刘文静来敲打他的事。李世民屏了屏息，他不再是那个受制于父亲的秦王了，他终于成了天下的君王，可到底，刘文静是看不到了。

裴寂之事，涉及朝中相爷，兵部尚书杜如晦亲自审讯。李世民给杜如晦的指导方针只有四个字：从严从快——严密的严，畅快的快。

"法雅之事，裴公参与否？"

"杜尚书。"裴寂摆出了相爷的势头，"吾只知法雅讲学经文，所谓狂悖之言，闻所未闻。"

杜如晦冷着脸，把法雅画押的文书拿了出来："裴公，且看看吧。"

裴寂看来看去，脸越看越黑。这该死的法雅，不仅把一些他酒醉后的话说了出来，文书上居然还有一个天策府的记号。

"哼。"裴寂脸色阴沉，"请杜尚书禀奏陛下，臣知罪了。"

裴寂看着杜如晦离去的背影，心头满是一个念头：只要能"陪"

在太上皇身边，退便退了。

可惜，明面上杀不得就罢了，再让裴寂留在长安和太极宫的那位纵横联手？李世民还没疯。判罚的结果三项，免官削爵都是惯例，最后一项就不一样了——遣返，回乡！

"陛下！武德年间至今，臣常居长安，如今年迈体衰，还请陛下开恩，容臣留在长安吧。"裴寂声泪俱下，对着来送他一程的李世民哀求。

"裴公，谬矣。叶落归根，人之常情，有甚推托呢？"

"陛下，太上皇……"

裴寂的称呼还没说完便被李世民打断："无须多言！武德旧事，桩桩件件。朝纲废弛也好，刑狱纰误也罢，裴公事无巨细，皆身体力行。若不是父亲恩宠，您何等资格，竟敢高居功臣第一？"

李世民的话字字诛心，敲在裴寂的心上，给他阵阵无情重击。什么朝纲，什么刑狱，就差直接说出"刘文静"这三个字了。三年了，新皇帝来算账了，刘文静来索命了。

裴寂戴罪之身，再不敢多言，唯有默从。他已经快六十岁了，早在十几年前，就不是晋阳城酒后直言的青年了。今日的裴寂有酒也不会再解释半句，因为他知道，他做的事一定会进入史书，而在厚重的历史面前，这种苍白的解释只会让后人轻视他。如此一想，裴寂反倒庆幸，毕竟有几个人能在死前听到历史对自己的评价呢？

刘文静没听过，这么看，裴寂好像又胜了刘文静一次。裴、刘被放在一起比较了大半辈子，他们两个各有所长，又分别为李渊、李世民所倚重，二人的恩怨宠辱也与这对父子密切相关，裴寂成了李渊用来压李世民的器具。

要是刘文静还活着，怕是要高兴疯了吧，他等了这么久，终于等到胜过我的时刻了，裴寂想。裴寂挺想看看刘文静得意的样子，然后再以一副过来人的姿态拍拍他，把今天的心境讲给刘文静听："急什么，历史会给我们评价的。"想到这里，裴寂收起思绪，再次回头望去，烟波浩渺，长安城已经看不清了。

"刘兄，晋阳城头，你曾说'世途若此，时事可知'。那时我坚信你我二人定有所成就。"裴寂拿出酒洒在地上，"但今日我却不得不怀疑，时事究竟是否能为人可知？也许世途如海，你我只是两叶小舟，无非乘了时事的风罢了！"

处罚裴寂释放了一个信号，太极宫的主人也该给新皇帝让位置了。二人都是旧时代的残党，新世界不该，也不能再由他们掌握了。

贞观三年（629）四月，太上皇李渊迁居弘义宫，并将其改名为大安宫，李世民正式到太极殿听政。离开了东宫阴冷潮湿的环境，李世民的精力愈加旺盛。裴寂的尚书左仆射腾了出来，中书令房玄龄兼了这个职位。不顺眼的大员们、老旧的臣子们都被赶了出去，庙堂的力量握成了个拳头，可以努力去挥动了。

对于努力这件事，杨广是有心无力，可李世民不一样，他有干一番事业的决心和毅力。这种心气儿，不光天子有，臣子有，贞观时期的所有人都有，并为此辛苦耕耘了三年有余。他们坚信广阔天地大有可为，中华必将重抖擞。

朝堂的位子让了出来，中央权力向下沉了下去。那么，阿史那咄苾，突厥的颉利可汗，三年前渭水边上的未决之事，如今也是时候清算了。

第四章

清算时刻

一、弃子梁师都

回到贞观二年（628），在剑指阿史那咄苾之前，李世民先将夹在漠南和大唐之间的那个残余势力，大梁梁师都，化成了齑粉。

作为突厥分封的可汗，大梁的盛衰与突厥一衣带水。尽管在最盛时，大梁凭着自己的本事对大唐一次胜利都没有获得过，但借着颉利的威风，还是着实威胁了中原的统治，渭水之盟的根源就在于梁师都一路引颉利可汗南下。李世民不愿意回忆的渭水旧事，其实是梁师都毕生功业的顶峰。

事实上贞观帝对梁师都的勒绳是早就套上去的，只是在贞观二年达到了极限。在登基之初，李世民就曾给梁师都下过劝降书。而作为和平的一体两面，他也同时下诏令大梁所在地夏州（今陕西靖边）的长史刘旻、司马刘兰成伺机谋取大梁。一州长史是刺史佐官，一州司马是刺史高级幕僚，司马与长史合称为"上佐"，刺史缺员时，上佐可代行州事。这二位上佐的做法，基本上就是对大梁采取分化、蚕食的策略。

北边的风越发刺骨，大梁空有着朔方孤城，连庄稼都不敢去收。风吹着，人心也起了变化。在傻子都能看得到的未来中，机灵的人们开始了下注。梁师都的将领们心知大梁的命如风中的蚱蜢，一吹就要濒死。有行动力的几位策划着抓了梁师都献城，混个大唐的爵位。不过其实也是有枣没枣打两竿子，在计划败露后，几人早已一骑绝尘，回归了大唐的怀抱。

人人自危，连颉利可汗也把他们当成了弃子。贞观二年（628）四月二十日，契丹族的首领带着整个部落投降唐朝。紧追着他们的突厥追兵换了一身服装，以使臣的身份跟着他们到了长安。

"诚禀陛下，我可汗有言，以大度毗伽可汗（梁师都）之大梁，换我王庭叛贼契丹。可汗有言，陛下唐国与我长生天子民共处一世，兄弟之国，修渭水之盟谊千秋万载，以此陈情，请陛下应允。"突厥的使臣站在乾元殿中间，看着两边数不清的紫袍大夫，看着大马金刀坐在雕龙画影的椅子上的黄衣天子，忍着心中的胆怯，攥紧了拳头说道。

皇帝没有说话，紫袍大夫们也没人说话，所有的眼睛都看着他。使臣的汗水凝了又凝，从脸上滑到了袍子上，冰冰凉凉的，像是长生天的寒风，凛冽。

等了许久许久，久到使臣认为他今天要血溅在殿堂上时，皇帝说话了，他惊觉其实拢共也没半炷香的时间。

"抬起头来，"皇帝肃着脸，"契丹非突厥，谈何讨还？梁师都汉人，你等助其肆虐，今其为鱼肉，我为刀俎，谈何交换？回去，告诉阿史那咄苾，朕想他得很。"

使臣连滚带爬地一路北上，在他后面就是平阳昭公主的丈夫柴绍，以及薛万均带的大唐灭国部队。使者想，他要以尽快、更快、最快的速度把消息带给颉利可汗，梁师都不能救了，整个突厥，都在长安皇帝的野心之下！

可惜颉利可汗并不这么想。草原本就是各个部族联盟，拳头大的当汗，拳头最大的做最大的汗。今时今日，部族们逃的逃，叛的叛，此消彼长，倘若为了保存实力不去救突厥最忠诚的梁师都，那么接下来王庭要面对的，不若是冲进长生天的怀抱。

大唐的动作在突厥使臣来之前就开始了，夏州的上侍们占了朔方东城，以诱敌出城的战术，在东城等梁师都来伐。另一边梁师都的动作也比使臣来得更快，在他接天的求救下，颉利可汗遣了大批的军队，其实业已出发马邑了。

北边南边都在强行军，草原的男儿在没有饱饭吃的情况下，并没有比中原的男儿更有韧性。梁师都这边只知援军到了，即刻率军围了朔方东城，期望着与援军吃下这股唐军，振一振气势。他们一出城门，上侍们心知计划完成了大半，只待大唐援军。

朔方东城对峙着，外围几十里双方援军撞了个满怀。突厥兵是来助阵的，哪是来卖命的。双方接触了几下后，心中都有了计较。唐军大胜，突厥胜利转进，丢一个梁师都事小，丢了这帮英勇好汉事大。

梁师都还在幻想着突厥援军，他听着地面的震动，喜笑颜开："可汗怎么会放弃我呢？"

很可惜，对面挂的旗帜是柴，是唐，唯独不是突厥样式。

仓皇下，大梁军急急往朔方都城冲，又被在朔方东城的唐军追了出来好一阵冲杀，等回到都城个个魂飞魄散，恨不得当即投降。

四月二十六这日，梁师都的堂弟杀死了梁师都，献城投降，夏州终于完完整整地归了唐。上侍们升了官，朔方得了太平，失败的只有梁师都。

到了贞观三年（629），夏州已抚平，该北望了。

二、李靖封狼居胥

对于北边的游牧民族，各朝各代有不同的解法。有的修烽火狼烟；有的建万里长城；有的自身就是游牧民族；而有的，决意男儿心如铁，封狼居胥，还百年太平。

倒不是说各种解法有个高下之分，只是在生产力尚未发展的农业时代，中原王朝对于草原上打秋风的民族着实是有些束手无策。若要去平了它，要发动举国之力不说，耗费几乎全在勘察与后勤上；可若不平了它，它就跟骨头上的刺一样，侵扰得中原朝廷食不下咽。

不同的对待思路，造就了同样的局面。大业年间杨广使裴矩用计挑拨突厥诸部内斗，灭掉了在当时突厥叱咤的反隋的北周宗室女千金公主。时过境迁，在突厥号令群雄的中原女子换成了隋的义成公主，但大隋却没了，义成也摇身一变成了反唐的大隋宗室女。

李世民站在沙盘前面，眼神穿过草原，像离弦的箭一般，锁住了那位端坐北突厥王庭的女子——义成公主。

但历史的皱褶总会汇聚在同一段时间，在大唐方才腾出手处理大梁时，大唐的事实盟友西突厥乱了，统叶护可汗死了。

贞观二年（628），西突厥发生内乱，统叶护可汗被他叔父所害，宏图霸业转眼梦幻泡影。等到长安知道西突厥发生的恶事时，西边的狂风都卷到了颉利可汗的王庭。

草原自始至终从来没有铁板一块过，柔然人统治的时期，铁勒诸部和突厥人是被统治者。现在突厥汗国时期，铁勒诸部以薛延陀部为首，早就对突厥人的统治不满了。而今西突厥大权旁落，西突厥的薛延陀首领夷男遂趁机反叛，再跨越金山，和北突厥汗国治下趁着雪灾和内乱起义的铁勒各部于大漠中郁督军山下会合了起来。

瞌睡来了枕头，不论夷男是求利还是真为了独立，中原的那位大"可汗"绝不会对这种场景视若无睹，贞观三年（629），李世民的使者几乎和北突厥的铁勒诸部前后脚到了郁督军山。李世民的使者乃是李渊的女婿，大唐游击将军乔师望。这一行人边走边记载着舆图，一路狂奔，在颉利可汗反应过来之前，就带着册书将夷男封为了真珠毗伽可汗，并赐给了鼓和大旗等礼器，以示正统。

突厥之乱，不但是人祸，也是天时。游牧民族的生存极大依赖于草原的生态环境，在这个基础上，气温波动和降雨量的变化对他们的影响几乎是致命的。简单来说，天气寒冷时，游牧民族不得不形成向南推进的大势。只有气候温暖湿润时，游牧民族的社会才会相对稳定些。贞观初年便是接天的大雪严寒，形势逼得人低头，天气为两个突厥汗国的政治形势写入了浓墨重彩的一笔。

这一年，朝堂就北伐之事吵了许久。彼时诸公各有各的计较，北伐之事迟迟不能做出决策。眼看算上动员和筹集物资的时间，大唐都不一定能赶得上在冬季出击了，李世民急得嘴角都上火了，但就算是他，或者说正因为是他，才不能在朝堂上搞一言堂。可拖着也不是个办法，李世民决定开个小会，把原先秦王府的幕僚们拉过来，统一一下思想，再由他们出面，一锤定音。

于是，张公谨出来了，在朝会之上，诸公面前，慷慨陈言，归为六策。

一是颉利可汗不仅不跟着李世民学节俭，还大搞奢华享受，又诛杀忠良，亲近奸佞；二是薛延陀等各部落都已叛离，此时突厥与我大唐攻守之势易也；三是突利、拓设、欲谷设这些突厥的贵族们都和颉利有嫌隙，大唐北伐，面对的敌人只有突厥王庭；四是塞北地区霜冻干旱，粮食匮乏，游牧民族的战斗力大幅下降；五是颉利可汗疏离族人，委重任于杂胡，杂胡好商，反复无常，不会愿意为突厥王庭效死，等到大唐天兵一到，定会各奔东西；六是汉人早年到北方避乱，今时今日已经成了一股不可忽视的力量，近来这些汉人更是占据险要之地，大军出塞，这些人肯定会从中响应。

诸公们看看张公谨，再看看李世民，心中多少有了些定论。这一席话逻辑完善，既有敌之劣，又有我之优，还在道德上对颉利可汗进行了考问，这就算是出兵的檄文写好了大半了。还有什么好推辞的呢？圣人给面子，臣子们也得兜得住。于是乎，在漫长的庙堂程序后，万事皆备，北伐之事成了定局。

现在最需要的，是对北伐各方各面进行详细的统筹规划。须知在交通不甚发达的年代，大军每一次出行都要吃掉较平日数十上百倍的粮食，国之大事，不可轻而易举，杨广的先例留下的罪孽和血肉，大多还冻在辽东半岛的土地中呢。

贞观三年（629）八月，大唐的智囊们运筹帷幄阶段性结束了，北伐的后勤辎重等一系列事务都完备了，军队也准备出征了。大唐给了颉利可汗充分的"尊重"，发各地府兵数万人，精锐武备。

大军一发，黄金和粮食一起出动，而那些摇摆不定的也迅速找准了自己的站位。薛延陀毗伽可汗自不用多说，他早就被大唐绑在了同一艘战车上。紧跟着薛延陀使节的，是北突厥的九位俟斤，即九位部落首领，闻风来降。而在俟斤们之后的，就是铁勒诸部拔野古、仆骨、同罗、奚族的首领联合来降。

这些还不止，不知是否因为帝国心脏的脉搏过于猛烈，处罗可汗的儿子郁射设，始毕可汗的儿子突利可汗，乃至连黔州的南蛮们，都来长安请罪投降。一时之间，长安各式服装云集，中书侍郎颜师古绘制《王会图》，其中有各个民族及其服饰，传示给后人。

助威助拳的人越来越多，大唐一不做，二不休，起了一击必杀的心。终于，到了十一月二十三，朝廷上下统一了意见，将敕令发了出去。

任兵部尚书李靖为定襄道行军总管，从马邑出发，直取定襄城（今内蒙古和林格尔）；

任并州都督李世勣为通漠道行军总管，从云中出击，打东边包抄突厥；

任华州刺史柴绍为金河道行军总管，沿黄河，为二李做辅助；

任宗室大将礼部尚书李道宗为大同道行军总管，在灵州防西突厥渔翁之利；

任灵州大都督薛万彻为畅武道行军总管，迂回至突利可汗部，防其反水；

任幽州都督卫孝杰为恒安道行军总管，扼住突厥东逃关隘。

六道大军一并出发，由兵部尚书李靖统一节制，合兵力十余万，分兵进攻突厥。其中定襄道为主攻，直取突厥王庭定襄城，张公谨正是定襄道副总管。

浩浩荡荡一大波部队，一时间前前后后从夏州到长安，到处都是大唐部队在向北行军。

漠南天寒地冻的，突厥打从隋末就把王庭设在了定襄城。定襄城在阴山以南，算是过了中原的界。或许因着李渊与突厥的盟约，唐军未曾去光顾王庭。许是冬天太冷了，王庭尽管听闻了大唐或要来伐，也没有立刻动身。王庭的贵族们都想着，突厥人们都想着，要是冬天迁回漠南，牲畜不知该冻死多少，又不知要饿死冻死多少人。再者说了，唐军举国，也得等过了春寒，不然满地雪冰，又有何战斗力可言？

"无碍，待来年化冻了，再回漠南。"颉利可汗宽慰着义成公主。

然而有的人有情，怜惜牲畜的性命；有的人，却是无情的。贞观四年（630）春正月，无情的人带着三千轻骑先一步到了马邑，有情的人照看着牲畜，不知自己的性命亦不如牲畜。犯我边境日久，所残所害，岂是牲畜可轻易挂齿？对于敌人，李靖没有丝毫的仁慈。在抵达马邑的当天夜里，李靖就与他的三千精锐以雷霆之势，攻下了定襄城南的重要战略据点——恶阳岭。

恶阳岭片刻即失，定襄城的贵人们才惊觉，攻守易形了。从前只有突厥人去中原边境打秋风，哪来的中原人来突厥王庭巡逻的？草原上的群狼被富贵与严寒拔去了利爪，在面对气势汹汹的来敌时，才发觉自己也是砧板上的肉，起不来半点抵抗的意志。从这个角度来看，中原的边民可比他们悍勇多了。

张公谨的平突厥六策也生了效。恶阳岭的唐军捶着鼓张着旗，飘荡在空中的"唐""靖"大旗比长生天还高还阔，哗啦啦咚咚响，定襄城中的人心顷刻成了一盘沙，去年秋冬的暴风雪在美梦的末尾追上了他们。战机不过转瞬间，只要颉利可汗竖起他的狼头大纛，恶阳岭的虎视眈眈便也是插曲而已。但战机不过转瞬间，李靖又怎可能放过亲手铸成的战机？恶阳岭的突厥斥候们乱哄哄败逃向城内，乔装的唐军也摸了进去。

大业战乱，北境的许多汉人汉臣都躲在了北突厥麾下。处罗可汗为了汉人和中原的法统，还把杨广的孙子杨政道迎到了定襄城，尊为

"隋王"，效了挟天子令诸侯的仿。可这天下哪来只许被利用，不许利用回来的理呢？杨政道、萧皇后、前隋臣们，没人不知道大唐得国已定，他们就像那位刘黑闼，那位梁师道，一旦突厥人嗅到他们没甚价值了，就会将他们像死狗一样扔给大唐卖好。正巧，李靖也知道他们的处境，混进定襄城的唐军就是为此而来的。

孙子曾说过，"故用间有五：有因间，有内间，有反间，有死间，有生间"。杨政道正是李靖找的那个"敌国内间"。颉利可汗以为有着渭水之盟，突厥高枕无忧，但在连番此消彼长下，北突厥与大唐的影响力早就不成正比了。就是因为北突厥势弱，隋王与李靖的探子才能一拍即合——而这个一拍即合，也在李靖的预料之中。

三千人对比王庭的数万人来说，实在是不足挂齿。但世间事，妙就妙在出其不意。杨政道的人当夜拿了定襄城城门，往外一探，李靖与他的骁勇们果不其然，正静悄悄地等在城外。

门开了，定襄城漏了风，外面的野火便烧了进来。李靖并不求杀敌多少，他要求骁勇们冲撞突厥营帐，处处放火，做出天火的场景。他要把颉利可汗从定襄城中逼出去！

"大汗！大汗！"

呼唤颉利可汗的声音一次比一次迫切，颉利可汗陡然惊醒，看着被熏黑脸的身旁附离，好似还在梦中。

"谁？唐国？怎会如此之快？"他一边戴着皮甲，一边对着附离喊着。

"大汗！靖！靖！靖！是李靖！"

"什么？唐国举国打来了？为何已在我营帐？"

注定没人能给他一个答案了，兵败如山倒，颉利可汗能做的仅是把被冲散的部队集结起来，和李靖拉开距离，再去想别的事。

一晚稀里糊涂，营帐辎重烧了少半。李靖来得急，走得也快，临走还带上了杨政道、萧皇后以及一干早就想回归中原怀抱的汉臣。颉利可汗也来不及去开罪他们，杨政道一行人一走，王庭更是流言四起。怎么办？回阴山吧，他想起义成公主给他的警告，一时心中不免有些不是滋味。

"围师必阙，穷寇勿迫"的道理，李靖再知道不过。况且他这边也只有这点人，打个猝不及防尚有分说，正面去冲突厥数万大军，未免过于自负。再者他已经取得了想要的战果，杨政道、萧皇后这些前隋的皇族还得分兵去看护回长安，不若就此放过颉利可汗，再候时机。

真的会等吗？当然不会！大唐六路大军，定襄道的大军还在路上，但通漠道的大军可早早往白道行军过来了！白道是阴山中的一条路，是通往武川镇（今内蒙古武川西）的必经之地。武川镇在阴山的腹地，是整个北朝军事贵胄的发源地。李靖料定颉利可汗不会想着西突东进，只会朝着武川、朝着漠北走。而同样地，远近不一地围绕着定襄的唐军，将死死咬住颉利可汗，至死方休。

三、悲壮空传敕勒歌

阴山横卧在内蒙古高原，它是一道自然的分界线，也是一道气候的分割线，更是农耕民族与游牧民族的分割线。过了阴山，游牧民族才得以休养生息；有了阴山，农耕民族才能御敌于家门之外。

阴山的门户是定襄城，在阴山的腹地，就是整个北朝纷争的发源地——武川镇。北魏年间曾设立六镇以防柔然叩边，武川是其中之一。因为太过重要，北魏朝堂向着六镇迁徙了大量的胡人、汉人，还有囚犯。六镇全民皆兵，所有人等都被编入府户。也正是因为军政一体化，六镇慢慢从中央朝廷的六镇，变成了自己的六镇。此时中原常有战乱，六镇与周围的城镇又接收许多难民，久而久之，六镇形成了以武川为核心的独立军事集团——关陇集团。

在武川并不长的历史中，走出了四姓皇族：北齐高欢、北周宇文泰、隋杨坚、唐李渊，武川的影响力可见一斑。在阴山山脉的中段，有一条先人打造、后人不断维护扩建的路，这条路就是白道。只有经过白道，才能跨越阴山，到达漠北。

战国时赵武灵王胡服骑射，利用白道将北方游牧民族打回了大漠。北魏高祖孝文帝拓跋宏驾车北巡时，也通过白道到了武川镇，亲自接见了敕勒（铁勒）九部。北齐神武帝高欢曾与其大将军斛律金唱着敕勒民歌，流着壮志难酬的泪，宁为玉碎不为瓦全。

敕勒川，阴山下。
天似穹庐，笼盖四野。
天苍苍，野茫茫，
风吹草低见牛羊。

颉利可汗从定襄城退了出去，没过多久，屁股后面尽是追兵的声音。他回头看看随风舞动的"唐"，再看看狼狈不堪的自家部队，哀叹一声，令全军加快速度，朝着白道进发。

"天苍苍，野茫茫。"颉利可汗感受着越来越寒冷的天气，跟着冷风打了个战。定襄城已有唐军，这白道，这么容易能让他进去吗？他不知道。可是除了武川，这些人，这些没见到死路不肯撒手的贵族，会愿意跟着他撤到别处去吗？突厥的组织其实是各部联合，王庭虽然势力最大，但也做不到一言九鼎。

果不其然，临近白道了，"李"字旗又清晰可见了。

"过了这道坎，就到家了。"颉利可汗打起精神，做起了战前准备，"诸部听吾号令，必将唐军逐出阴山！"

孙子有云："凡先处战地而待敌者佚，后处战地而趋战者劳。故善战者，致人而不致于人。"颉利可汗应了李靖这一遭，便是一刻不得停息。二李连环紧追之下，突厥人神经绷紧，有大唐倾国之力的辎重辅佐，胜败早就写在了阴山上。

"颉利，你逃不掉的。"颉利可汗再次吃了败仗后急冲冲钻进白道，他听见有人在后面喊。唐军竟又分了一队人马过来，当中一个威风凛凛，许是李世勣当面。这队人马也不急迫，远远吊在突厥败退阵势的后面，似是只为了给他喊这句话。

颉利可汗摇了摇头，现在那些贵族倒是偃旗息鼓了，武川能去了，可退回的大军被隔成了两半，绝大多数都被唐军扣押成了俘虏，去了武川又如何？颉利可汗唯有一路向北，穿过阴山去铁山（今内蒙古大青山）。先把唐军甩掉，大不了跟唐王认错求情而已，草原上的汉子不怕这些。

路越走越难走，温度越走越低，牲畜吃了近半，但颉利可汗暂时不用担心粮草问题了。因为他十几万人的突厥大部队，居然人越逃越少，现在只剩几万了。尽管逃走的这些人带了些辎重，但毕竟颉利可汗自己的拳头最大，最好的肉干棉衣都由他的勇士看着。这么一来一去，粮食问题就解决了。

这些人是死了还是逃了，颉利可汗再清楚不过。死是不可能死的，这些人奸猾得像那些杂胡一样，满嘴都是羊油，不可能会这么容易死。他们唯有一种可能，那就是转投大唐，像侍奉他一样去侍奉唐王。

再怪别人也无计可施，颉利可汗被逼到了最后那个选项——认错求情。

颉利可汗召来了剩下的贵族们，一个个看过去，要么不懂大唐雅言，要么与唐人无旧，要么长相奇怪。挑来挑去，去长安面圣谢罪的差事落到了执失思力的头上。毕竟执失思力与李世民有故交，虽说第一面闹得不是很愉快，但后面也算得上是不打不相识。于是，执失思力拿着颉利可汗的亲笔信赶往了长安。

得亏大唐其他路军知晓二李大胜后稍微松散了些，权当练练兵，只是守好关口，否则执失思力一队人是否能很快抵达长安还得两说。

"全军为上，破军次之。"不用再损伤性命就能平了突厥，李世民的确很高兴。他派先前被尉迟敬德捉住过的鸿胪寺卿唐俭、安修仁等人成立个使团，以最高的标准去抚慰颉利可汗。这个使团也是有讲究的，唐俭既是大唐最高外交长官，也有着充足的被扣经验；而安修仁正是昭武九姓安兴贵的弟弟，颉利可汗多用一些色目杂胡，可不就是昭武九姓，总而言之，化干戈为玉帛嘛！不过仅听颉利可汗一家之言是不行的，李世民做了两手准备，再令人告诉李靖相关事宜，让李靖去接受颉利可汗投降。

这时的李靖和李世勣已经合兵一处了，他二人接到君令后，被颉利可汗能屈能伸的身段震得哑口无言。面对多了宁死不降的豪杰，对这种人实在是有些不知所措。

如果一切都能按照李世民的意愿来，当是再好不过，可李靖和李世勣得考虑另一个问题。那就是如果这次接受了颉利可汗的投降，颉利借助杂胡的力量，回头反目了怎么办？须知，中原对于阴山以北几乎是没有控制权的，草原上的部落除了本地人带领，中原军队去完全是抓瞎。只有强汉，能到燕然山（今蒙古国杭爱山）勒石铭刻。李靖此时虽有勒石之心，实无勒石之辎重，唯有望之叹息。

北突厥只是被打散了，又不是被打死了。他李靖、李世勣更做不了武安君白起这般人物，将投降了的敌军悉数坑杀。草原之大，部族之多，岂是坑杀能杀完的？反而与草原结了不死不休的仇，为日后中原衰弱时留祸根。

那么，不能简单放颉利可汗投降，得以力量来让草原人知道大唐的武备，最大限度地打击掉突厥的有生力量。

"将军，唐俭、安修仁等人，吾是熟识的。"李世勣添了把柴薪，哈了口气，对李靖说，"他们不会在意被暂扣，只会为将军行事果决叹服。"

"善。"李靖半眯着眼睛，掐指算了算天气，"有大雾。妙哉！我以有心算无心，精骑一万，生擒颉利，轻而易举。"

"将军，不可啊！"说话的是张公谨，显然他被这两位胆大包天之徒给骇到了，"这这这，陛下已下诏受降，将军怎能……"

李靖打断了张公谨的话，他也知道有些话说出来就不一样了，藏在肚子里反而好些："当年淮阴侯就是这般灭的齐，将在外，战机稍纵即逝，君令有所不受，陛下不会责怪的。"

三言两语之间，颉利可汗的命运似是被敲定了。当年汉高祖刘邦与楚王项羽争霸天下时，刘邦麾下有一谋臣郦食其，进言应联齐抗楚。郦食其是有名的说客，齐王也果真被他说服了，放松了对彼时汉王刘邦的警惕。然而韩信在得到齐王归降的消息后，并没有放弃灭齐计划，还厉兵秣马，趁齐国边境松懈，一举灭了齐国。而齐王知道韩信攻来的时候，连呼上当，用鼎烹死了郦食其。在这一整个过程中，当刘邦知道韩信仍要灭齐时，刘邦也没有阻止，根本原因就是韩信攻下齐国疆域，实际上符合汉国长远利益。

而现在，韩信是李靖，刘邦是李世民，齐王就是颉利可汗了。只是不知，唐俭、安修仁等人是否会成为郦食其。想来也是不会的，郦食其以言动人，唐俭、安修仁是大唐支柱，怎能相提并论呢？况且颉利可汗如今，也怕是没有那么大的鼎了！

突袭的事紧锣密鼓安排下去，李靖当天连夜就点了一万精骑去接受"投降"。北突厥各部基本都听到、猜到颉利可汗的选择，纷纷见到李靖后立马投降。从黑夜到破晓，李靖算得从无差池，这天正是大雾。

天快明了，李靖万余骑离着白道的出口碛口（今内蒙古二连浩特），离颉利可汗的牙帐越发近了。李靖想了想，决定一回生二回熟，重施定襄城故技，点一支先锋去压一压突厥士气。他扫了眼身后跃跃欲试的精锐们，点了一位叫苏定方的壮年将军，令其领二百弓弩骑兵突袭牙帐。

七里，六里，五里，离牙帐越来越近，已经能闻到突厥营帐中的气味。饭食、汗水、体味、排泄物、牲畜各种味道混在一起。苏定方捂着鼻子，令全队将士都下马步行，静悄悄地往牙帐摸。突然，雾散了，一支人马登时从营帐中显露了出来。苏定方眼疾手快一步跃上马背，高喝一声，其余将士也跟着他跳上马背，与他一起发出了唐军的呼喝。

"万胜！"

一时间气势排山倒海，突厥兵们侧目而视，唯有一道尘土滚滚，战马奔腾的声音从远而近再由近到远，竟然是朝着牙帐而去的?!

慌乱之中，颉利可汗被死忠附离带着且阻且退，苏定方一队不仅把牙帐搅了个稀巴烂，还抓了义成公主与颉利可汗的子嗣。没有询问颉利可汗在哪的时间，苏定方紧忙掉转方向，冲向了突厥营帐的密集之处。

这边苏定方一支人马在几万人中擒敌酋，那边李靖的大部队也紧跟其上。可汗都跑了，抵抗只剩下了零星点点，李靖的大部队清理掉了突厥营帐中一些死硬派，北突厥便基本宣告灭国了——剩下的便是抓住颉利可汗本人。对于李靖这等人杰来说，每逢战争，不取巧，不走险，谋略对策烂熟于心，胜利来得易如反掌，也难怪人常说善战者无赫赫之功了。胜利得过于简单，怕是庸人都会怀疑其是否艰难了。

颉利可汗的苦难行军还未结束，他还在逃。

东边是不敢回了，颉利可汗唯有先向西边跑。得亏他还有个信得过的沙钵罗设，阿史那苏尼失。其建牙在灵州（今宁夏灵武）西北处，之前颉利王庭因为杂胡人的事闹内乱，只有苏尼失部一直支持他。

颉利可汗忘了，他现在不是草原上的太阳了，他现在是唐朝的通缉犯，是祸根，阿史那苏尼失一个小庙，怎能容得下他这尊大佛?

于是，颉利可汗只能到此为止了。有李道宗的大同道大军虎视眈眈，阿史那苏尼失唯有投降一条路。他派自己的儿子带着颉利可汗，亲手把颉利可汗交给大同道行军副总管张宝相，大同道唐军"护送"颉利可汗至长安。颉利可汗到了长安后，李世民念及阿史那苏尼失之子有功，拜他为左屯卫将军，赐名为忠。

话分两头，二李在阴山获俘十数万，牛羊不胜数。在战利品当中，有两个人显得格外突出。义成公主、义成公主与颉利可汗的儿子叠罗支。

"公主，吾乃大唐兵部尚书李靖，有何疑惑，吾知无不言。"

李靖坐在义成公主的对面，安静地看着她，端详着这位叱咤漠北数十年的可贺敦。历启民可汗、始毕可汗、处罗可汗、颉利可汗四位可汗，又经历了隋朝成飞烟的恶事，义成公主的的确确不年轻了。她脸上的每一个皱纹都在诉说漠北狂烈的风沙，她的目光却还是那么明亮、锋利。

"事已至此，吾只求一死。"

义成公主说话了。李靖恍然注意到，这位前隋的公主，腰上一直挂着一块玉佩。

"公主，萧皇后与公主私交甚好，陛下不会为难公主，请回长安安享晚年吧。"

李靖站起身来，他还有很多事要处理，容不得磨蹭了。

"不必了，将军。"义成公主笑了一声，像是苍鹰临死前的哀鸣，"吾是大隋的公主，大兴的女儿，唐与长安，与吾无关。请将军借吾把匕首，当吾为卫护漠北汉人数十年的一点酬劳。"

李靖沉默了片刻，解下身上常佩的短剑，放在了自己的椅子上。

"公主，万安。"

李靖缓步走了出去，他方才想了起来，义成身上的玉佩，他在萧皇后的身上也见过。萧皇后当时看他盯着玉佩，曾笑着给他解释，只不过大隋宫人配的信物，聊做个纪念。

此间事了，该回长安了。所幸唐俭、安修仁都无恙，也如李世勣所说，使臣们都没有怪他。不然要真有个什么好歹，李靖虽然自觉道义无碍，良心上多少是有些难堪。

贞观四年（630）春，大同道唐军俘获颉利的消息传到了长安，李世民大赦天下，普天同庆。但天有不测风云，仅一个月后，尚书右仆射杜如晦病危去世了。平定突厥的喜悦没有冲淡李世民的半点哀伤，他常常上着朝，看着房玄龄，泪就流了下来。

"房公，您与杜公一起辅佐我，现在只能见到您，见不到杜公了。"

"房公，您记得吗？杜公当年手指都被打得骨折了。别的事不见他皱眉，唯独因为手指骨折写不了字，他哀叹了好久。"

"非如晦不能决！如晦何在？如晦何在焉？"

房谋杜断，今只见得房谋，不复杜断矣！

只希望杜如晦看到贞观君臣们竭力创出的太平天下，也能老怀欣慰，不忧天下之苦。

第五章

天下太平（庙堂篇）

一、成为天可汗

天下不会为了一个人停止运转，颉利可汗的受降仪式还需要准备，对颉利可汗麾下的那些没有投降大唐，北逃西奔向薛延陀和西域的，也得有打算。

贞观年间的朝堂没有太多烦琐的规矩，众臣们都是想到什么就说什么。每一个人都少一分私心，多一分公心，交流就会变得顺畅许多。当务之急是处理颉利可汗的遗留问题，不论是他自身的部族，还是对北境游牧民族整体做一个统筹设计，都迫在眉睫。

争论了半个时辰，朝臣们粗略形成了个大多数的意见："北方的蛮夷，自古以来就是中原的祸患。仰仗大唐的威德，终于把他们碾为齑粉，化作春泥。他们的败亡当万世传颂。但君子之仇，十世犹报，应将蛮夷们全部迁徙到黄河之南的兖州、豫州之间。令他们各个种族部落分散，把他们安置在不同的州县，教他们耕种织布。一如前汉之所为，使蛮夷为大唐光辉所照，纳蛮夷为大唐子民。千秋万代，漠北永远空旷无人，北方之祸，再不复矣！"

中书侍郎颜师古的意见更为可靠些："突厥、铁勒诸部自古以来畏威而不怀德，难以驯服。陛下使他们称臣，不该直令其化整为零，强逼融合恐会破坏中原安定。将他们安置在河北地区并无不可，但应分别设立部落酋长，以此逐步辖制各个部落，直到将他们彻底化为汉人，则可以永无祸患。"

武德年间，鉴于颉利可汗的威胁，大唐与西突厥、吐谷浑等周边政权都有着友好结盟的关系。这种关系在国家层面上，牵制了颉利可汗的力量，使初生的大唐在统一全国的过程中减轻了军事压力；在国际层面上，随着大唐与它们之间密切的使者、商人往来，向着周边外国逐步扩大了大唐的政治影响；并且这种关系在灭北突厥之事上，也实际性地起了关键作用。大唐和盟友们对突利与颉利的矛盾进行了挑拨利用，使二者关系日益尖锐，最终削弱了颉利可汗的统治实力，得以实现了李靖一役灭国的壮举。

而随着大唐国内政治、经济和军事力量的日趋增强，尤其是在武德七年（624）后统一局面基本奠定，大唐与周边民族政权逐渐由对等的关系变为臣属的关系。但因为之前良好的交往，大唐与周边民族尽管有摩擦，还是形成了兄弟般的情谊。政治上的事反馈到现实上，就是磨合中寻找彼此共同的联结点，最终达成团结统一。

所以事实上，颜师古的意见是大唐对其他胡人已经实施的政策之一。那些活跃在大唐境内，特别是边疆地带的昭武九姓势力，即康、安、曹、石、米、何、火寻、戊地、史等九姓九国，他们在大唐获得了经商的权力，同样地，他们也为大唐提供了巨大的支持。在武装、经济等方面昭武九姓发挥了重要的作用。虽然因为昭武九姓多深目高鼻，须髯繁杂，不似汉人与突厥人而被蔑称为杂胡，但在制度上，昭武九姓其实得到的待遇与汉人并无差异。

朝堂上的主流意见是融合，那么当然也有不同意融合的人。

夏州都督窦静更加古板些，他以子曰"裔不谋夏，夷不乱华"为底，说："戎狄的本性，实在是禽兽一般。他们不能用刑罚法令威服，也不能用仁义道德教化。况且故土难忘，将他们安置在中原一带，他们也只会想着回到祖地。臣以为，颜公之言，虽有理有据，但只怕一旦发生变故，这些蛮夷会趁机对我大唐形成威胁。不若趁此机会，对他们施加意外的恩宠，封他们以王侯，将宗室女下嫁给他们，分割他们的土地，离析他们的部落。这般过来，将可让他们永为藩臣，使边塞永保平定。"

窦静之言初心是好的，但对饱经战火摧残，急需人口的大唐来说，对政权开明，将行万世之效的贞观帝来说，太过于古板守旧。

礼部侍郎李百药就是这样认为的。他说："突厥，虽常常被称为一个国家，但不比大唐。突厥实乃各部族划分而治，其中各有首领。现今应当乘其离散，分而化之。应各以其本部族设首领，使其不互为臣属。如此一来，日后突厥阿史那氏（突厥王族）纵使再为首领，也只可领其本部族而已。圣人有言，集体力量强，分化而力量弱。小部落容易控制，大唐朝堂可对其上下其手，协调令几部分势均力敌，难以相互吞并。这般之后，北方各部唯有力图保全，不能与大唐相抗衡。臣以为，应按前朝例，仍在定襄置都护府，作为节度北境的机构。"

只可惜裴矩早已逝去，否则他听了这席话，真得拍手叫好，叹曰吾道不孤才是。突厥汗国之所以分裂为东西两个汗国，正是因为大隋以一代人的时间，为原本的大突厥汗国设下的毒计。而这条毒计，便是由长孙无忌与长孙皇后之父长孙晟设计、裴矩执行的。

长孙晟以"远交近攻、离强合弱"为指导思想，给弱的可汗赐狼头纛，让强的可汗知晓这事。又以金钱贿赂离心强的可汗与其附庸部族，腐化其内部组织。这么十几年过去后，等到老一辈的可汗们凋零得差不多了，新一代可汗天生就带着猜疑。不止于此，对于上了手段后仍有猜疑的可汗，裴矩又以新的计策来对付他。隋厚礼给一位叫染干的突厥贵族，还把宗室女以公主的身份下嫁给他，把他当作大隋在漠北的盾牌，用来阻挡那位颇有猜疑的可汗。区别对待下，那位可汗有言："我大可汗也，反不如染干！"

在层层分化下，大隋不仅用较小的代价就抵御住突厥，还推波助澜，将突厥分成了东西两半。最后，大隋任命染干为分裂后东边这半个突厥的大可汗——启民可汗，后世称为东突厥汗国，本书中称为北突厥汗国。因为此时下嫁于染干的宗室女安义公主病逝，隋文帝又赐婚宗室女给启民可汗。染干之子便是始毕可汗，第二位嫁给启民可汗的宗室女，就是义成公主。

对于突厥汗国分裂的事，或许突厥人自己的碑铭更能总结些："他们是那样声名显赫的可汗。之后，其弟做了可汗，其子也做了可汗。之后，弟不像兄，子不像父，昏庸的可汗登了位，坏的可汗登了位，其梅录（突厥的宰相）也是昏庸的、坏的。由于其诸官和人民的不忠，由于中原王朝的奸诈和欺骗，由于他们的引诱，由于他们使兄弟相仇，由于他们使官民不和，突厥人丧失了成为国家的国家，失去了成为可汗的可汗……"

突厥人的后人们，在埋怨中原之前，也该想想自己的先祖到底是不是那么贤良。而且这世上，除了那些你死我活、尔虞我诈，长安还是有些温情在的。

两年前礼部尚书温大雅去世，李世民感念温大雅镇守洛阳的功勋卓著，再者温大雅弟温彦博本身也儒雅清显，便连续擢升了温彦博两次，提为了中书令。

作为朝中相爷之一，温彦博清了清嗓说话了："陛下，臣以为，将突厥人迁徙到兖、豫之间，只是行了朝廷的方便，但究其到底是违背了突厥人的本性。以此，臣以为，这不是能让他们生存的办法。臣建言，依照汉光武帝时的办法，将投降的突厥人依他们的习惯，把他们安置在塞外，保全其部落。另外再教他们生产生活，教他们仁义礼教，这才是称得上仁义的办法。"

这话说得虽好，但在前面发言的大臣们看来，就有些不是滋味了。难道只有你温彦博懂仁义，我们便是不懂仁义的蠢夫吗？

尚书右丞守秘书监魏徵不惯着他，朝着温彦博的话怼了过去。守秘书监的守，可不是看门人的意思，而是一种特指。散位，即是散官的品阶。散位是按资历升级，职事则是由君主任命。李世民规定，散官官阶高而所任职事官阶低者，称为"行"某某官；散官品级较低而所任职事官阶高者，称为"守"某某官。秘书监就是秘书省的长官，掌经籍图书，是皇帝的身边人。

魏徵先是哼笑一声，温彦博一听他出了声，登时头大如斗。满朝文武谁不知魏徵这人怼天怼地，连李世民都怼没完，何况是怼个宰相，根本不在话下。"温公的仁义，有些过了！这些突厥世世代代都是强盗，是中原百姓的血仇。今时今日幸而令其灭亡，是天下之福。陛下仁心，既然收了他们投降归附，就不忍心将他们全部杀掉，臣幸甚至哉。但陛下，依臣之见，应将他们放归故土，不能留在大唐境内。这些蛮夷尽管人面，但却兽心。他们弱的时候请求归服，强起来又会叛乱，这是其本性，改不了的。现在投降的将近十万人，等到几年之后，发展到几倍之多。再过一些年，连整个中原都要改姓了，到时朝堂后悔都来不及。西晋初年胡人与汉民在中原混在一起，郭钦、江统都劝晋武帝将胡人赶去漠北，以杜绝祸乱，武帝不听。此后二十余年，伊水、洛水之间就沦为北方戎狄聚居之地，这是前车之鉴啊！"

温彦博不甘示弱，说："孟子曾经说过，'舜出生在诸冯，迁居到负夏，逝世于鸣条，是东夷之人；周文王出生在岐周，逝世于毕郢，是西夷之人'。魏公怎能因为出生地就敌视他人呢？'吾闻用夏变夷者，未闻变于夷者也。'教化之事，岂能仅一代而短视？再者，陛下作为大唐的皇帝圣人，对于天地万物，事无巨细，都该有所包容。今天突厥人困窘，为了逃难来归附我大唐，为什么抛弃而不予接受呢？子曰'有教无类'。如果拯救他们于将亡之际，几年之后全都变成我大唐民众，再任命他们的部落首领入朝做宿卫官兵，令他们畏惧皇威留恋皇恩，这有什么后患呢？"

魏徵还欲再说，李世民阻止了他。人非草木，孰能无情？泱泱华夏，怎么能因为习俗这种事去蔑视他人呢？所谓"夫华夷者，辨在乎心。辨心在察其趣响，有生于中州而行戾乎礼义，是形华而心夷也。生于异域而行合乎礼义，是形夷而心华"。

俾日月所烛，皆归乎文明之化。李世民是这样想的，也是这样做的。他最终采纳温彦博的国策，划分投降的突利可汗与俘获的颉利可汗统属之地，设置六个云中都督府。让投降的民众得到中原朝堂的关爱，把原来突厥的子民纳入中原的管理体系中。

四月初三，颉利可汗到长安了。李世民戴好冕旒，穿好礼服，十二章纹袍服，绛色蔽膝，云纹笏头履，端坐在太极宫正门顺天门的城楼上；后面诸位大臣头戴黑介帻，穿着紫绯袍服；城楼的地面上，放满了从突厥人处拿回来的象征物件；城楼下面仪仗队伍的将士们，穿着绘着缠枝花卉、云形宝相的铠甲。

颉利可汗抬起头，看到威风凛凛的大唐宿卫，看到城楼上的众人众物，太阳枕在李世民的脑后，似是唐皇自身的光芒。他一时间说不出话，脑中一片空白，直到身旁的人推了推他，才反应过来唐皇在问他话。

"阿史那咄苾，渭水便桥一过经年，无恙否？"

颉利可汗，哦不，他已经不再是突厥的大可汗了。阿史那咄苾不知该回答什么，他张了张口，一个"喏"字就从嘴里溢了出来。

唐皇也不在乎阿史那咄苾答应了什么。唐皇直起身，站在城墙前，阿史那咄苾才看到城楼下面乌泱泱的都是人，这些大唐的子民来这作甚？还不驱逐？

没等阿史那咄苾想明白，唐皇的声音就又响了起来："朕此次见你，是要为百姓、为天下讨个公道。"这是要公审了。

"第一，你借父兄立下的功业，骄奢淫逸自取灭亡，是也不是？"

"喏。"

"第二，你几次与我订盟而反复背约，是也不是？"

"喏。"

"第三，你自恃强大崇武好战，造成白骨遍野，是也不是？"

"喏。"

"第四，你践踏我大唐土地上的庄稼，抢夺我大唐人口，是也不是？"

"喏。"

"第五，朕原宥你的罪过，保存你的社稷江山，而你却数次拖延不来朝，是也不是？"

"喏。"阿史那咄苾猜测，"这是要回归长生天了吧？"

"不过，阿史那咄苾，自渭水便桥盟约以来，你不曾对大唐有大规模的入侵。朕因此赦你死罪，你可知否？"

"喏。"阿史那咄苾回过神来，"谢大唐皇帝陛下！"

参与献俘仪式的不光阿史那咄苾这一个外人，还有更多的部族首领。譬如突利、郁射设等突厥可汗；原先依附颉利可汗的拔野古、仆骨、同罗、奚、靺鞨等部俟斤；党项及南蛮诸谢、牂柯酋长等；西突厥及高昌王国的使臣；张弼一路西行后，西域诸国前来长安朝贡的使臣们。

他们异口同声着，他们呼喊着，他们吼叫着，他们高喝道：

"万岁！万岁！万岁！请大唐天子加冕天可汗！"

唐皇肃着脸，无动于衷的样子："朕为大唐天子，怎可又下行可汗事？"

"天可汗！万岁！天可汗！万岁！"

众臣也齐齐作揖："陛下膺天育物，无隔华夷，率土黔黎，莫不慕化。风行所及，日入以来，职贡皆通，无远不至。请陛下加冕天可汗！"

声音传到了城楼下，宿卫们和大唐的子民们也高声喊了起来：

"请陛下加冕天可汗！万岁！"

李渊本来也要来参与献俘的，但毕竟是太上皇，见民众的事还是少些好，所以没能去成。不过献俘不参加，庆祝是务必不能少的。当天夜里，李渊就召集李世民与十几位显贵大臣，以及诸王、王妃、公主等，在凌烟阁摆下酒宴，为大唐庆贺。

"二郎！朕的好二郎！"李渊搂着李世民，一边喝酒一边大笑，"汉高祖被匈奴围困白登也不能报仇，朕的二郎一役平了突厥，幸哉！乐哉！"

酒到酣时，李渊还亲自弹起了琵琶，李世民跟着跳起了舞蹈。

"二郎！朕听闻温相公宣诏时声韵高朗，见到的人都挪不开眼睛，你也来给朕模仿下！"

李世民无奈，举起了个餐盘权当诏书："门下，天下之本……"

李渊一把拉过旁边的侍从，指着李世民问侍从："朕这二郎，比起温相公又如何？"

在座的笑得前俯后仰，宾主尽欢，天下俱欢。

是岁，边境安定，民生泰然，天下太平。

二、俗世与宗教

武德元年登基时，李渊曾把老子追尊为玄元皇帝，所谓——粤若老君，朕之本系。但佛教自从东汉传入中华大地后，因其"因果报应""生死轮回"理论，在魏晋乱世中狂揽信徒，且于前隋时期达到顶峰。所以尽管李渊把道教认为国教，并号称道教高于佛教，可实际在社会上未曾得到表现。而武德皇帝本人，直到武德初年，都是极为倾向佛教的。

大业二年（606）正月初八，时任郑州刺史的李渊为了生病的李世民到佛寺祈祷，等到李世民病愈，还为佛寺造了一尊弥勒像以表感恩。刻像留念写的是：

郑州刺史李渊，为男世民因患，先于此寺求佛。蒙佛恩力，其患得损。今为男敬造石碑像一铺，愿此功德资益弟子男及合家大小，福德具足，永无灾障。弟子李渊一心供养。

到了武德二年（619）时，李渊还选了十位高僧，让他们作为统领僧尼事务的"十大德"。"十大德"的设置借鉴了北齐时期中央僧务机构昭玄寺十统的经验。因为北魏的积极推广，北朝僧尼的人数以及寺院经济的发达，远超过同一时期的南朝诸国。面对庞大的宗教团体，北齐政府采取了既利用又控制的政策。北齐文宣帝时，为了管理和肃正佛教团体，朝堂在中央佛教管理机构昭玄寺下设立了以法上为大统、其余为通统的十统僧官制。武德初年李渊建立的，也是这种以一僧为正，其余九僧为副的中央僧官制，只不过北齐称为"十统"，而唐称为"十大德"，名字不同而已。

"十大德"的选拔和履职有一定的程序：首先要"大集僧众，标名序位"；然后召集的众僧人再推荐出"积善所归"者，成为"十大德"中的一员；最后申请尚书祠部批复或者备案。但如果皇帝愿意，也可直接任命十大德的人选。李渊就在众僧人都反对的时候，把一名叫保恭的列为了"十大德"之首。

而数年之后犯事的法雅，武德年间颇受李渊恩宠。他令诸子弟拜谒法雅，又允许法雅置之帷幄，参与机要。法雅也对李渊投桃报李，武德七年（624），颉利可汗犯边时，法雅主动"奏请京寺骁悍千僧，用充军伍，有敕可之"。

其实李渊宠信法雅，看似笃信佛教，内在不然。佛教并非单纯的僧侣，大约自两晋开始，佛教寺院就开始形成经济实体。凭借贵族们的施舍与赏赐，寺院对土地的兼并和掠夺大幅增快。再加上众多贫苦农人的投靠，佛教成了中原的一大巨鳄。在北朝，大量依附寺院的是寺户和僧户；在南朝，除了下层僧尼、寺户外，还有数量繁多的"白徒""养女"。"白徒""养女"是指没有出家但为寺僧服役、劳作的男女。除了垦殖土地之外，寺院还从事买卖、手工、占卜乃至高利贷等业务。此类经济活动不只是为了解决僧侣生活需要和佛事活动所需支出，而是走上了以赚钱为目的聚敛钱财之路。因此，李渊对佛教的态度，实则是迫切需要法雅背后部分佛教势力财力、人力的支持。而法雅的回报，也是其背后部分佛教势力的效忠表率。

但凡事皆有利弊，佛教膨胀的速度随着李渊的支持进一步加快，其对大唐的帮助越来越少，对大唐的影响越来越大。武德四年（621），战事不绝。全国人丁调查仅二百余万户，还不到前隋最顶点时的一半。人少了，租调丁役又少不了，社会还得运转，从而一度陷入了恶性循环。调查发现，因为僧尼免丁役，民间许多人为了避赋役躲入寺庙。兵丁匮乏，国库亏空。此时李渊也对着李建成感叹："僧尼入道，本断俗缘，调课不输，丁役俱免。"

当询问到是否该应和太史令傅奕的奏表，对佛教进行严厉打击时，李建成说："今时今日出家的未必都是好人，有行为不端的，有为了避税偷懒假装学佛的；但在这些出家的人中，也有威仪具足，严守戒律，心性志向像珠玉一样澄明高洁的。如果要不分贤愚地遏令他们一并还俗，只怕将会玉石俱焚。这样做恐怕有损我朝的德政和教化。"如此云云，此事只能暂且作罢。

太史令傅奕七次上书，在野的高僧法琳也多次写文与之对抗，除此之外，法琳还借助佛教信众广泛的优势，努力在朝堂上寻找支持。

武德九年（626），太史令傅奕第七次上奏要求对佛教出重拳时，李渊终于动了。傅奕前前后后无数文章、无数条例，只取其最动人两篇来予以了解。一则是《益国利民十一条》，一篇是《请除释教疏》。

先看《益国利民十一条》：

一是青壮年僧尼不婚不嫁，以致减损户口。这是"违天地之化，背阴阳之道"，应当让六十岁以下的僧尼简化成丁口，这么一来兵强农劝，有利于国计民生。

二是西域诸国兵员虽少，却自相征伐，屠戮人国。今大唐丁壮僧尼二十多万，"其结胡法，足得人心"，应防其不测。

三是佛教广置精舍，虚费金帛，请求诸州县减省寺塔。并请将寺舍分给孤老贫民，无宅义士，规定三万户的州设置一寺，就用草堂土塔来安放经像，还要销毁铜铁像，不得更铸。此乃"益国利人，兴家多福"。

四是让僧尼穿布衣，省斋饭，不让僧尼挥霍浪费。

五是禁止僧尼拥有过多的财产。

六是帝王不崇信佛教则"大治、年长"，信佛则"虐政、祚短"。

七是建议将周孔之教封送西域，以抵制佛教思想的流传。

八是视佛经为邪说，称其为"家鬼"。佐世治民，只唯《孝经》一卷、《老子》二篇，不需广读佛经。

九是稳农安近，市廛度中，国富民饶。

十是帝王受命皆革前政，指前朝信佛，本朝应革其政。

十一是直言忠谏，古来出口，祸及其身，要君主虚心纳谏。

不难看出傅奕的十一条有些说得贴切，有些好似凑数一般，也难怪李渊对十一条无动于衷。《请除释教疏》换了条路子。

佛在西域，言妖路远。汉译胡书，恣其假托。故使不忠不孝，削发而揖君亲；游手游食，易服以逃租赋。演其妖书，述其邪法，伪启三途，谬张六道。恐惕愚夫，诈欺庸品，凡百黎庶，通识者稀。不察根源，信其矫诈，乃追既往之罪，虚规将来之福。布施一钱，希万倍之报；持斋一日，冀百日之粮。遂使愚迷，妄求功德，不惮科禁，轻犯宪章。其有造作恶逆，身坠刑网，方乃狱中礼佛，口诵佛经，昼夜忘疲，规免其罪。且生死寿夭，由于自然，刑德威福，关之人主。乃谓贫富贵贱，功业所招，而愚僧矫诈，皆云由佛。窃人主之权，擅造化之力，其为害政，良可悲矣！案《书》云："惟辟作福，惟辟作威，惟辟玉食。臣无有作福作威玉食。臣之有作福作威玉食，其害于而家，凶于而国，人用侧颇僻。"降自羲农，至于汉魏，皆无佛法，君明臣忠，祚长年久。汉明帝假托梦想，始立胡神，西域桑门，自传其法。西晋以上，国有严科，不许中国之人，辄行髡发之事。洎于苻石，羌胡乱华，主庸臣佞，政虐祚短，皆由佛教致灾也。梁武齐襄，足为明镜。昔褒姒一女，妖惑幽王，尚致亡国。况天下僧尼，数盈十万鬸刻缯彩，装束泥人，而为厌魅，迷惑万姓者乎？今之僧尼，请令匹配，即成十万余户，产育男女，十年长养，一纪教训，自然益国，可以足兵。四海免蚕食之殃，百姓知威福所在，则妖惑之风自革，淳朴之化还兴。且古今忠谏，鲜不及祸。窃见齐朝章仇子佗上表，言僧尼徒众，糜损国家，寺塔奢侈，虚费金帛，为诸僧附会宰相，对朝谗毁，诸尼依托妃主，潜行谤讟，子佗竟被囚执，刑于都市。及周武平齐，制封其墓。臣虽不敏，窃慕其踪。

这就对了！说礼法之类云云对皇帝甚微，但威胁到皇权、威胁到统治，就由不得李渊了。不过以傅奕的这些话拿去给佛教，实在有欲加之罪，何患无辞的嫌疑。毕竟傅奕是道教的人，既有国事，也有教事，还需要从中仔细甄别，挑挑拣拣才行。

李渊以长安寺院道观"不甚清净"为辞，下令沙汰僧尼和道士。沙汰，即为汰选，淘汰掉差的，留下好的，有正本清源的意味。在这篇诏文中，李渊痛斥佛教劣迹，"妄为剃度""嗜欲无厌""驱策田产、聚积财物"等。对道教的指责，李渊一笔带过。他规定，"京城留寺三所，观二所"，"其余天下诸州各留一所，余悉罢之"。表面来看一碗水端平，佛道同等，但其实此时现存佛寺数目几十倍于道观，李渊为崇道抑佛的政治手腕可见一斑。

但是，李渊这条沙汰僧尼道士的辞令没有得到执行——因为还没等到执行，皇帝就换人了。难道因为李世民年幼生病时与寺庙有缘，就要为佛教来撑这把伞吗？不是的，李世民撤销李渊的沙汰法，也是完全出自政治的考量。

李世民久在外带兵，常与各地人士交流，他深知，佛强道弱由来已久，在当下这种佛教势大的氛围中去抑佛，绝非明智。须知，与民间对抗的朝廷从来落不到好。武德年末，天下才定，百废待兴，突厥虎踞，又有干旱、冰雪极端天气，李世民必须利用宗教来支持他的政策。

因此，李世民一登基，对佛教徒中的饱学之士极力拉拢，引为谋士，让他们从宗教的角度为他出谋划策。贞观元年（627）正月，诏长安城中有德行的高僧进入内殿，行道七日，并给天下三千位僧尼发了度牒。但与此同时，李世民把私发度牒的罪行设为了极刑，以此稍微遏制了佛教的急速膨胀。

贞观三年（629），在李渊时"十大德"之一的明赡法师的建议下，李世民于起兵以来的七处最惨烈战斗的地方各修寺庙一座。为了纪念战死将士们的功绩，还令朝廷大员、闻名朝堂的书法家虞世南、褚遂良等撰写碑文。

李世民对佛教，大约使用了两种手段。一是因为佛教教义出俗厌世，他将佛道一同拉入了俗世君臣父子的轨道；二是因为佛教宗派林立，李世民试图终结佛性纷争，纳佛教于一宗。

"朕之所好者，唯在尧舜之道，周孔之教。"李世民常常这么说。佛道缘何兴盛？李世民认为是《礼》断档了，中华故有的黄老之术被战乱的几百年焚成飞灰，被士族们藏于自身家中用以万代永续。《礼》断档还不够，《经》也被垄断了，一切注释和解释权都由世家们自说自话，薪火相传的文明瑰宝，居然成了一部分人的家学渊源。这些人，这些士大夫，只愿看着世人愚昧着，愚蠢着，信奉这个，信奉那个，总之最后都要去央求他们的帮助，祈求他们把文明的光辉露出一星半点。

于是，李世民亦起了宏愿。他要重新修礼，要重注经，要重修史，要让那些世家都成为历史的垃圾堆。哪怕这些事他见不到，但他也要为舍得皓首穷经与他一起奋斗的这些理想主义者打下一个避风港。

李世民诏房玄龄、魏徵、李百药、孔颖达等，修改旧礼，定著《吉礼》六十一篇，《宾礼》四篇，《军礼》二十篇，《嘉礼》四十二篇，《凶礼》六篇，《国恤》五篇，总一百三十八篇，分为一百卷。又令孔颖达、颜师古等人考订五经——《周易》《尚书》《诗经》《礼记》《春秋·左传》。贞观十六年（642），孔颖达、颜师古等撰成《五经定本》，颁行天下，作为官学的统一教科书。李世民又以儒学多门，注释烦琐，令孔颖达和诸儒撰定义疏，名为《五经正义》。

双管齐下，再加上对佛教正本清源，对以宗教为皮的违法行为严厉打击，李世民几乎完成了俗世归俗世、宗教归宗教的壮举，只剩佛教成一宗了。

贞观十九年（645），玄奘回到长安。遍访佛陀故土，潜窥两乘底蕴，融会贯通，辩理殊胜，终为上下天竺服膺的玄奘大师，终为李世民完成了一统佛义的大事。

是岁，俗世归俗世，宗教归宗教，正本清源，佛有慈悲，道有仁义，天下太平。

三、贞观的法治

在中华大地上，法治的思想源远流长。其最早是出自上古贵族奴隶主们在神权、宗法下的律法观点，在春秋战国诸子百家争鸣时期激烈生长，形成了礼、德、法三者互助互斥的有趣局面。

"礼"，儒家思想以伦常为中心，从贵贱、尊卑、长幼、亲疏有别出发，认为只有能定亲疏、决嫌疑、别同异、明是非的"礼"才是调整社会关系的可靠的行为规范，主张实行"礼治"。在吏治只能辐射到社会少部分人的情况下，"礼"是无奈之选，也是最佳之选。

"礼"是调整社会关系的行为规范，那么靠什么力量去推行"礼"呢？儒家认为这个力量就是"德"，依靠道德教化的力量，潜移默化地使人心向善而知耻，减轻政府吏治的负担。德其实应运而生。

同样，"礼"与"德"基于人性本善而生，那么基于人性本恶的哲学思想，"法"也随之出现。法家虽然与儒家一样，也承认贵贱尊卑、长幼亲疏的等级差别，但法家不承认社会可以借助道德力量加以治理，更不相信仅凭君主大臣的德行就可以感化整个社会。因此，法家认为"礼"不过是道德家教育家的高调，不能以"礼"作为调整人们的社会关系的行为规范，只有"法"才能承担。与此相联系，法家认为必须依靠刑罚的威力，才能保证"法"的实施。

此时的"法"与后世的法律不同，法家多是围绕着统治者而生，"法"的核心也当然是统治者，即皇帝一言，便是律法。到了魏晋时期，法家与儒家在漫长的实践中融合在一起，形成了"礼法并用""德主刑辅"的教化法治思想。

前隋文帝开国时，由于长期的分裂割据和北周末年天元皇帝宇文赟的暴政，使得当时法制废弛、法律秩序十分混乱，因此哪怕是"德主刑辅"，《开皇律》还是采取了乱世用重刑的方法。而杨广更甚于其父，他对法家思想的认知背离了其本意，他过分地迷信自己的权力，也过分地迷信刑罚的威慑力。事实上，尽管法家认为需要以统治者为核心来实施法治，以重刑来保证法的实施，但法家并不追求盲目地行重刑。在商鞅与韩非子看来，重刑的目的一是以杀一儆百的方式消灭犯罪，二是止奸止恶。

然而，杨广与秦制时期一样，也从法家所倡导的严刑以禁民为非作歹，偏向了滥刑以戮民为快。正是这种认识上的严重偏离，使得杨广在大业年间大肆律外用刑，滥施刑罚，最终使他自身被勒杀在江都。

李渊吸取杨广《大业律》严刑峻法的教训，在太原起兵时，他就广施"宽大之令"。武德初年，李渊即帝位后，他令刘文静等人修订法律。前朝覆灭的教训就在眼前，围绕着儒家"礼法并用""德主刑辅"与佛教宽仁的思想，刘文静等人以《开皇律》为母本，尽削大业烦峻之法。武德二年（619），颁新格五十三条，格便是北朝年间对法律条文的称呼。武德七年（624）《武德律》颁布，基本与《开皇律》无差，只是削减了《开皇律》中严苛的部分。

既要开万世太平，律法是重中之重，《武德律》还是过于粗糙了些。而李世民的法治思想与先前的皇帝又大有不同，他说："法者，非朕一人之法，乃天下之法。"于是，贞观元年，长孙无忌、房玄龄等人秉承李世民旨令，以《武德律》为基础，再修订新律。等到贞观十一年（637）《贞观律》颁布时，其中"削烦去蠹，变重为轻者，不可胜纪"。

贞观元年广纳谏言时，张蕴古因他的《大宝箴》获得了李世民的青眼，擢升为大理寺丞。大理寺是专门负责刑狱案件审理的官署，它的前身就是秦汉时期专门负责案件审核的廷尉，是大唐的最高法律机构。大理寺丞则是大理寺卿的佐官，分管大理寺事务，判断地方刑罚的轻重。

贞观五年（631），河内（今河南沁阳）有个叫李好德的人，应是有些精神问题，经常在大庭广众之下发癫骂大唐和皇帝。《武德律》规定，凡妖言惑众、妄议朝政君王的，应该处以绞刑。死生大事，又是这种尚未构成恶劣影响的，得更加审慎才是。李好德已经收押进了监狱，张蕴古决定去探探李好德到底是个什么情况。

贞观年间吏治清明，大理寺狱都显得亮堂干净些。"李好德，别装了，圣人知道你是装的！"

正趴在草席上抠墙的李好德被这声音吓了一跳，他忙弹起来，看到是位穿官袍戴进贤冠的大人物。这种冠他是见过的，他的兄长是相州刺史，兄长上值时就经常是这副打扮。

"明公！某真是冤枉的！"李好德急得不行，抓住狱栏猛晃，整张脸塞进两根栏杆中间，眼睛都要暴出来。

此时这片狱中只有张蕴古与李好德二人，张蕴古自信李好德伤不了他，也秉持着不误杀一个人的本心，非得弄清楚李好德的情况不可。他安抚了下李好德，让李好德先坐地上，缓缓心情。

"你既然说你不是故意的，那么好，李好德，你且跟吾下盘棋来，吾便能正汝冤屈。"

李好德自是不信。下盘棋怎么能看出他的委屈呢？打从他突然在酒肆发病始，旁人见着他都绕着走。要是骂骂杨广也就罢了，可那是当今圣人。谁不知当今圣上气吞山河？据说圣上见蝗灾，一口气吃了十万只蝗虫，蝗灾方停；又有大水洪涝，圣上一口气喝了半条河，洪涝方已。再说了，前些年闹饥荒时，一斗米能卖二百钱，圣上继位后，就算遭了灾害，总算也有官府补贴，饿不死人。圣上心里装着大伙，日子越过越好，他个在酒肆发狂骂人的就成了众矢之的。也得亏有兄长家的侍从，才护着他从人堆中逃回家里，不然他早就被拥护圣上的大伙给生吞活剥了。

李好德胡思乱想着，就看张蕴古掏出了棋盘，放好了马扎，居然真要和他下盘棋了。他百思不得其解，但也只能听之任之。下棋就得打开牢门，李好德没有要劫持张蕴古越狱的心思，张蕴古心里其实有些紧张。

很快，李好德就知道张蕴古为什么要和他下棋了。这人棋艺实在了得，就是棋品不好，老是摆个他那边优势的残局，不知是什么意思。

李好德要是再往张蕴古脸上看看，他就能猜到为什么老摆残局了。张蕴古过目不忘，碑文、棋局，从小就是一眼就倒背如流。普通人哪遭过张蕴古这种浸淫棋艺日久的打击，又有张蕴古不断地进行言语刺激，李好德精神脆弱，往往下到一半就发了疯病。一发疯病，棋盘掀了不说，还得朝张蕴古脸上招呼。一来二去，堪堪下了个五局三胜，张蕴古也得出了结论——再不得出结论，他脸上胡须都要被发疯时的李好德拔干净了。

出了大理寺狱，张蕴古又累又饿，抬头一看连日头都消失了。他来大理寺狱时可还是正午当值，这棋下的，真是遭了罪。但是，张蕴古还不能回家，他得赶紧去写奏章，向圣上禀明李好德之疯确有其事。

此事要是到李世民下旨无罪释放李好德为止，当然算不上冤假错案，这可是君臣和睦之事一件。然而，此事没有结束，这事坏就坏在张蕴古是相州人，进大理寺狱时又事急从权，犯了御史的忌讳。

御史权万纪是这样禀奏的："张蕴古寺丞，相州人。李好德兄，亦相州人。张寺丞去往大理寺狱探查李好德事，无人伴随。大理寺狱卒有言，张寺丞携棋盘马扎进大理寺狱。臣疑张寺丞与李好德有关联，请陛下明察。"

这一件事涉及的几位官员只有御史天天上早朝，可御史不是当事人，亦不知实际情况，只是行御史分内之事。大唐的上朝制度是这样的，京城品级在九品以上五品以下的官员，每个月只有初一和十五可以去上朝；五品以上的官员以及供奉官、员外郎、监察御史、太常博士，才可以每天去处理朝政。

大理寺丞为从六品上，又不是初一、十五，张蕴古没有对簿公堂的机会。"陛下应当顺应时运，用敦厚淳朴的风气教化百姓，百姓虽开始接受教化，还不一定能保持下去。"张蕴古过去上表督促皇帝的表文，激起了李世民心头的愤怒。

"原来你就是这样规劝朕的？你嘴上说着敦厚淳朴，奏章里写着教化于人，行事居然是徇私情？荒谬！"

李世民按捺不住内心的怒火，他最恨的，就是道貌岸然，满嘴仁义道德，满手财帛血泪的人。"张蕴古居然如此？他掌律法之事，知法犯法，违法欺君，朕要杀了他！"

改革的车轮需要鲜血来推动，张蕴古情知他没有丝毫不可言于他人之事，只是圣人不愿意再给机会让他说话了。那么，吾问心无愧矣。张蕴古最后看了眼苍天，天上的雨滴打在他的脸上，淋湿了他的发须。

李世民第二天就发觉自己的错，可已经晚了。绝对的权力会蒙住人的眼睛，尽管李世民做了很多制度律法上的改良，可权力的笼子毕竟很难形成。

或许李世民根本就没想着杀张蕴古，仅仅是听闻这事后怒火中烧，说了一句军旅之中再常见不过的骂人粗话。但是张蕴古因这句话死了，人死了，就不会复活了。这日后会有其他人写奏章督促他李世民，可这世上再也没有那个看一眼碑文、棋局就倒背如流的人，再也没有为了正义、为了一条性命冒险去和囚犯下棋、搏斗的人。

从汉朝开始，死刑判决都要经过皇帝的批准才可执行；隋朝时，更是把这个批准上升到了三次。当然这种事一般不由皇帝亲自审阅，而由尚书、门下省来审阅。"不教而诛，则刑繁而邪不胜；教而不诛，则奸民不惩。"然而先前的皇帝没有人问过，从皇帝口中宣判的死刑就可以不用三次报告吗？李世民明白了症结所在，他颁了旨。

"今后有死罪案件上报的，即使是朕亲自下令立即执行死刑的，也要重复报告三次。三次都批准处死的，才可以执行。"

世上再无张蕴古，那就让世上还活着的人，再别因为朕一时之过白白丢了性命。千错万错，皆因朕始，也该因朕终。

贞观五年十二月（632），李世民又想起张蕴古。他借着先前抗旨不去岭南而被斩的卢祖尚，重提死刑之事，将三复奏改成了五复奏，即死罪案件重复报告须五次。

贞观六年十二月（633），李世民怜惜死囚犯们不能在家过年，放他们回家过年，并约定第二年九月回来问斩。第二年九月，死囚犯们全都回来，没有一个躲藏在民间的，李世民把他们全部释放，为他们的守诺给了报偿。这件事直到现在，都不断有人非议，但不可否认的是，在中华大地上，道德文化与法治文化是国家治理效能的重要原则与参考，也是社会建设不可或缺的精神养分，二者缺一不可。

对贞观来说，它也为此有了属于它自己的报偿。

天下大稔，流散者咸归乡里，米斗不过三四钱，终岁断死刑才二十九人。东至于海，南及五岭，皆外户不闭，行旅不赍粮，取给于道路焉。

是岁，天下大治，少有刑罚，除应死该死，无有错案，史称天下太平。

四、不拘一格降人才

时间回到贞观四年（630），李靖班师回朝了。

凯旋仪式是一定的，封赏也是一定的。但是，在这所有好事之前，有件不太好的事是李靖必须要面对的——不听宣。

这种事若是放在开国时期，一切都是为了胜利服务，其实无关紧要。可是现在不是开国，现在是开国的两位君主都还活着，将军就听调不听宣了？换个猜忌的君主，怕是封赏都得换成鸩酒。

也毕竟是李靖，他一路行来，助李孝恭平萧铣、江南，又招抚岭南、灭突厥。满朝文武都知道他的功绩，知道他的秉性。造反是不可能的，李渊都说了，"李靖，古之名将韩、白、卫、霍，岂能及也！"他只可能是怕战机稍纵即逝了，如此而已。

可知道是知道，皇帝是皇帝。自古帝王心难测，李靖要真被治罪，对大唐是不小的损失。贞观朝臣们之间私心少，公心重，于情于理，都得向皇帝求情。不过这个情不好求，贸然求情李靖或许无恙，求情的人得担上被认为成派成系的莫大风险。

不得不做的难事，就需要有能力的人站出来。太极殿中，中书令温彦博另辟蹊径，他不向皇帝求情，反而要求皇帝对李靖治罪："李药师（药师是李靖的字）于朝堂有大功，应嘉赏。然李药师率兵袭颉利可汗牙帐时，纵甲士行凶，突厥许多珍宝文物都被哄抢一空，又于朝堂有过，应罚之。自古功过不可相抵，请陛下明鉴。"

温彦博的这番话看似背后暗害李靖，其实把李靖听调不听宣的事完全跳过，从结果上把李靖率兵突袭颉利可汗一事带过，把责过推到了纵容部下抢战利品上。其中一词一句，一啄一饮，无不精心设计，把大事化小做到了极点。

哪怕李世民不在意这些，毕竟李世民是皇帝，皇帝是不自由的，皇帝需要为皇帝的子孙后代考虑，需要为天下人的子孙后代考虑。因此，一些君臣之间的小技巧，在处理这种事上就显得尤为可亲。

李靖回长安接受了凯旋仪式，第一步也是去太极宫向李世民谢罪。李药师不是政治上一片空白的蠢物，他连和其他朝臣闲聊都是恭谨和顺沉默的。他知道自己的功勋过于耀眼，也自然想得来这一层。

李世民顺着温彦博的话点头，对刚回长安的李靖喝道："平日就让你治军谨慎，现今酿成这种大错，该当何罪？"

"陛下！臣有罪！"李靖一个激灵，登时纳头拜了下去。

前排坐在圈椅上的大唐股肱们都屏着气，谁都知道怎么回事，但这出戏就是要演下去，演给全天下人看。

"罢了。"过了一会儿，李世民好似从气愤中镇定了过来，"隋朝时，史万岁打败达头可汗，有功劳隋文帝不加赏赐，史万岁反而被杀戮。这种事，朕不会做。药师的功劳，朕都记下了，药师的过错，也

第 五 章 天 下 太 平 （ 庙 堂 篇 ）

就到此为止吧。"说罢，还加封李靖为左光禄大夫，赐给绢一千匹，再为李靖加了食邑。

再过了两天，李世民又把李靖宣去了两仪殿。两仪殿是太极殿的中殿，只有亲近的人才能被召过去。李世民见李靖来，箭步上前拉着李靖的手："前几天是他们说你的坏话，朕被误导了。现今朕已醒悟，请你不要挂在心上！"又赐给了李靖绢两千匹。

到这里还没结束。八月二十二，李靖不听君令的风波过去了，李世民下诏把他提拔为尚书右仆射，这个相位自从杜如晦去世后，一直为李靖空着。可以看出，李世民心中对李靖不听令的事是完全没有芥蒂的。但在君臣阶级鲜明的社会，个人的意愿要顺应阶级的要求。李世民的举措完完全全将李靖之过盖棺论定，达到了纵然日后有人翻案也难以翻动的效果。

贞观君臣对自身最大的期许便是如此，君有君德，臣有臣德，令后人望而生羡，为万世楷模。

李世民最为看重的是"制度忠诚"，而非"私人忠诚"。除此之外，他要求自己有君德，首要任务就是纳谏。纳谏，一是倡导直谏，二是兼听则明，三是择善而从，四是畅达言路。缺一不可。在纳谏之外，还有审慎言行、居安思危等。臣德，则是在国家太平的治世，选人用人必须强调才行俱兼、德才兼备；德为首，才为附加条件。古代行政力量有限，官员个人权力极大，非常容易道德滑坡，这就是臣德中德的重要性，具体来看，即是忠义、尽职、清廉等德行。

孙伏伽是科举以来可考的第一位状元，比起靠祖上功劳获得一官半职的荫官们，他显然更像是李世民"制度忠诚"原则下的一分子。在实践上，他也曾多次在皇帝盛怒之下秉持公道，把对制度忠诚做到了底。不论是管李世民热爱打猎这种小事，还是李世民要杀了谁这种大事，但凡他有理有据，都会当面死谏。

在北朝时期，普遍存在的用人原则是以"私人忠诚"为基础的拉帮结派，而维系帮派的一般是损害制度的腐败关系。尽管隋朝开创了科举取士，可因为士族家世相传的学业垄断，并且此时的政治、社会基本倚靠士族家世家学运转，所以此时凭门荫和"流外"入流而入仕者却远多于科举出身者。

武德年间沿用隋朝的科举取士，但效果甚微。贞观元年（627），李世民将秀才、进士、明经、明法、明书、明算等都设为通常的考试科目。其中，秀才科为最高科等，应试者需要熟悉经史，精通治国方略，因而敢于应试秀才科的士子不多。明法、明书、明算这三科考试涉及专业知识，考中以后需要从事与该专业相关的工作，朝廷需要的人数较少，所以报考的人也少。这么一来，大部分士子报考的就是明经和进士两科，特别是进士科尤为热门，因为一旦录用，就有了候补官员的资格。由于学术资源的垄断，这时候进士科的考试科目只有试时务策一项，即对时事和政治的看法。策文的好坏，是录取进士的唯一依据，而衡量策文好坏的标准，看的是文章词藻的华丽而不是文章的内容。

贞观八年（634），李世民下令，在进士科的策问中也增加了经史方面的内容，此时官修的梁、陈、北齐、北周、隋五代史已经完善，准备发布。五代史的修撰发布减弱了士族家学的优势，扩大了庶族参政的机会，为"制度忠诚"拓宽了道路。

对于已有的官员，李世民也对他们制定了制度上的监督考核。由吏部考功司负责每年考核官员，标准为"四善二十七最"，考核结果将是官员升降、任免的依据。其中"四善"以"德"为本，而"二十七最"则以"才"为本。考核结果优秀会有经济奖励，考核结果较差会扣工资，对于县官这种与百姓打交道的官员，考核结果为下等的一律免官。

除了开科举和对现有官员管理的"制度忠诚"，李世民还创立了不拘一格降人才的提拔制度，为天下有才华的人留下了属于他们的"制度忠诚"。

早在贞观元年（627），张玄素就作为民间人才的一员，被李世民召见过。其实李渊不用张玄素的原因也很简单，张玄素没什么家学渊源，又曾经为窦建德做过事。李渊看不起窦建德的百姓出身，也一样看不起张玄素。李世民从来不被这种事干扰，他心中有一杆叫"制度"的秤，只要符合标准，没有谁是不可以用的。

关中常年聚集着最密集的人口，水土流失严重，耕地满足不了长安京畿的消费水平，经常需要从中原运粮食过来。于是，贞观四年（630），李世民准备在洛阳修行宫，每年分一些时间待在洛阳。这样也免得始终需要运粮进关中，劳民伤财。

张玄素闻讯上奏，说："阿房成，秦人散；章华就，楚众离；及乾阳毕功，隋人解体。陛下要是现在修洛阳宫，承接前隋之所以亡的原因，那就是不如隋炀帝。"

李世民哭笑不得，旨意还没颁出去，他倒先成隋炀帝了。

"卿谓我不如炀帝，何如桀、纣？"

但没办法，骂就骂吧，张玄素说得有道理，作为制度，就该嘉赏才是。他还对着房玄龄感叹，说："我是觉得洛阳是中华大地的最中间，朝贡进京都方便。玄素说得有道理，以后去洛阳住草房子也行。"

对于李建成做太子时的臣子，李世民不仅既往不咎，还按他们的才学，给了他们符合自身德才的待遇，这也是发轫于李世民的"制度忠诚"。

魏徵耳熟能详，王珪也是李建成做太子时的属官之一，他的祖父就是名噪一时的南梁尚书令王僧辩。贞观元年（627）庐江王李瑗谋反被杀，王君廓把李瑗的小妾送到了宫中。李世民看到这位小妾后，指着她给王珪说李瑗实在可恨，杀了人家的丈夫又纳她当小妾。王珪问李世民："陛下认为庐江王做的是对是错呢？"

李世民一脸不敢置信："此话何意啊？杀人而夺别人的妻子，你怎么还问对错呢？"

"臣明白了，"王珪点头，"陛下都已经这么做了，应该是觉得庐江王做的是对的。"

进献美女到皇宫实在是很普通的事，李世民没转过神来。王珪把话说透了，李世民只觉得臊得慌，遣人把这位美女送回到她父母身边去。

贞观二年（628）王珪就代高士廉做了侍中，再过两年取了"代"字，做了朝堂的相爷。李百药也是类似的背景，他贞观二年做了礼部侍郎，贞观四年（630）就去辅佐了皇太子李承乾。显然，李世民对于他这一套从制度上而不是从个人取向上提拔擢升官员是很有信心的。

除却民间考取功名的、现有的、敌人的贤才，李世民对民间遗漏的，虽然考不上功名但确实有大才的贤才一样重用。

贞观五年（631），李世民发动起群臣畅言得失，要求百官们主动工作，积极工作，而不是事事听调等宣。但针砭时弊这件事，对不同的人来说难度也不一样。对房玄龄、杜如晦这种人而言，他们本来就是干这个的，写篇政论自然不是什么难事。可是对中郎将常何这种各府卫的禁卫统领、十六卫军的统兵主力来讲，作文简直比登天还难。

古之文章，有格式，有韵律，有典故，有意向，哪是纯粹的武将能把握得住的。常何就是个纯粹的武将，他武德年间调入京城负责玄武门防卫，在那起事件中立下了汗马功劳。让他打仗、兵变，拍马就能干。但让他憋个文章出来，实在是难为人。好在常何会作弊，他让门客为他代笔，替他把针砭时弊的事作篇文章，上奏给皇帝。

应付过去后，常何也没当回事。结果他没想到的是，这个门客写的文章条理清楚，刀刀见血，太好，太好！李世民品读了一个早上，惊叹不已。然而等李世民一翻署名：常何？李世民登时觉得像极了看到尉迟敬德坐着读《尚书》——怎么可能呢？李世民召来常何质问：

"常何，近来本事见长，书读了多少了？"

"陛下此言何意啊？陛下知晓的，某只识得几百个大字，哪能读经书！"

"那朕就得治治你的欺君之罪了。"李世民冷笑了一声，"你这文章，何处剽窃得来？"

"哎呀！陛下！"常何挠了挠头，傻乐了乐，"莫不是这文章出岔子了？这文章的确不是某写的，是某的一个叫马周的门客写的。"

"哦？马周？且细细道来，否则定治你个欺君之罪。"李世民用拳头撑着脸，摆出副侧耳倾听的架势。

"喏！"常何喝了一声，又把手夺拉下来，"马周的事说来话长。"

马周是个背时鬼，打小就没遇到过几件好事，用三个字概括就是：少孤贫。他自幼丧父，家境贫寒，唯二的爱好是读书、饮酒。都说书约束人，酒放纵人，马周两个加一块儿，不出意外地成了豪放派文人。

豪放豪放，得了功名叫豪放，没功名就叫闲汉了。不巧，马周空有一肚子知识和酒水，却还一事无成。也就因为这个，马周没能躲过旁人的恶意编派。由于身世落魄，又行事跳脱，他更是没少挨同乡白眼。

这样的情形直到武德年间才有所好转，因为那时马周总算做官了。武德年间，天下各处缺员缺得厉害，马周因为有才学，补任到了博州（今山东聊城）做助教，也就是地方学校里授课的学官。说起来马周的性格也算不得好，好不容易有了份工作，马周却没有半点积极性。该说他是好吃懒做，还是有性格呢？反正换了个地方，他又进入了喝酒、误工、被批评的恶性循环。

"不想做就趁早滚吧！"告状的人多了，博州刺史一句话把马周打发了。

老家茌平是没脸回去待了，马周心里清楚，他得赶紧找个新去处才行。这之后，马周游荡在如今山东、河南的地界，靠着还算能写点文章诗句，换一口饭吃。

可是这种放浪形骸的人，在天下才刚太平下来的时候，总是被人看不起的。天下才定，正是一展宏图、一展抱负的好时候，靠着有点才学混迹市井，往小了说浪费才华，往大了说就愧对列祖列宗了！浚仪县令崔贤首最瞧不起这种佯作才人文士又没有才名的人，狠狠侮辱了马周一番。马周只觉又愤又羞，愤的是狗眼看人低，羞的是自己没能力。无能狂怒过后，马周脑子里全是崔贤首刺激他的话语。他愤而拾起行囊，一路西行，直冲关中，到达新丰驿（唐时位于京兆昭应县，今位于西安临潼）后才停了下来。

大概马周是想一次冲到长安，然后让自己的名字响彻大兴宫的。

只是到了新丰驿，许是他又犯了难，又或犯了懒。没有人知道马周在新丰驿住了多久，新丰驿的官差照样不待见这个形迹可疑的外乡人。

不管马周本人愿不愿意，他都用他的事迹为后世贡献了一个典故。恰如李贺诗云："吾闻马周昔作新丰客，天荒地老无人识。"自马周之后，所有怀才不遇、在外遭受冷遇的人都有了一个共同的代号：新丰客。

这些人以新丰客自居，当然是希望马周式的奇迹能在他们身上重现。不过，除此之外，约莫还有一层用意。新丰驿是终点前的最后一站，新丰驿到了，长安还会远吗？

马周到了长安到处拜谒官员，留在了常何处。当李世民知道代笔人马周后，他兴奋异常。人才难得，莫让金子蒙了尘。马周把他的才华化为代笔的奏章，李世民把马周身上的尘埃拍去，于是，金子第一次闪烁出了他独有的光泽。

"马周何在？快去寻他！朕要见他！"

常何府邸到进宫有好长一段距离，李世民着实迫不及待。他等着等着，度秒如年，一连派人催促了数次。常何带着马周入宫后，李世民跟马周谈了许久。从马周对朝局的建议到预备施行的国策，从马周窝囊的前半生到对民间的见闻，这对君臣无一不聊，当的是亲密至极，相逢恨晚。

确定了马周腹中的才华后，李世民拍板敲定了马周的去处：

"你就在门下省做事吧！"

君无戏言，马周的前途有着落了。二十八年了，马周穿过茫茫的尘雾，等到了出头天。他曾不止一次地幻想过这些，但当这一切真正发生时，他却迟疑了。明明昨天他还只是客居京城的无名之辈，怎的今日突然有幸被皇帝召见，明天就可以将才华展露出来了呢？

马周式的奇迹是彻头彻尾的奇迹，即使用历史的尺度来看，也是极其罕见的。在过去几千年中，郁郁不得志的人一抓一大把，人才被埋没才是常态。"冯唐易老，李广难封"，连写下这名句的诗人王勃，也是被一贬再贬，最终惊悸而死——当然，这些都是后话了。

马周式的奇迹是历史的偶然，但所有偶然的最终往往是因为某种必然。为什么这种事不在大业发生，偏偏出在贞观？开皇与大业，一个治世，一个乱世，理应是机会最多的时候。但真实的情况是迥然不同的。

杨坚治下的治世，机会被集中在了关陇集团和士族们的手里，资源被他们长期掌握，沿着关系网络开枝散叶。

杨广制造的乱世，机会都在中央政府的对立面，高投入高风险高回报，敢做的都是脑袋别裤腰带上的人，所以只会是少数人出头。大多数人都是怕死的，既然没有显赫的身世，他们只能选择归隐山林或在家避祸，待将来局势安定了再行出山。

对大多数人而言，除了到处找官员自荐，只剩下科举这条路。但找官员自荐这种流程中间不知道隔了多少人，哪像"马周—常何—李世民"这么高效。而科举，在知识尚且被垄断，中央尚且没有对知识的定义权的时候，科举很难与黔首们挂上钩。

乱世中的人好比抽中了下下签，活着都得竭力而为，施展抱负更是要待时守机。少数人如刘寄奴，逆天改命改了签运，他们拼搏一生从未被打败，却最终输给了时间。而盛世中的人看似抽中了上上签，实则为他人作嫁衣裳——他们熬死了关陇的贵族又来了山东的士族，好不容易触摸到了上升的门路，最后全被大业统统收割。这些难道不叫人为之唏嘘吗？

所以说治世才是最好的。马周生在大业，长在武德，而立之年赶上了贞观，这好像是支中中签。但是中中签是在告诉世人：好好干吧，天下会越来越好。愿诸君皆努力，使治世变盛世。

是岁，经学史学抖擞灰尘，无人不愿为贞观效死，天下太平。

第六章

天下太平（江湖篇）

一、贞观的诗和远方

绛州龙门（今山西河津），在汾水南岸的农田边，一个中年男人享受着独属他的时光。他不是劳动者，因为农夫都在埋头干活；他也不是官员，因为朝廷可没空监督生产。在古代，这样悠闲的脱产者往往有一个共同的身份——有学识的人。

"百年长扰扰，万事悉悠悠。日光随意落，河水任情流。"

这是他刚才写下的诗。这儿周围遗迹颇多，足以为他找个时空参照物：有柏壁之战的战场，约十年前，李世民在那里击败了宋金刚，收复大唐河东失地；还有东雍州的旧址，约一百年前，李虎（李世民曾祖父）在此担任刺史，开启了李氏一族的传奇故事。

我国的历史就是这么淳厚，任何地方、任何时间，总能跟名人和大事产生联系。还真是百年扰扰，万事悠悠啊，想来他也该是触景生情了，怎料这人却话锋一转，随口又吟道：

"礼乐囚姬旦，诗书缚孔丘。不如高枕枕，时取醉消愁。"

"王家郎君，又在愁什么呢？"一位路过的老者光听了半句，转头问道。

"非也，非也。"姓王的男人连连否认。

"你们王家是太原大姓，你先前又在朝中为官，这福分旁人几辈子都修不来，你还有啥可愁的呢？"

"哈哈，您说的是，我王绩合该知足哪。"

王绩是个离经叛道之人，这点从他所作的诗歌中便能看出，什么周公因于礼乐、孔子缚于诗书，没被魏晋风流熏陶过几百年，还真生不出说这番话的人，同样没有百年的家学渊源支撑，王绩也写不出这样的诗句。

正如路过的老者所言，王绩乃太原王氏出身，家族世代为官，历经北魏、北周、隋数朝而不倒，到他这代时，兄弟几个也有幸能在朝中谋个差事。其兄王通、王凝，是当世闻名的儒学家、史学家。

王通虽然没赶上大唐开国，死在了隋大业十三年（617），但他留下的幼子王福畤却长得很好，相信按照王家子弟正常的人生规划，王福畤会在贞观年间求学、做官，继续将王家发扬光大吧。

对了，王福畤还会延续王家的血脉和文脉。他未来会有一个孩子，然后给这个孩子起名王勃，而这个叫作王勃的人未来将不负众望，成为引领初唐文坛的一面旗帜。当然这些都是后话了。

说回王绩，他与王通、王凝都不一样。论才华，他丝毫不逊色于二位兄长；论脾性，另外两个也绝没有他怪。他不受传统儒家思想的约束，行为逻辑永远都是那么天马行空，成年以来，王绩想做官时就入朝为官，不想做官时就回乡隐居。

任性的王绩在隋朝是这样，到了唐朝还是这样的一副做派。难怪他敢锐评周公与孔子，还写出"不如高枕枕，时取醉消愁"这样的句子。这不，新君李世民登基后，王绩的官又做不下去喽，他开启了人生中第二次辞官隐居。

不过时代毕竟已经变了，如今不比乱世，正是积极进取的时候，王绩如此高枕，果真无忧吗？一个人，尤其一个诗人，他既然能将零落的人生置于纷乱的历史中，难道真的甘心对日月江河没有丝毫影响吗？

至少从目前来看，王绩还算过得怡然自得。他虽然回乡了，但并没有选择和族人住在一起，也是，跟家里人住还算哪门子的隐居。王绩给自己挑的风水宝地有两处，一处是他时常游览的北山，还有一处是汾水南岸的祖田南渚，正是前文中他吟诗对话的地方。

这两个地方，一北一南，有山有水有树林，都是风景秀丽的好去处。王绩在此开辟庄园，如闲云野鹤一般悠然自在，他终日寄情于美酒与美景之中，从不被世间俗事拘扰。这没什么奇怪的，不事生产还有吃有喝，这样的好日子谁都想过，换谁来过都没有烦恼！

随着时间的推移，王绩的隐居生活已经完成了内循环。他掌握的土地都是良田，足以保证全家食用，多种出来的黍等谷物也能用来酿酒，最关键的是，他还有大把的时间到处游玩，积累的素材足以让他创作更多、更好的文学作品。

有了物质和精神层面的满足，王绩完全不用苟且，就拥有了诗和远方。这一时期，他自比阮籍、陶潜，又反复强调自己升级版隐士的身份，他自诩美酒比阮籍多，良田比陶潜广，简直不亦乐乎。刘禅尚能乐不思蜀，王绩乐不思长安，一点都不稀奇。

回归田园的王绩内心充满了喜悦，基本的需求得到满足后，他便开始追求更高层级的享受：先是盖房，再苦不能苦妻儿，隐居也得住好屋。于是乎王绩在南渚新修了十余间房屋，不仅他们一家能住，还能容纳数名奴婢，至于待客的、做饭的以及养牲口的，亦是应有尽有。

再就是庭院设计了，作为隐居大师，王绩的条件比陶渊明好了不是一点半点。后者那是困于生计、困于时代，没法享受更好的人生，但王绩不一样，他有得是闲情雅致啊，当然能花心思精心打扮他的庄园了——修剪水草、开凿池塘、添置小船、安放卧石，能搞的王绩都搞了。

当然他还不忘向陶渊明致敬，在栽种草木时十分考究地移植了五棵垂柳，意在效仿五柳先生的精神。如果住的时间再久一些，王绩还打算修建一处亭子，因为或许每个文人都有在亭中作诗的执念。王绩是个酒痴，他甚至想为杜康这位酒圣立一座庙，以此纪念他对酒的热爱（这也越发体现王绩之任性）。

王绩想得确实很好，但这些已经完成的或者尚在计划中的工程，无疑都需要钱来堆、人来做，只靠王绩一个人是决然不够的。王绩的隐居生活越逍遥，就越使人生出疑问：支撑这些的到底是什么？

在任何时代，诗和远方往往都与苟且共存，它们同时存在，却不在一处出现。当王绩坐拥诗和远方时，是否在另一个地方，还有另一群人在苟且呢？

二、布衣与隐士

关于这个疑问，王绩会用所见所闻给人们一个答案。某日，王绩正在庄园边缘修剪草木，先前与他对话的老者正巧路过此地，这人手里提着东西，后背扛有一个箩筐，里面似乎也装满了。两个人都对对方充满了好奇。

"王家郎君真是好兴致哪。我也想摆弄这些花花草草，可惜现在正是农家最忙的时候啊！"

"哈哈。不过是些小癖好罢了。"王绩好奇地问，"老翁，您如此隆重，要去哪里呀？"

"这不就是去赶集嘛。噢，不过郎君您应当没亲身体验过吧？"老人家道，"每隔三五天，我们都得去集市上换些平时用的东西。"

"瞧您说的，怎么可能没见过呢？冒昧问一句，您这次都带了些什么东西去呢？"

"家里富余的粮食，养的小家禽，还有趁农闲时做的一些玩意儿，草鞋啊、簸箕啊之类的。"

"您家人还真是能干啊，那打算换些什么东西回来？"

"犁、耙子啥的，马上就要用了嘛。"老者略加思索后又说，"嗯，这次去我还得看看有没有罐子，家里得换个装盐的陶罐。"

这就是大唐基层最稀松平常的集市、圩市了。经济学有个观点，贸易可以使每个人的情况变得更好，这类贸易市场承担的正是这样的功能。不管是古代还是现代，人们都需要与他人进行商品交换来满足日常生活的需要，只不过在唐代，由于商品经济欠发达，这种交换更多是以以物易物的形式进行的。

但从唐代人的视角看集市、圩市，这种交易形式俨然算是时代进步了。因为在更早的时代，农民必须得跑更远的路，走到郡县处才能完成商品的交换，现在少绕些里程已经是谢天谢地了。

当然了，我们的社会是不断发展的，随着唐朝经济的发展，未来还会诞生新的商业模式来满足更大的需求，但那就不是王绩还有这个老者所能见到的场面了。

"我听您的描述，想必您家里应该人算是比较多吧？"王绩又问。

老者伸出一只手，摆出五的手势道："那得看跟谁比了。我看您家里还有干活的下人，所以跟您比肯定算少的。但跟其他人比，像给您家田里干活的佃农，我这种人家当然算是多的了。"

"的确，天下苍生经历了隋末浩劫之后，有个完整家庭的都是少之又少，您家的情况当真属于比较好的了。"

"我家老婆子死得早，家里除了我、我儿还有他媳妇之外，还有两个孩子，一个新生的，还有一个年龄不够，还不算丁男。"

"所以受田干活的就是您和您儿子两个男人吧？"

"受田的是我俩，但女人也有女人的事啊，养蚕、纺织也不轻松。"

"您家的农活忙吗？"

"勉勉强强，还是那句话，得看跟谁比。自给自足的再忙也比佃户踏实嘛。"老人继续向王绩解释，"而且朝廷分的地其实没分够，当然了，这也算是坏事变好事了。"

"这是个什么理，我太不懂。"

"朝廷规定'天下丁男给田一顷'，其实分到手的每人就几十亩地。

不过我家这两口人应付这点地刚刚够，再多了反倒忙不过来了。"

"原来如此。不过以后随着人口增长，地还是会不够分的吧？"

"以后的事情以后再说吧，分地的事还得慢慢来嘛。人活着不就为个奔头，贞观朝有奔头就好好活呗！"这个老头越说越高兴，"皇上登基至今，一斗米的价格降到了三四钱，类似的好事还有许多。我最近是真有种感觉，好像大业乱糟糟的局面真走了，开皇年间的好光景又回来了。"

官方的数据统计有时是失真的，基层的感受才是最真实的，这其中又属人口、土地、粮价不会骗人。有数据表明，终唐一代，像老者家与王绩家这种五口、八口之家是最理想的家庭，但这终究是样板式的结构，并非唐代的常态。

从平均户数来看，经历了近二十年的恢复期后，到贞观十三年（639），大唐的户均人口数为4.31口，仍低于5口。而到了百年后的国力巅峰期，即天宝元年（742）左右，大唐的平均户口才达到了5.75口。

由此可见，在贞观初年，虽然秩序得以重建，天下重归太平，但这治世依旧有很长的路需要走。比如古代农民最关心的分地问题：唐代继承了自北朝、隋朝以来实行的均田制，并在法律上明文规定"天下丁男给田一顷"，同时还按照实际的劳动能力对各式家庭（鳏寡孤独）进行了分类，分别给予对应的土地，以使社会效益最大化。

这十分符合孟子"五亩之宅""百亩之田"的主张，也符合中国人自古以来对于安居乐业的美好愿景。遗憾的是，理想虽很丰满，现实却很骨感，即便是在贞观时期，人们还是要被浇一盆冷水——因为这项政策始终难以落到实处：有资料表明，初唐之时，敦煌地区的人均受田情况存在严重的不足（人均约三十亩）。地广人稀的西北边陲尚且如此，何况人口稠密的内陆地区呢？

一个像样的住所，一项体面的生计，这是人们最朴实无华的人生追求。这样的要求好像并不算高，可真正落实起来却又为何那么难呢？

或许孟子已经隐晦地告诉了答案。

在《寡人之于国也》这篇名文中，孟子提到"黎民不饥不寒，然而不王者，未之有也"。这是中国古代（不只儒家）的理想社会模式，为君的施仁政、行王道，为民的实仓廪、知礼节。

但站在贞观的历史当口，人们会猛地发现，千古的公者少之又少，一时的私者却遍地横行。所谓王者，又在何处呢？在过去上千年的文明史中，孟子所述的这种理想情况，好像只发生过两次。

一次在遥远的尧舜禹年代，还有一次是汉初的文景时期。至于更近的开皇故事，由于屁股后面紧跟着一个大业，所以只能被排除在外。

上千年，就两次，概率之低足以让人心寒。其他时间段要么是由于战乱，要么是分配环节出了问题，反正从未有真正的王者出现，也从未实现真正的不饥不寒。那贞观时期到底有什么资格被称为天下太平呢？

两个字：预期。

理想之所以称为理想，就是因为它难以实现，而人们之所以前仆后继，不断追求理想，正是因为有相信它终将实现的预期。

贞观时期的天下太平，不在于经济有多发达，毕竟前有开皇之治，后有开元盛世，此时尚处于奋力爬坡期，劳动力、生产消费等各项指标均在恢复中，实在是没法跟人家比纸面数据。

贞观时期的天下太平，不在于文化有多昌盛，单论田园、山水诗文，这一时期的王绩就被前人后人夹在中间，前有陶渊明、谢灵运，后有王维、白居易，知名度总要比人家低上一头。

贞观时期的天下太平，在于一种全面向好的预期，在于一股昂扬向上的劲儿。用与王绩对话的老者的话就是，百姓生活有奔头，相信未来肯定能越来越好：经济不发达，没关系，大家奋力劳动，把生产力发展起来，将生活水平提上来，让治世在当代完成，何愁后世不出盛世？文化不昌盛，也没事，经济一旦变好，教育水平迟早跟上来，到时候读书人比过去任何时代都多，文化怎能不昌盛？

"王家郎君！"一个声音穿透了王绩的思绪，"王家郎君！我看您都呆了，是在想什么吗？"

"哦，没有。我只是瞎想'天下太平'这四个字罢了。"

"太平？"老人笑道，"这有什么可想的，收成比开支多，不就是太平喽？"

"看来您家就很太平。"

"可不是嘛，现在谁家不太平。"

"那您有细算过收成和开支吗？"

"我倒没细算过，下次您可以帮我算算。"老汉摇了摇手里提的东西说，"我现在得赶紧去集上换些东西呢。"

"没问题。那我们下次再聊吧。"

"对了，下次您能跟我讲讲长安的事吗？我这辈子还没去过那么大的地方。"那人问完便转身走了。

"长安是吗？"

这两个字又勾起了王绩的回忆，那不是段光彩的经历，他在长安不断进出，净拾了些碎片化的见闻。没什么可称道的，也没什么可紧要的，哪有放浪在这山水间来得逍遥自在？

"唉，有什么好讲的。不过是天子不知，公卿不识，才高位下罢了！"王绩自言自语道。说完王绩便觉得刚才几句话说得好，接着生出了百年之后要把它写在墓志上的想法。这是他对自己最真实的评价，他已不是当年跟着兄长初入京师的少年了，在那个年代，大多数人过了四十岁就该盖棺论定了，刚才那个老者的话如同一种提醒，直催他审视起过去数十年的人生历程。

大隋仁寿四年（604），这年对王绩而言，发生了两年大事。一件是他十五岁了，按照大儒兄长王通教他的知识，吾十有五而志于学，少年王绩是该拿出点学习成绩给世人看看了。另外一件是隋文帝驾崩，新帝杨广继位，常言道一朝天子一朝臣，王绩或许很快就能为朝廷所用了。

初游长安，王绩不负众望，他成功入了杨素的眼，还被当时的公卿视为神童。不过长安最不缺的就是这类人，跟他同龄的杜如晦，还有稍年长几岁的李密，谁还不是青年才俊？谁还没读过几本书呢？

直到大业三年（607），朝廷颁布《求贤诏》后，跃跃欲试的王绩才等到了机会。那是他在长安最快乐的日子，那时他的内心总被等待和希望挑动。到了次年春天，他的欲望与这座人间都城共同奔赴了高潮，当王绩跻身长安隆重的修禊盛会，他的眼中满是宝马香车、星流云布，他的身旁全是玉盘盛果、金瓶泛醁，他甚至已经幻想出了亲赴公卿宴席的场面。

不过当一切褪去，王绩还是那个王绩，一个除了年轻和才华，再无什么可称道的少年。直到大业十年（614），王绩才初次获官，那时候天下将乱，他的官做得也不安稳，于是索性辞官归去，游遍各地山水后返回故乡，初次做起了游离于时代之外的隐士。

时光匆匆，转眼已是武德五年（622），躲过了隋末唐初的一系列大事件后，王绩再次出山，得以恢复他在隋朝的官职。不过，这第二次的出仕却并不如意，彼时的矛盾重心已由统一天下的兼并战争转向太子与秦王的政治斗争，而王绩所在的却是齐王李元吉的阵营，这点从其作品《久客齐府病归言志》便能看出。

虽然投错了阵营，但这并不意味着王绩必定不得重用，李世民连太子的魏徵都敢用，自然不介意给王绩留个位置。但是王绩的官还是做不下去了，罢官只能部分归于朝中的局势，根本原因还在于他自己。

隋末初次辞官时，王绩就已经表现出了散漫不羁的性格特点，他嗜酒好饮，屡次耽误公事，因此被人弹劾了数次，而这种负反馈又加剧了王绩的不作为，最终让他主动放弃了公职。

到了武德末、贞观初，王绩爱喝酒的脾性依旧没变。其实喝酒并不是什么大问题，关键是不能误了正事。那马周不也嗜酒如命，但这丝毫不影响他为朝廷提建议。反观王绩，二进宫已有数年，只留下了个"斗酒学士"的名号，除此之外未留一言，未建寸功，这与当时积极进取的风气格格不入。

不管是故意还是被迫，这个负面人设已经立起来了，王绩也算是个有头有脸的人物，时间长了还怎么待得下去？

所以今天，王绩才出现在了绛州，为我们生动诠释了什么是"朝登天子堂，暮为田舍郎"。这虽然是句调侃，但对王绩本人和初唐文坛而言，辞官何尝不是一件喜事。

　　王绩毕生存诗百余首，在京数年仅有五首，偏偏在隐居期间文思如泉涌，留下了诗文数十篇，可见比起处处受限的官场，他更适合纵情于大自然中。一个人辗转十数年，终于找到了属于他的那片天地，这难道不是一件幸事吗？

三、谁在负重前行

　　王绩拿起酒壶，痛快地饮了下去，然后继续修剪起身旁的草木。日子一天天过去，任凭远处杂草丛生，他家周围的植物却越长越像主人，始终保持着一样的姿态。

　　季节的更替只在成熟的果子上有所反映，它们用掉到地上的声音向外宣告：秋天到了，丰收的季节来了。等到农忙结束，王绩再一次遇到了那个老者，二人终于续上了先前的对话。

　　"老人家，今年收成怎么样啊？"

　　"今年比往年暖和些，收成也更好些。"

　　"那还真是可喜可贺哪。"

　　"噢，王家郎君，前些日子您说要帮我算算收成和开支，不知道您还记不记得？"

　　"当然记得。农活应该忙完了吧，我现在就能帮您算算。"王绩说，"您家有多少亩地呢？"

　　"四十亩。"

"地里都种了些什么？"

"除了粟、麦、豆之外，还混种了些桑、榆之类的树。"

"我这些年隐居期间也参与过田间劳作，咱这田正常光景应该能亩产七八斗，甚至一石吧？"

"没错，不过也要看种的什么东西，听说南方的稻就比我们北方的粟、麦的产量高。"

"为了便于计算，我干脆就全算作粟，然后亩产也定在一石吧。"王绩开始估算，"这样虽然有误差，但也当平均数看了。"

"对了，我这四十亩地，大概有八成用来种粮食，还得腾出地方种别的东西呢。"

"那就是，三十二亩地，大概能对应三十二石粟。反正咱们是估算，我还是算产粮四十石吧。"

"差不多吧。"老人听罢道，"当然我们家还有些副业，您上次也看到了。种桑养蚕，饲养家禽、家畜，这些都能增加点收入。"

"多亏您提醒，不然就忘了这茬。让我想想，我曾读过几本农学相关的书籍，记得《齐民要术》里曾经提到，农家种枣、榆各十棵，十几年能卖数千文。"王绩继续分析，"那时我闲来无事，大概算出农家每年能凭此收入四百文左右。您家有桑有榆，还有其他的东西，这样吧，我就算每年副业收入千文吧。"

"布帛我清楚，就算一年四匹吧。"

"好，那收入就算出来了。"王绩总结，"每年粮食四十石，布帛四匹，其他收入千文。"

"支出的话，我这老翁心里还是有数的。我家五口人一年口粮得吃二十多石，逢年过节换新衣大概能用一匹布帛。"

"不错不错，这么算还是有盈余。"王绩笑着说，"您家余粮累积三年正好够一年的用量，还真是应了那句'三年耕必有一年之食'的俗话。"

"是啊。虽然够不到大富大贵，却也称得上自给自足了。"

如果你问农民什么是天下太平，他的回答一定相当简洁有力：能吃饱肚子就是天下太平。这是贞观初年百姓生活的真实缩影，虽然经济发展尚处恢复期，但通过几年的休养生息，人们基本过上了体面的生活。

　　每年的收入大于支出，这虽然是个再简单不过的算式，但它能给普通人以极大的安全感，粮食安全也能反过来促使国家稳定，从而给统治者更大的施政空间。贞观朝臣自然懂得这点，所以一切政策都是围绕让民众安心这一点进行，就连发动战争，也要尽可能地不影响生产，不拖累国民经济。

　　"老人家，您先别急，咱还有税赋没算呢。"

　　"王家郎君，这些我都不懂，听您的就是了。不过在算这些之前，我有个问题一直想问您。"

　　"不必客气，您问便是。"

　　"通过这几次跟您聊天，我也看出来了，您是关心我们这些平头百姓的。既然如此，您为何要辞官，跑到这山沟沟中来呢？"

　　王绩有些尴尬地回答："或许是志不在此吧。"

　　"我听说隋炀帝那时候，朝中有奸人当道，好人要么主动辞官，要么被排挤出去。但现在天下变了，当今圣上是位明君，他肯定希望您这样的好人入朝为官。"

　　"圣人身边的已经够多了，少我一个又何妨。"

　　"王家郎君，莫非您是在长安伤了心？"

　　"或许吧。"

　　"今日您帮我算了许多，也让我来算算您吧。"老者道，"我猜您在长安必有一位故人。"

　　"您猜得没错。他是薛收，是我的朋友，可惜已经不在了。"

　　薛收是当年大名鼎鼎的秦王府十八学士之一，他俩很早之前便认识，童年时期就是携手交游的玩伴，那时天下无事，两个小孩也以为这份安定能成为永恒。

　　随着年岁增长，薛收和王绩开始跟着王通学习，在兄长的熏陶下，二人都成长为年青一代的翘楚。正当他们都准备大展宏图的时候，那个改变了全天下人命运的男人登基了。

薛收之父薛道衡为大隋内史侍郎，大业初年因卷入朝堂斗争，后被杨广下令赐死，薛收因此发誓永不仕隋。他真的守住了自己的诺言，当下一次出现在公众视线中时，薛收已经成为秦王府主簿，在李世民身旁为其效力。

王绩与薛收的命运能够再次相交，与窦建德有着莫大的关联。不过他们二人，一个（王绩）在投奔窦建德数月后又悄悄离去，一个（薛收）却是跟随秦王一战擒二王的大功臣。

窦建德覆灭后，武德四年（621），薛收恰巧经过王绩所在的庄园。此时王绩虽然过了许久的隐逸生活，但内心深处仍然希望能够有所作为。薛收的出现狠狠地刺痛了他的上进心，一向豁达的王绩罕见地表露了自卑之感。

在与薛收的诗书中，王绩写道："尔为培风鸟，我为涸辙鱼。"接连用典只为感叹二人命途的差别，曾经携手同游的玩伴，如今竟拉开了如此大的差距。老友重逢，王绩既为薛收的成就而高兴，也期待自己能在新朝闯出一片天。

薛收很够意思，在他的帮助下，王绩重新应征出仕。然而好景不长，仅仅两年不到，这对旧友在朝廷的共事便宣告终结。武德七年（624），薛收因病离世，享年三十有三，真是天妒英才。

上天不光带走了薛收，也戏剧性地改变了王绩的命运，他从此失去了进入秦王府的机会。试想一下，薛收如果多活几年，王绩就算不在政治战中站队，也绝对不会和齐王李元吉走太近。如果真是这样，这个"斗酒学士"的前路肯定不至于如此黯淡。

但这恰恰是最真实的世界，它不会为任何人、任何事所动摇。薛收和王绩，李世民和李元吉，甚至包括杨广自己，他们的命运早就被彻底改变。那些荣光和耻辱，那些高峰和低谷，都不过是时代巨浪中的景观罢了。随着时间推移，未来的种种际遇都将证明，所有人都将归于原位，回到他本该在的位置上去。

"王家郎君，我想，如果您那位故人还在世的话，他肯定希望您再一次做官。"

"您说的我都记住了。如果有机会的话，我会试试看的。"

老者点头道："好啊，那我们最后再算算没算完的东西吧。"

"是啊，还有税没算呢。"

"老人家，税制有明文规定，所以也好算，难就难在这绢布跟粟米的换算上。"

"让我想想，当年紧俏的时候，一斗米都能换一匹绢布呢。至于现在，大概是一匹绢布能换将近两斗的粟吧。"

"好，按您说的话，这一年的税杂七杂八加起来，就算个十石粮食吧。"王绩道，"再加上咱们前面算的支出，只要不逢灾年，您家还是年年有余的。"

"这话真是说到咱心坎了，庄稼人啥都不怕，就怕天灾人祸。"老汉说，"这几年老天爷的脸色其实也不好看，不过好歹官府拿大气力赈灾，又救济又减税的，这才扛了过来。这不，今年终于丰收了。"

"所以说这天下太平，其实靠的是你们哪。"王绩发自内心地称赞。

"瞧您说的，最后人们记住的都是你们，谁还记得我们呢。"

"您以后有什么打算吗？"

"好好过日子，等孙儿长大了就送去读书，希望他能成为郎君您这样的人。"

"我这样的人？"王绩心中暗问，"我这样的人有什么好的。"

世人都晓神仙好，所以才处处寻仙问道，而像王绩这样的隐逸之士，就是古人眼中离神仙和道法最近的人。这些人中，有的是真心出世，只想闷头扎进自然界中，期望有朝一日能登临天人合一的境界，但是绝大多数人一定是拧巴的。

他们的拧巴源于现实世界与精神世界的不匹配，这部分人内心深处是想入世的，他们渴望在尘世建立一番功业，却因各种机缘巧合而不得志，而性格又使他们不敢和命运正面抗争，于是只能被迫出世。

这种不合作的态度既是向外界表明立场，同时也实属无奈之举。如果普天之下真有一处能施展才华与抱负，他们又怎会甘心屈居在江湖之中呢？

让那位老者来说，王绩当属这类拧巴的隐士。与老者聊过数次后，王绩看待世界的方式也有了些许改变。原来这样郁郁不得志的他，竟然还能被别人视为榜样，原来在普通人眼中，他的生活已经足够令人羡慕了。

朦朦胧胧中，王绩应该意识到了一点：跟陶渊明这类贫苦的真隐士相比，他这种坐拥良田美酒，不愁吃穿还有人伺候的人反倒像是在作秀。这是一种身份认同危机，因为从本质上看，王绩与和尚这类食利阶层并无区别，他们都有地，都靠人养，也都不事生产。

反观农民阶层，即便是那个有土地的老汉，他也必须投身生产，也必须靠双手养活一家人，何况还有许多条件尚不如他的人呢。即便是在贞观时期，中国的农民依旧无法拥有王绩那般的物质条件，以王绩为代表的地主阶层似乎也从未正视过供养他们的人，更遑论认真思考农民的生计问题了。

这里无意批判王绩，只是想引出一个更加残酷的真相——作为中国古代罕见的太平治世，贞观也只是稍稍迈进了理想社会的"门槛"，稍有不慎便会倒退回去。

但凡多涨一点税、多变一次天、多打一次仗，天下苍生就会跟着吃苦，百姓就会再次滑向水深火热中去，这是身居庙堂的人决然不忍看到的事。不过有的人不忍看就索性不看，有的人甚至看了也假装没看到，只有极少数人能真正担起责任，做些对黎民有利的事，尽量让世间不饥不寒，尽力让自己配得上王者的称号。

对李世民及朝臣而言，贞观之治就像一件尚在烧制的精致瓷器，他们必须打起十二万分的小心，努力保持窑中环境的稳定，确保将来把它交给后人时是完整无缺的。至于后人如何保护它，是让后人可鉴后人，还是让后人复哀后人，那就得靠后人的智慧了。

第七章

登歌奏舞共欢宴

一、封禅遇上魏徵

都说正月里来好事多，长安城里的人，上自帝王，下至百官，似乎都这么觉得。刚到贞观六年（632），朝臣就开始为新年的第一个议程"封禅"忙活起来。

看着各级官员所上的请愿文书，李世民不禁长叹了口气，这已经不是他第一次被"逼"着封禅了。整整一年之前，贞观五年（631）正月二十三，以赵郡王李孝恭为首的众人便上表请求封禅，但那次李世民没同意。

到了年末，贞观五年十二月十四（632），利州都督武士彠等人再次上表请求封禅，不过李世民还是没同意。事情才过去不到一个月，文武公卿又来"磨"皇帝的性子了，这次李世民将做何反应呢？

"卿等皆以为封禅为帝王盛事，朕却不这么看。若使天下太平，国泰民安，不封禅又如何？"

"臣纵观古今，没有不封禅的雄主哪！陛下乃是雄主，自当配得上封禅。"

"此言差矣，昔者秦始皇封禅而汉文帝未封，但后世岂会认为文帝比不上始皇帝？"举完例子后，李世民以一个反问句表示了态度，"因此朕何必远登泰山之巅呢？"

尽管被皇帝挡了一道，可朝臣还是不停地请求，希望他能回心转意。这些大臣如此行事绝非看不懂眼色，能坐到这个位置的，不是人杰也是人精，自然都晓得"三"的规矩：古人迎宾有三揖三让，圣人承命有三辞三让，民间亦流传着事不过三的俚语。

拒绝三次之后是什么？是顺应，是接受！

在请求封禅的满堂呼声中，李世民的态度渐渐松动了。大唐皇帝的心理防线能挡得住外敌威胁，但面对来自内部的赞颂，这道防线正以极快的速度在软化中。这其实也很正常，他打了半辈子仗，还不能享受享受吗？何况现在摆在他眼前的，是人间帝王所能取得的最高认可，是对统治者当世功绩的最佳宣传。封禅若是真能成行，恐怕没谁能拒绝得了。

值得注意的是，我们所讨论的，专指"皇帝"这一名词出现后的封禅活动，至于尧舜禹时期的巡岳，以及周代成王、康王封禅，由于太过久远，只存在于遥远的历史故事之中，因此均不在讨论之列。

另外，这里的封禅地点也专指泰山，在其他地方进行的都不算在内。比如三国时期，吴主孙皓曾在天玺元年（276）遣使封禅国山，国山乃是今江苏宜兴市的离墨山，和泰山完全是八竿子打不着的关系。

完成低配版的封禅后，孙皓于次年又改元天纪，然而短短四年过后，天纪四年（280），孙吴政权终被大晋所灭，晋武帝当年便改元太康，以示一统天下之功。可怜又可笑的孙皓，在进行了一场封禅又改元的闹剧后，反而成就了司马炎的太康之治。这类封禅滑稽可笑，且不为后世认可，所以不予讨论。

说回泰山封禅，在李世民之前，仅有三位皇帝完成过，分别为秦始皇、汉武帝和汉光武帝。

公元前219年，始皇帝嬴政初次封禅泰山。从他留下的颂词"初并天下，罔不宾服"中，人们能找寻得到中华大一统的起点。

公元前110年，汉武帝刘彻再次封禅泰山。从封狼居胥使"匈奴远遁，漠南无王庭"的赫赫战功中，人们能找寻得到"丝绸之路"的起点。

公元56年，汉光武帝刘秀第三次封禅泰山。从他让大汉再次伟大，并成功绵延四百年的历史中，人们能找寻得到"汉"作为民族名的起点。

那么李世民呢，他和他的贞观能让人们找寻到什么起点呢？

是自古能军者无出其右的天策上将，还是作为大唐皇帝留下的治世模板，又或是天可汗对多民族国家的构建？念及此，李世民彻底放下了心理防线，他打算承了朝臣的情，顺了百官的意，去往泰山之巅走一遭！

然而，在这个重要时刻，一个人却站出来反对了。又是魏徵！他卡在李世民和文武官僚之间，以自身化作皇帝的防线。

"臣以为封禅之事不可。"

贞观君臣的美梦突然被人搅醒，先前那些"劝进"的人敢怒不敢言，只能在心里暗骂魏徵是个不折不扣的杠精。李世民的状态则如上头之时被人猛泼一盆凉水，完全搞不懂现在的状态，只能问魏徵道：

"公反对封禅，是朕的功业不高吗？"

"高矣。"

"是朕的德行不厚吗？"

"厚矣。"

"是中国还未安定吗？"

"安矣。"

"是四夷还未宾服吗？"

"服矣。"

"是年谷还未丰收吗？"

"丰矣。"

"是福瑞还未至此吗？"

"至矣。"

"那为何不可封禅？"

"功高、德厚、中国安、四夷服、年谷丰、福瑞至，陛下有此六者，若在强汉之时，当然可以封禅，只可惜您承接的是隋末大乱啊！"

"这有何故？"

"如今天下局势,户口尚未恢复,仓廪依旧空虚,此时千乘万骑东巡泰山,势必劳民伤财。臣以为,这绝非陛下封禅本意。"魏徵继续分析,"何况封禅之时万国来朝,远夷首领肯定随行,难道陛下真想将山东的凋敝之景展示给他们看吗?"

李世民显然被魏徵说服了。不管是从内政还是外交看,现在都不是该封禅的时候。如果如秦皇汉武一般好大喜功,当然能不顾民情强行封禅,但李世民偏偏不是那种人,他对标的是先贤圣人,所以必须要学会克制。

这一刻,李世民一定是感激魏徵的,因为这个人的阻拦,他才没有意气用事,没有在歌功颂德中迷失自我,否则历史或许会这么参他一笔:贞观六年(632),皇帝封禅,距离隋亡十四年。春秋笔法,不得不防。

"近日河南、河北数州遭遇水灾,这是上天提醒朕时机未到。"李世民给自己找了个台阶后说,"此事暂且搁置,容日后再议吧。"

就这样,李世民第三次拒绝了封禅。魏徵的话他听进去了,还像始皇帝凿纪功石碑一样刻在了心上,如果魏徵提出的指标不能完成,李世民便不会再动丝毫封禅的念头。当年末,有些不懂圣意的大臣再次联名上奏请求封禅,李世民给他们的回复是:"公等勿复言。"

这之后,朝中再无人提起"封禅"二字。等下次有人上表的时候,已是近五年之后,而这项尘封的大典下次进入实质准备阶段,已是近十年之后的事。在此期间,李世民身边虽然歌功颂德的人少了,但他永远不缺抬杠找碴儿的人,其中最令他头疼的当数魏徵是也!

光是贞观六年上半年,李世民就被魏徵"烦"了不下三次。封禅事件翻篇后,魏徵又在皇室宗亲的分封用度上唱起了反调。

原是李世民有一爱女长乐公主,名曰李丽质,为李世民与长孙皇后所生长女。长乐公主是"皎若夜月之照琼林,烂若晨霞之映珠浦",自打出生起就备受帝后夫妇的宠爱。

到了贞观六年出嫁之时,爱女心切的李世民特别吩咐尚书省礼部:

嫁妆资送之事，必须特别优待。超额？超标准？长乐公主李丽质乃是天生丽质难自弃，嫁的还是长孙无忌之子长孙冲，是亲上加亲的好事，婚仪必须盛大隆重，岂能受什么礼法、规制的限制！

皇帝宠女的心思当然可以理解，但由于李世民给长乐公主的资送指标太高，不仅超过了永嘉长公主（李渊开国后所生之女），还整整高出人家的一倍，礼部的人可就难办了。皇上之女是公主，太上皇之女也是公主，按辈分永嘉还是长乐的姑姑呢。

这该如何是好？魏徵出马了。喜欢绕着说话的魏徵没有直接劝谏，他先是跟李世民举了个例子：

"陛下认为汉明帝如何？"

"明章之治，赫赫盛汉，明帝不愧为光武帝之子。"

"当年汉明帝分封皇帝时，曾说'我子岂得与先帝子比'，于是皆令分给楚王、淮阳王（明帝同辈）的一半规格。"魏徵是在拿汉明帝故事暗示李世民，不该让子辈待遇高于同辈，一切铺垫完毕后，他接着进谏道：

"陛下此举，岂不是与明帝之意相差甚远吗？"

李世民还是有些不悦，他是万世太平之君王，女儿出嫁都不能遂自己的愿吗？不过后来风波传到了长乐公主的耳中，长乐公主亲自去劝说李世民，总算是把风波平息了下来。

但魏徵并不是每次都这样高情商，更多时候他扮演的还是那个烦人的角色，不止一次地惹皇帝生气。相传有一次李世民寻得一只鹞鹰，此鹰生得极其俊异，尤为惹人喜欢。李世民总爱将它架在手臂上赏玩，却又不想让朝臣看到，尤其是魏徵看到，所以只能遮遮掩掩地玩。

有次魏徵来得不巧，刚好撞上了玩鹞鹰的皇帝，君臣都不想让对方察觉真实想法，于是各自耍起了心眼：李世民把鹞鹰藏在怀里，假装自己没在玩乐；魏徵则故意从古代帝王开始讽谏，假装要讲一个很长很长的故事。李世民不好催魏徵走，只能任其滔滔不绝，这场君臣对话持续得太久，以至于可怜的鹞鹰竟被捂死在了怀中！

这则故事的真实性存疑，但魏徵让李世民"烦死了"却是不争的事实。比如有一次朝会时，魏徵完全没考虑皇帝面子，公然唱反调惹得龙颜大怒，让同僚们都不禁为他捏了把汗。大唐天子血气方刚，当时若不是有满朝公卿看着，李世民真想当场把他推出去斩了。

不过李世民忍了，因言杀人只能成就臣子的千古美名，而他却会为此背上千古骂名，朕决不能让魏徵踩着朕名垂青史。因此即便愤怒到了极点，李世民依旧强压着情绪，回到内宫才喊出了那句：

"以后定要杀了这个乡巴佬！"

按理说魏徵这样的人，如果换个别的皇帝早就死八百回了。他之所以能够平安无事，甚至终成一代名臣，让后人只要提起"谏"这个字就会想到他，这不光要归结于李世民的王者胸怀，魏徵还得感谢那个默默站在皇帝身后的女人——长孙皇后。

需要被推一把时，长孙皇后就在那里。如长乐公主之事，当听说魏徵以汉明帝巧谏皇帝后，她会说：

"君臣远而夫妻近，然而妾与二郎结发为夫妻，依旧不敢轻易冒犯，每每发言前必定察言观色。今魏徵这般言辞，乃是为臣者以礼义抑制君主私情，此为二郎之幸也。"

需要被拉一把时，长孙皇后还在那里。如怒斥乡巴佬一事，当听到李世民被魏徵折煞后，她又会说：

"妾曾听闻主公开明则臣下正直，今魏徵正直，全是因为陛下乃开明之君的缘故，妾怎能不恭贺二郎？"

因为有长孙皇后在，李世民总能管理好他的情绪，但如果只将她视为贤内助，那就大错特错了。实际上，长孙皇后不仅是一位最佳伴侣，还是能充分发挥自身主观能动性的女性。她曾专门遣人赏赐魏徵，还语重心长地带话：

"闻公正直，故以相赏。愿公常秉此心，勿转移也。"

好一个"勿转移也"，既说尽了坚持进谏与从谏的艰辛，也道明了逆耳忠言的难得和珍贵。诚然，李世民与魏徵如同两座高山、两道流水，共同谱写了政治领域的高山流水，但在高山与流水之间，还有一道罕为世人所见的桥梁。她虽因性别与身份受限于内宫，但她同样在为朝局穿针引线，为大唐尽自己的那份力。如此看来，这对贞观君臣间能有此联系，乃是魏徵之幸，更是李世民之幸。

二、为君开盛宴

尽管封禅未能成行，但李世民与臣民同乐的心未变。随着秋风吹拂，贞观六年（632）进入下半程，当收获的讯号在田间释放，天下人产生了一种共同意识，那是对享受和欢乐的本能追求。一切都在预示，各项庆祝活动即将发生，其中最具代表性的，当数以下五场宴会。

一宴天下士子。

之所以要把这次宴会放到最前面，有两个原因。首先，它确实是最先举办的，贞观六年（632）七月十七，皇帝下诏天下各地举行乡饮酒之礼。

所谓乡饮酒，顾名思义，是在最基层进行的宴饮活动。既是基层活动，必然涉及范围广，参与人数多，因此是名副其实的天下乐宴，亦是少数能与赐酺庆典相比的盛会。

至于赐酺，它突出一个"赐"字——当国家有喜庆之事时，天子特地恩赐臣民相聚饮酒。而乡饮酒与之相比，皇恩浩荡的味儿就没那么浓了，这种礼仪可上溯到周代，是保持了千年的古老风俗。

由于源于周礼，乡饮酒的侧重点在于教化，目的是彰显道德与贤良的作用。不管在任何时代，这些都是值得推崇的品质，尤其在经历了礼崩乐坏之后，人们更加呼唤上天能将其弥合。这也是把这次宴会放在前面的第二个原因。

乡饮酒礼能够顺利进行，足以说明中央完全重建了与地方的联系，另外也从侧面证明了唐初地方经济已经有效恢复，毕竟手头要是没点余钱，谁还乐意办什么活动啊，想开席？自家饭没先吃饱，你拿什么开席！

收到来自长安的命令后，各州行政长官开始操持起活动，务必要把宴会办得漂漂亮亮的，这既是给朝廷交差，也是一项长脸的政绩嘛。

为了照顾各方利益，大家的事要大家商量着办，因此在确定流程、人选时，还需请来致仕（退休）有德之人共议。等一切准备就绪后，乡饮酒礼的主人，即地方行政长官正式宣布：活动开始！

接下来就轮到宾客出场喽。如果不知道谁能有幸赴宴，那就去各家门庭处瞧一瞧、看一看吧。有个专门名词叫"旌表门闾"，指朝廷专门给有德、有贤的人家赐予匾额，挂在门上以示表彰。乡饮酒礼的宾客基本出自这样的家庭，他们往往也是各地贡举的明经、秀才、进士等，完全可以称之为天下士子。

经过一套复杂的行礼程序后，乐宴终于被推向高潮。主人与宾客各自就位，席前陆续摆上美酒佳肴，大家一边享用餐食，一边饮酒作乐，共同举杯为美好的世界献上祝福。如此盛会，自然也少不了歌乐做伴，直到曲尽之时，众人才尽兴而散。

入秋以来，类似的场景几乎在全国各地都能见到。也许不同州县之间，由于地域差异，席上的饮食会略有差异，但人们想要传递的情感一定是趋同的，那就是歌颂道德、仰慕贤达。

正所谓由礼而宴，礼才是真正的内核，而宴只是外在的形式。只谈形式，这些地方所谓的盛会或许还比不上京城一日的用度，就比如说酒菜，谁都敢赌民间没权贵吃得好。但谈到礼，便能凸显出这项活动的意义了。

须知礼不是为少数人设计的，它是针对大多数人的。既是如此，那诸如乡饮酒这类活动，能办即是件利国利民的好事，若是办好了，绝对远胜那京城一隅的所有宴会。

试想在那个年代，信息的传播还受制于载具，车马能走多远、走多快，决定着人们的见识高低。绝大多数人从未见过长安，至于什么皇宫夜宴，什么万国来朝，他们甚至想象不出那是怎样的场景。

对这些人来说，"区区"家乡盛会，已是平生所见最热闹之事。那些上桌的人欣然前往，从此想要见见更大的世面。即便是没上桌的人，兴许也都挺起了胸膛，开始畅想美好未来，因为这种天下太平的实感，真的是久违了。

二宴朝堂公卿。

贞观六年（632）七月十九初秋日，将视线收回长安，此时的丹霄殿内挤满了人。这些人无一例外，全都是大唐朝堂的公卿，他们有一个共同的身份——品阶全在三品以上。

今天，天子将高官聚在这里，并不是要商讨国家大事，而是单纯地开联欢宴会。正所谓喜气洋洋迎天命，雄心勃勃兴国运，本次活动的主旨相当简单，就六个字：庆祝国泰民安。

李世民坐在最高处，神情从容娴雅，不紧不慢地讲起了月初发生的事。西域焉耆国的使团入京进贡，给大唐皇帝带来了国王的问候与请求。据使节所言，焉耆到中原之间原本有一条沙漠商路，由于路途遥远，加之自然条件限制，该交通线本就十分脆弱。

而自隋末乱世以来，在天灾人祸的双重打击下，这条经济通道便被彻底中断了。现在既然可敬的天可汗已将秩序恢复，焉耆王突骑支希望能重开商路，以便双方交易往来。这自然是件好事，李世民没有拒绝的道理，于是欣然应允。

十数天后，皇上再次向臣下提及此事，算是给宴会定个调，酒可以少喝，但格局一定要高。回忆完这段故事后，李世民举起酒器，欣喜地说："今内外安定，天下咸平，此皆各位公卿之力。"

"颉利（东突厥可汗）曾地跨北荒，统叶护（西突厥可汗）亦雄踞西域。"李世民越说越兴奋，"但那又如何，还不是难逃覆亡？朕能与诸公亲身见证历史，何其幸也！"

"圣上承天景命，大唐万代巍巍！"

听着官员们的恭维与赞美，李世民的心潮越发澎湃，不过他很快克制住得意之感，恢复了理性。

"今日盛景，使朕不得不想起隋炀帝。当年他威加海内，震慑四夷，该有多么豪迈。然则只过了区区十数年，便由极盛转至极衰，这段历程，也是朕与主公亲身见证过的啊。"

李世民再次举起酒器，言语中多了一份恳切："我们虽在此庆祝，却也不能骄傲自满。须知先强后亡的例子数不胜数，因此更要居安思危，将这份运祚延续下去。"

听完这些，丹霄殿中的公卿大臣若有所思。正如"丹霄"这个仙道味极浓的殿名所代表的那样，此刻众人仿佛已经不在人间，他们的思绪早就直上云霄，穿越过了好多年岁——从前隋东都的万国来朝，到王朝末世的四分五裂，再到武德与贞观，这群大唐的栋梁全都亲身见证过。

这些事历历在目，分明近在眼前，它们证明了一点：世上从来没有永远的强盛，唯有变化永恒，唯有危险长存。因此在短暂的享乐过后，人必须保持清醒才行。《周易》中的"君子终日乾乾，夕惕若厉，无咎"讲的正是这个道理。

"无咎"二字虽然简单，实现起来却异常困难。因为谁都难免松懈，稍有不慎就会犯错。保持勤勉，保持警惕，这是持续一生的考验，是要奋斗一辈子的事。人在做，天在看，贞观能做成什么样，还得继续盯着才行。

三宴近臣。

上一场宴会场面大，人又多，参与者多少有些端着，说的话也都难免显得官方。过了一个多月后，新的筵席如期而至。这次宴会定在八月之后的八月初四，没错，贞观六年（632）有个闰八月，地点仍是丹霄殿，但来的人很少，全是皇帝的近臣，有长孙无忌、王珪、魏徵等。

跟"自己人"待一起，状态当然自在了，自然是要说些掏心窝子的话了。众所周知，真诚的话往往使人尴尬，说多了容易得罪人，但谁叫今天在座的都是圣上的近臣呢？有皇帝在此，看谁敢甩脸色。

长孙无忌饮了些酒，有些放纵地说："王珪、魏徵啊。"

被叫了名字的两人看过去，等对方张嘴讲后半句话。

"你们俩曾是先太子的人，先前与陛下为敌，谁能料到？哈哈。"长孙无忌说着便笑了起来，"谁能料到二位今日竟能一同赴宴啊？"

虽然是句玩笑话，但场面依旧稍显窘迫，王珪和魏徵不想接话，问题只能交给位置最高的人来解决。

"我之所以起用王珪、魏徵，是因为他们能尽心尽力做事。"李世民道，"他们之前要不是那样，又怎能入我之眼？"

王珪、魏徵听到解围，礼貌而不失尴尬地还以微笑。李世民见状又拿魏徵打趣起来："不过魏徵哪，我一直有个疑问。为什么每次你进谏而我不听从时，跟你说话你总不回应啊？"

"陛下，臣每次进谏，都是因为认为事情不可行。"魏徵回答，"至于听不听从，那是您的事。但若是陛下不听从，臣还跟着回应，那这本不该行的事不就变可行了吗？所以臣不敢回话。"

"原来如此，不过你回应了也没什么损害吧？"

"臣记得舜曾谓臣言'尔无面从，退有后言'，说明圣人都喜欢臣下能够前后一致，魏徵也想做这样的人，所以不愿做当面一套背后一套的事。"

李世民听完大笑起来，直呼魏徵可爱："时人常说魏徵举止疏慢，都觉得你不易亲近，可我看你却觉得相当妩媚呀！"

魏徵又不傻，他当然能听出皇帝的示好，于是立刻起身离席，拜谢道："全因陛下广开言路，臣才能如此。若是陛下拒绝纳谏，臣又何必触犯龙颜呢？"

看着魏徵耿直的样子，李世民笑得更欢了，长孙无忌等人也跟着哑然失笑，周围的侍者同样面带微笑，大殿之中一片祥和之气。

可能是席上宾客都是青史留名的人，抑或是他们的对话诙谐而又不失经典，这次宴会被史官记录进了正史当中。或许后世之人翻到这页时，都会被从李世民口中蹦出的"妩媚"所逗乐，不过在嬉笑之余，这些为人君者、为人臣者又会为贞观君臣和谐的关系而感叹：为君的想要魏徵那样的臣，为臣的想要李世民那样的君，但也终究只能是羡慕罢了。

对历朝历代的统治阶级而言，办个盛会开场宴都只是举手之劳，无非是摆几张桌子请几个人的事，若想搞得更隆重些，就再多修几座宫殿嘛。但是人跟人之间隔着酒食，酒食后头又隔着肚皮，想要人心真正坦诚相见，可不是抬手便能做到的事。

想实现贞观君臣这样的效果，必须得是君也坦荡、臣也坦荡才能行，否则就像舜说的那样：尔无面从，退有后言。因此务必让团结多一点，让猜疑少一点，在共同的目标下让知行合一。

政治生态是可以清朗的，是能达到风正气清的，不信的话就请看贞观吧！它既有统一意志，又让人心情舒畅、生动活泼，贞观正是这样的一种政治局面。

四宴权贵。

当然了，和谐并不意味着毫无矛盾，实际上万事万物都有矛盾。即便是再和谐的关系，偶尔也会发生摩擦，在下一场宴会中，贞观群臣就擦出了火花。

时间还是贞观六年（632），九月二十九，大唐皇帝宴于庆善宫。庆善宫虽名曰宫，但却不在京城，而是武功（今陕西武功）的一处行宫。相传三十多年前，李世民正是在此地出生，那时李渊还只是大隋的唐国公，这里也只是平平无奇的李家旧宅。到李唐建立后，地随人贵，普通的别馆摇身一变成了风水宝地，随着改建工程的推进，最终形成了今日的庆善宫。

跟随皇帝入宴的全是当朝显贵，要官职有官职，要爵位有爵位，热热闹闹登场亮相，更加衬托出庆善宫的贵气。重游故地，李世民很是高兴，他龙颜大悦，即兴赋诗十韵，又让熟知音律的起居郎吕才配以管弦之乐，制成《功成庆善乐》在现场演奏。

天子之诗有云："弱龄逢运改，提剑郁匡时。指麾八荒定，怀柔万国夷。"用充满霸气的文字讲述了他前半生的激荡故事：有平定八荒的武功，也有万国来朝的文治。

哎，俱往矣，让所有荣光都化作诗的最后一句："共乐还谯宴，欢比大风诗。"朕纵观古今，此等心境怕是只有汉高祖才有过吧。在这个历史瞬间，李世民与刘邦产生了联系，《幸武功庆善宫》与《大风歌》产生了联系，大唐与大汉产生了联系！

借着诗兴，少年舞者已经整齐排列，六十四人八纵八横，在欢快的演奏声中闻乐而动，将庆善宫盛宴的气氛推向了最高潮。然而此时，席间突然爆出一阵争吵声，紧接着便是砰的一声，然后又是一声惨叫，将所有人的目光都吸引了过去。

"你有何功？竟坐于我上！"

说话怒气冲冲的人是尉迟敬德，他不服这个位次在他之上的人。眼看冲突将起，坐在下位的任城王李道宗赶忙劝架，怎料尉迟敬德拳头既出，拉扯之中竟重重砸中了李道宗的眼眶。

"砰！"

声音之大，可见尉迟敬德有多用力。

"啊！"

任城王李道宗捂住双眼痛苦惨叫。

场面彻底走向失控，李世民只得叫停表演，悻悻然终止了宴会。他让人将李道宗扶出去治疗，又把尉迟敬德叫到身旁，准备亲自过问他的罪。

"刚才的诗里化用了汉高祖的典故，尉迟敬德，你可知道？"

"回陛下，臣不知。"

"量你也不知，喝了酒后你还记得什么？"李世民骂道，"朕且问你，汉高祖诛灭功臣，这你总知道吧？"

尉迟敬德点了点头。

"朕不愿像他一样杀功臣，朕想让你们共保富贵，子孙不绝。"李世民愤怒地说，"但从你的所作所为中，朕突然明白了，韩信、彭越被人剁成肉酱，实非高祖之罪，乃是他们咎由自取罢了！"

"朕今日不罚你，只希望你好自为之，不要到了那天才后悔莫及。"

尉迟敬德被吓得匍匐在地，一动也不敢动。冰凉的地面让他稍微冷静了一些，当理智重新占据大脑，他这才开始意识到刚才做了什么蠢事。其实尉迟敬德并非飞扬跋扈之人，他行事光明磊落，从不藏着掖着，没想到他直来直去一辈子，偏偏在今天这个重要场合昏了头、打了人。

再回忆起这些时，尉迟敬德真是后悔又后怕。此刻的他活像是《唐雎不辱使命》中的匹夫，在天子面前只能"免冠徒跣，以头抢地耳"。看来日后真要收起性子，好好约束自己才行啊！

功臣又如何，权贵又如何，人不能永远躺在功劳簿上。哎，俱往矣，所有荣光都化作后世一句诗："赢，都变做了土；输，都变做了土。"尉迟敬德的时代就像这场宴会，高调华丽，却已经结束。

历史交给他的任务全都完成了，剩下的只是等历史将他变作尘土。但在此之前，尉迟敬德还有要做的事，他决心不只做个重臣，还要将纯臣之路贯彻到底。天子之怒，还是不要再见的好！

五宴太上皇。

转眼已是贞观六年（632）的初冬，十月初五那天，皇帝的车驾终于回京，在返回宫城之前，李世民还有一件事情要做，他想到了太上皇，住在大安宫的李渊。逍遥了近半载，此刻他很想知道父亲过得如何。

李渊已经六十六岁了，上天留给他尽孝的时间应该不多了，因此他今天无论如何也要过去看一眼。很快，冷清的大安宫便热闹起来，内臣侍女们忙前忙后，开始操持起皇帝的家宴。李世民和长孙皇后也没闲着，二人轮流进献饮膳、服饰、车马以及器用之物，只为讨李渊这个老头子的欢心。

皇帝虽是天子，但也是有父有母的活人。既然是人，就势必逃不过一个"情"字，而人类所有的感情之中，唯有亲情最为珍贵。所以这场宴会的规模虽不大，却显得格外温馨，不论外面的身份多尊贵，在家人面前，阿耶永远是阿耶，二郎永远是二郎。

自两年前平定突厥后，作为天可汗，作为大唐皇帝，他已无须再向谁证明什么。至于更早之前的事，做了就是做了，不做也没有今天的李世民，他也懒得再解释些什么。

至于那些改变不了的，不如干脆放在那里吧，因为——王者是不需要被救赎的，历史终将给他一个公允的评价；但是亲情是需要救赎的，别让一件事成为两代人的遗憾。

这两年来，李渊和李世民冥冥中都感受到了，他们父子的关系正在得到修复，心中芥蒂的融化过程虽然缓慢，但这座冰山脚下可算是见着水了。

宴会一直持续到深夜，到太上皇疲累了才结束。李渊打了个哈欠，示意可以让轿子过来送他回寝宫了。李世民搀扶起老父亲，慢慢朝着殿外走去，待他们到了门口，轿子已经安安稳稳等在那里。

"阿耶，让我为你抬轿。"

"你是皇帝，不可如此。"

"这一次，无妨的。"

"真不用。"李渊用手招呼太子，"承乾，你过来。"

李承乾从后面出现，飞奔到李渊身边。

"今年也快十四了吧？"

李承乾应了一声。

"你父皇这么大的时候，已经能上马救驾了。"李渊拍了拍他的肩膀道，"你也该为他分分忧了，这事就由你来代劳吧。"

没想到大唐的三代同堂会是这样的一个场面：太上皇缓缓入轿后，太子便轻轻抬动轿身，其他侍从也跟着起轿，皇帝则站在一旁目视他们离去。这个轿子像一座桥，而抬它的李承乾又何尝不是桥呢？只不过太子的桥是抽象的，它连接的是皇帝和太上皇的心，两颗布满裂痕却依旧坚硬的心。

这五次宴会，似乎将全天下人都联系在了一起。有处江湖之远的士子，有居庙堂之上的公卿，有皇上的近臣，有当朝的权贵，当然还有父和子。在这些形形色色的人中，有的还在追求，有的早已妥协，有的尚有远大前程，有的舞台已经落幕。

种种这些，全都包裹在同一个大时代中，在这场名曰"贞观"的盛宴上，被定格、封存进历史，从此变成文章，变成故事，而后之览者，亦将有感于斯文，不是吗？

三、与尔同赏舞

玩了一整年，比前五年加起来都要欢乐。许是认为天子有些过火，贞观六年十二月（633），中书令温彦博看不下去了，他当着皇帝的面说："如果陛下能常像贞观初年一样，那就好了。"

"朕近来可是有怠政吗？"比起温彦博，李世民显然更在意魏徵的评价，于是又问魏徵，"魏公以为如何？"

"回想贞观之初，陛下一心追求节俭，孜孜不倦求谏，近来……"话是温彦博起的，今日魏徵并无进谏的打算，所以不想把话说得太透。

"但说无妨。"

"近来陛下颇为享乐，从谏亦不如从前了。"

李世民听完，拍掌大笑道："你说得对，确有此事。"

拍掌大笑是何等轻浮的举动，魏徵知道皇帝肯定没有听进去。他是了解李世民的，如果真说到了对方心坎处，要么会尴尬一笑，要么因羞愤红脸，反正最后都会点点头，然后记在心里。今日李世民的行为，只能解释为：我承认自己松懈了，但不要这么较真嘛，会休息的人才是会工作的人。

接下来，李世民选择的休息方式是——赏舞。接着奏乐接着舞，有资本的人才敢说这句话，否则听着奏乐赏着舞，突然就成桀纣之君了。李世民当然有资本享乐，因为整个贞观七年，天下继续无事。没有外战，宇内咸宁，整个社会一团和气，连朝廷重犯都比从前可爱了。

比如放回家过年的死刑犯，愣是一个都没跑，到期之后全都乖乖回来"领死"。那时候可没有电子脚铐，这些人要真想跑怕是一个都捉不回来。可他们偏偏不跑，都表示宁做太平鬼，不做逃亡人，此举让皇帝很是感动，李世民大手一挥，赦免了他们的死罪。太平到连死刑犯都没了（不算后判的），皇帝当然想继续享乐了，这就是人性哪，是每个人多少会有的局限性。

说回赏舞。历史上重要的年份基本都有关键词，比如贞观四年是天可汗，武德九年是玄武门之变，再往前武德四年是一战擒二王……贞观七年虽然没那么重要，但人们依旧能为它找出一个关键词：舞！舞！舞！谁也想不到，一个"舞"字竟能跨越一整年。

贞观七年（633）正月，鼎鼎大名的《秦王破阵乐》演变为终极形态——《七德舞》。《七德舞》《九功舞》与《上元舞》并称三大舞，除《上元舞》外，其余两部均创作于贞观年间。李世民曾有诗云："戢武耀七德，升文辉九功。"故而以《九功舞》赞扬大唐贞观之文治，此舞正是去年在庆善宫所赏的《功成庆善乐》，这里不再赘述。今日的主角乃是歌颂秦王破阵之武功的《七德舞》。

正月十五上元节，天下最有权势的人相聚于玄武门，大唐皇帝为三品以上官员、各州牧以及诸蛮夷俟斤设宴赐座，李世民要与他们共赏七德乐舞。

幸甚至哉，太常卿萧瑀上前进言："陛下，《七德舞》虽好，却仍说不尽圣人之功。臣以为应编入刘武周、薛仁杲、窦建德、王世充等人被擒获的情状，方能让世人一睹王者风采。"

"他们都是一时英雄，朕既然想做一世英雄，又何必羞辱已死之人？"

"可是陛下……"

"不必说了。"李世民用手指了满座公卿一圈道，"现今朝廷之臣中，有许多曾经为这些人效力过，若是让他们亲眼看见故主屈辱的样子，难道不会为此而伤心吗？"

且不说早年间不幸被王世充所俘，而后短暂为其效力的程知节和秦叔宝，武将之中张公谨等人确实曾为王世充效力。文官集团的例子也不少，光是十八学士里，苏世长、陆德明、孔颖达、李玄道等就为王郑做过官，虞世南的履历上也清楚写着窦夏的黄门侍郎，至于褚亮，他的官位跟虞世南一样，不过是在薛秦任职罢了。退一万步讲，萧瑀说这话之前难道没考虑过尉迟敬德吗？他不仅曾是刘武周的得力战将，而且人狠话不多，一年之前是真的在宴会上打过人的，小心激怒了人家揍你！

萧瑀觉得皇帝所言有理，于是说："此非愚臣所能考虑得到的啊！"然后俯首拜退。

演出开始了，在左圆阵与右方阵中，整齐分布有一百二十名舞者，他们披甲执戟，先偏后伍（古时阵法，以二十五乘为偏，五人为伍），摆出古人常用的鱼丽、鹅贯等阵法。七德之舞总共需要变化三次，每次变化结成四阵，各队首尾回旋交错，一张一合间便演出了战场上冲刺杀敌的场景。

幸甚至哉，歌以咏志，赏乐观舞的人无不为之踊跃欢呼。诸位将军感谢这支舞，因为在恍惚之中，他们仿佛回到了当年驰骋沙场的峥嵘岁月……一时间，万岁之声此起彼伏，充斥在玄武门上，这种欢乐的氛围一直持续到了年末。

贞观七年十二月（634），李世民先是巡幸芙蓉园，这里是隋唐时期的皇家禁苑，它倚靠曲江池，与长安城紧紧相连，时至今日仍是西安城中的著名旅游景点。在园中畅游一番后，李世民又到少陵原围猎。此处的人文历史更为悠久，因葬有汉宣帝及许皇后，由杜陵、少陵的陵墓名而得名。不过此时，少陵原扮演的角色更多是长安城中达官显贵们的游玩场所，距离它以另一种身份进入中国文化史，还需等待一百多年，那时候会有一个自称"少陵野老"的诗人登上历史舞台，此人姓杜，单字一个甫，他的故事容我们日后再讲。

到了十二月十五日，余兴未消的李世民才返回宫中，他要在汉代未央宫旧址为太上皇置酒设宴。未央宫前，二龙并立，皇帝亲自为太上皇斟满佳酿，又借着酒劲唤出一个名字："阿史那咄苾。"

这是突厥颉利可汗的名字，现在他是大唐右卫大将军，听到皇帝叫自己，颉利答道："臣在。"

"再为朕跳一支舞吧。"

"喏。"

显然，李世民提出了一个颉利无法拒绝的要求，但他并没打算罢休，接着询问："对了，冯智戴呢？"

听到皇帝呼唤，这位岭南冯家的长子赶紧站了起来。他不远万里来到长安，乃是奉父命侍奉天子（不排除入朝为质子）。当然了，岭南冯家这么做也有私心，若不是贞观初年牵扯进谋反案，被皇帝怀疑有不臣之心，冯盎肯定不愿将其子冯智戴派入京中。冯智戴扮演着岭南与长安间联系的纽带，有他在长安，李世民多少会放心些，如此一来冯盎也舒心。

"你来为朕咏诗助兴吧。"

冯智戴面露难色，却也不敢抗命，他倒不是不想给皇帝吟诗，只是当着朝臣的面公开讲话，唯恐被这群讲官话的人嘲笑口音。那时的岭南遥远偏僻，常被视为烟瘴之地，中原人想去这里恐怕只有一条路可走——贬官。

冯智戴的担忧不无道理，因为直至多年以后，这种地域歧视依旧没有缓解，初唐时期的高僧慧能便深受其害。慧能与冯智戴均是岭南出身，算半个老乡，熟悉慧能的人可能不多，但他创作的偈句——菩提本无树，明镜亦非台。本来无一物，何处惹尘埃——却可谓无人不知、无人不晓。

《六祖坛经》（记载慧能生平事迹与言教的禅宗经典）曾记载，慧能到中原求法时，曾被人问"汝是岭南人，又是獦獠，若为堪作佛？"他自己也承认"慧能生在边处，语音不正"。

如此有佛性的慧能，由于出身岭南，加之口音不同，初到中原求法时依然饱受歧视。冯智戴今日之尴尬可想而知，站在这么多大人物面前公开吟诗，也真是难为他这个南方人了。

接到命令后，颉利可汗随乐而舞，冯智戴亦跟着节拍吟起诗。李世民欣赏着他点的节目，一边看一边笑着说："胡、越一家，自古未有也。"趁着表演节目的兴致，李世民端起酒杯为李渊祝寿道："如今四夷皆为我大唐属臣，这都是太上皇教诲的结果，否则绝非我的智力所能及啊。"

太上皇很高兴，皇帝这么给面子，他还有什么不知足的呢？李渊尽情享受着在座众人给他的祝福，一声声万岁回荡在大殿之上，久久没有消散，李渊已经分不清这是回声，还是他的心声。

有人欢喜有人忧，全场最痛苦的人莫过于颉利。他此生最屈辱的两个时刻，皆是拜李世民所赐，一次被执送长安后，让李世民当面数落了五大罪过，还有便是这次，如此低姿态地为人献舞。跳舞事小，失节事大！但话说回来，作为亡国之君，他颉利还有什么节可言呢？

唉，颉利默默叹气。从入长安那一天起，他不再为君，又不甘心做臣，人陷入这种拧巴的状态，"气节"这个词便与他毫无关系了。这几年颉利的身体每况愈下，郁郁不得志的他时常在家人面前抹眼泪，面容也因此消瘦了很多。李世民当时可怜他，想让他去虢州（今河南灵宝）任刺史，说是那一带有很多麋鹿，颉利如果能骑在马背上打打猎，兴许心情和身体都会转好，可惜颉利选择了拒绝。

啊，颉利捶胸顿足。他后悔极了，当初完全应该接受皇帝的好心。

如果他去了赣州，说不定就能躲过今日的宴会。颉利想不通，这家人怎么这么爱开宴会。听说当年抓住他的时候，李渊专门在凌烟阁上设宴，堂堂太上皇亲弹琵琶，当朝皇帝李世民闻乐起舞，两个人都乐得跟朵花似的。自家人偷着乐就算了，非要搞什么独乐乐不如众乐乐，还要把他拖出来"鞭尸"，可见这长安真是个是非之地！

噫，颉利长呼一声。他倒下了，从此一病不起，颉利感到自己的灵魂正在被抽走，羞愤、屈辱等情绪交织在一起，如同炙热的火焰一般煎灼着他的寿命。临死之前，颉利绝对想不到他的人生竟会以如此不体面的方式收场：他本是雄鹰，奈何做家禽。颉利情愿那日战死在草原沙场，也好过在长安城做一名囚徒，一件政治宣传品，一个为人献舞的小丑。仅仅一个月后，贞观八年（634）正月初十，颉利因病去世，一代枭雄就此落幕。

盛宴结束，贞观君臣再次回到了做正事的道路。同年同月，李世民派遣李靖、萧瑀等十三名高级别官员巡行天下，他们身兼六大任务：一是考察地方官员；二是询问民间疾苦；三是礼遇高寿老人；四是赈济穷苦百姓；五是发掘被埋没的人才；六最为特殊，皇帝希望十三钦差务必好好表现，替他跑好腿，给他做好眼睛。

他们前脚刚刚离开，一支使团后脚便进了长安城。他们是吐谷浑人，此番前来只为传递一则消息：尊敬的天可汗，可汗托我给您带句话，吐谷浑希望能与大唐通婚，希望您能同意。求亲？李世民一头雾水，他暂时还想不通吐谷浑在打什么算盘。

第
八
章

国
事
家
事
天
下
事

一、唐击吐谷浑之战

起初，没有人在意这场绝婚事件。贞观年间时，吐谷浑可汗伏允为其子尊王向大唐求婚，李世民允了这桩婚事，但有一个要求：吐谷浑必须亲自到大唐迎亲。而且不能随便派个使者过来，既是要为可汗之子求亲，那尊王本人就得来长安一趟。

大唐皇帝之所以定下这种条件，全因吐谷浑可汗着实是一副"蛮夷嘴脸"，换作任何一个文明国家，都绝对做不出前脚派使臣入朝进贡，后脚便在返程时大肆掠夺鄯州（今青海西宁等地）的行径。人得有廉耻之心，你不能干完坏事立马忘，然后觍着脸又来求亲吧？朕的虎女安能嫁犬子乎！

尊王既不来长安，李世民顺理成章地绝了婚。可怎料吐谷浑完全不讲武德，求婚之事泡汤后尽显獠牙本色，竟敢再次出兵侵唐，袭扰了包括兰州、廓州（今青海化隆）在内的多处要地。

矛盾升级后，大唐仍然想保持体面，不仅派出使者与吐谷浑沟通，皇帝本人甚至亲自告诉吐谷浑使臣："勿谓言之不预也。"然而吐谷浑可汗伏允终究是没听进去，在"老伙计"天柱王的挑唆之下，伏允扣押了大唐使者，直到李世民传了十道口谕后才选择放人。

这下天王老子来都没法挽回局势了。是可忍，孰不可忍也，吐谷浑如此轻视大唐，不妨战吧！

贞观八年（634）六月，唐军正式对吐谷浑发起反击。李世民以左骁卫大将军段志玄为西海道行军总管，以左骁卫将军樊兴为赤水道行军总管，令此二人统领戍边军队，同时联合其他民族兵力向西进攻。这轮进攻打的是追击战，不是歼灭战，战略目标并非消灭吐谷浑，而是要形成一种震慑，使其在短期内不敢再侵犯大唐西境。

结果如何呢？从战术层面看，唐军完成得很好，十月，段志玄大破敌军后疯狂追击八百余里，距离青海湖仅有一步之遥，打得吐谷浑只能赶着牧马远遁西北。但从战略层面看，唐军并未达成目标。由于先前并未伤及敌人元气，仅仅一个月后，吐谷浑大军便卷土重来，又侵入凉州（今甘肃武威）之地。

这个伏允之所以如此猖狂，还是隋末大乱给他的自信。本来"吐谷浑"这三个字在大业初已经消失了，杨广灭其国后在这里设置郡县，将传统的吐谷浑归入了大隋新的行政区划。但随着杨广失去了对帝国的控制，吐谷浑可汗伏允得以复国，恢复了"羌城以西，且末以东，祁连以南，雪山以北"的故地。

在伏允眼中，他是复国的天选之人，渴望着恢复南北朝时期的全盛之景。因此后来与大唐接壤后，吐谷浑并未审时度势，停止与中原王朝的摩擦和对抗。开国之后，由于北方突厥带来的边防压力，大唐被迫只能在西线采取消极的防御措施，终武德一朝，唐军应对吐谷浑的侵扰一直是胜少败多，这使得吐谷浑对大唐的态度越发傲慢不羁。最强势的时候，吐谷浑甚至能侵扰到唐境松州（今四川松潘）一带，严重威胁到关中与蜀地的联系。

不彻底将吐谷浑打趴下，它迟早会像野草一样春风吹又生。李世民甚至能想象得到它年年来边境袭扰的场面，那抢人抢粮的样子简直与当年的突厥无异。不过好在时代变了，大唐完全不似从前那样"弱"了。

随着唐军击溃东突厥势力，俘获颉利可汗后，中原与西域的最大阻碍也已消除，大唐完全能采取更加积极的拓边战略，转守势为攻势，开展大规模的对吐作战了。既然吐谷浑认不清形势，像鸵鸟一样认为优势在我，那就升级为全面战争吧，李世民誓要给伏允一些震撼。

眼下的唐军一不缺士兵，二不缺大将，三不缺粮草，四不缺斗志，只缺个能威震天下、率领全军出击的帅才。思来想去，李世民还是想让李靖上，灭亡东突厥一战打出了华夏之威，小小吐谷浑当然不在话下。可问题是，上次任李靖为畿内道大使巡视天下，不久后李靖就以足疾辞任了。李世民明白他的心意，这是自知功绩太盛了，便也遂了他的愿。再者说距离上次大战后已过六年，李靖也越发老了。看着这个六旬老翁，朝堂文武都得想想：李靖老矣，尚能饭否？真的有必要让李靖再次领兵出征吗？

面对质疑，李靖只用三个字回答："臣请行！"

老将军坚定表态，李世民悬着的心终于放下了。李世民欣喜且自信，迅速完成了战前规划。贞观八年十二月，大唐皇帝正式下诏大举讨伐吐谷浑，以李靖为西海道行军大总管，节度诸军。

在李靖之下，还有五大行军总管，他们是：兵部尚书侯君集、刑部尚书任城王李道宗、凉州都督李大亮、岷州都督李道彦、利州刺史高甑生，五人分别统领积石道、鄯善道、且末道、赤水道、盐泽道兵马。除此之外，唐军再一次联合了突厥、契苾之众，准备孤立吐谷浑，对其形成合围之势，战争一触即发。

贞观九年（635）夏，闰四月，唐军正式对吐谷浑发动全面进攻。任城王李道宗很幸运，他于库山（亦称库库诺尔岭，中国青海省青海湖西南山岭）寻得吐谷浑主力，逼得吐谷浑可汗伏允只能烧光野草，率军轻装逃向沙漠方向。

唐军顺利拿下首胜，望着伏允撤军的背影，追还是不追，这是个问题。众将皆认为不可深入，唯侯君集力排众议，以敌军作鸟兽散为由劝李靖乘胜追击。

"伏允纵火烧山，使我军马无草可用，后勤问题不解决，绝不能贸然追击。"

"非也。去年冬季攻势时，段志玄军刚回鄯州，敌军即刻兵临城下。这些人并非吐谷浑凭空变出来的，全都是见吐谷浑军势尚存，故而继续为其效力的人。"兵部尚书侯君集道，"如今我军主力大败吐谷浑，如同强风赶跑了伏允，这些人立刻作鸟兽散，安敢威胁我军后勤？"

"素知侯尚书知兵，敢问如此果断，可是有何证据？"

"当然有，证据便是敌军已将斥候全部撤走，这说明吐谷浑并非诈败，而是真的逃了。"说罢，侯君集向李靖提议，"大总管，敌军目前离心离德，取之易于拾起草芥，若不追击，日后必悔！"

"嗯。今我与寇，攻守易形了。"李靖认可道，"传我命令，兵分两路，我与薛万均、李大亮为北道，侯君集与任城王李道宗为南道，继续进攻吐谷浑。"

到当月底，以北起青海（青海湖），南至乌海（冬给措纳湖），中间广阔地带的敌军被唐军基本肃清。

北线唐军于曼头山（在今青海共和）、牛心堆（在今青海湟中）、赤水原（在今青海兴海）三处大败吐谷浑，李靖部以战养战，在获得补给的同时成功斩杀敌军重要头领。

南线战果虽不及友军，但侯君集与李道宗却打出了大唐的军威。他们引兵穿插进无人之境，长驱直入两千余里，顶着盛夏的霜雪消灭了破逻真谷（今青海都兰）之兵。战至最后，全体将士已无水可用，史书记载唐军"人龁冰，马啖雪"，好在侯君集最后赌赢了，不然他怎么对得起这些抛头颅、洒热血的士兵。不过话说回来，这样的一支军队，吐谷浑又岂能挡得住呢？

到了五月，南线唐军继续向乌海方向追击，终于摸到了伏允的尾巴。侯君集等与之大战，再次逼跑了他，虽然没捉住吐谷浑可汗，但是俘虏的名王（吐谷浑首领）的命也是命，那就替你们的可汗去死吧。斩杀名王后，将士们马不停蹄，又朝着星宿川（今黄河上源星宿海）挺进。这个地名好，十分符合唐军的精神头，真乃巍峨高万尺，手可摘星辰！

与此同时，北线唐军在李靖的指挥下正在进一步扩大战果。主力在这里，自然名将云集：李大亮在蜀浑山（亦作浊浑山，在今青海共和）大破吐谷浑，光是抓住的大小名王就有二十多名；执失思力也齐头并进，于居茹川（在今青海共和）击败敌军；薛万均、薛万彻更是万人敌，他们遭遇的是天柱王，结果是两位薛姓将军成功在赤海（在今青海共和）敲断了这根天柱。

不过吐谷浑也并非毫无抵抗之力，在赤水之战中，一支哀兵还是让薛万均、薛万彻两兄弟吃到了苦头，这还是唐军第一次领教如此强劲的吐谷浑战力。正所谓，狭路相逢勇者胜，刀戈既起，便再无收兵的道理。交战双方均是各自的精锐部队，都拿出了极强的素养，尤其是唐军，即使身陷重围，即使伤亡比例已经达到了惊人的百分之六七十，他们依旧在主将的带领下奋勇杀敌。

薛万均、薛万彻两兄弟一路顽强抵抗，先是马上作战，中枪跌落后立刻转为步战。其余唐军受主将影响，统统拿出了要与吐谷浑拼尽最后一滴血的气势，他们将战败的时间一拖再拖，直至左领军将军契苾何力带来了援军。最终，唐军竭力奋击，所向披靡，得以体面撤退。

吐谷浑再无正面作战之力，大唐彻底掌握了战略主动权。此刻的李靖正立于积石山（今阿尼玛卿山）下，他脚踏积石手持地图，显然是成竹在胸了。

"报！"刚刚结束侦察的斥候说，"部下听闻伏允正在突伦川（又名突沧川，古沙漠名，今新疆塔克拉玛干沙漠边缘），将要投奔于阗（西域古国，都城在今新疆和田）。"

李靖拿起一颗石子，压在地图上标记的"且末"二字上，随后下令："众将听令，随我跨越山岭，穷尽吐谷浑西境，往且末（在今新疆巴音郭楞）追！"

吐谷浑可汗在突伦川的消息不胫而走，唐军上下无人不想拔得头筹，成为最先俘虏伏允的那支部队。薛万均、薛万彻和契苾何力三人当然也不甘落后，可他们刚刚打完一场大仗，没打赢不说，部队还因此元气大伤。现在摆在他们面前的选择有两个：一是继续追，但这样做风险极高，稍有不慎可能全军覆灭；二是先休养，然后大概率错过战机，将头功拱手相让。

三个人中，薛万彻没表态，契苾何力支持继续追，薛万均则由于先前冲得太狠，这次想稳扎稳打一些。大家各有各的理，谁也说不过谁，契苾何力急得像是热锅上的蚂蚁，他扯着二薛的手道：

"吐谷浑人居无定所，只会随水草四处迁徙，若我们不能抓住战机，趁虏人群居之时将其围歼，四散的敌军将来必成大患，那这场仗岂不是白打了？"

见对方依旧犹豫不决，草原铁勒可汗出身的契苾何力亲自挑选了千余名骑兵，直奔突伦川而去。薛万均、薛万彻都是有良心的人，先前契苾何力在乱军之中向二人伸出援手，眼下他们又岂能让将军独自杀敌呢？因此二薛皆引兵紧随其后。

与南线侯君集雪域作战不同，北线唐军进入的突伦川是片大沙漠，侯君集部渴了尚且能抓一把雪往嘴里喂，契苾何力他们可不行，茫茫沙海之中什么也没有，远处出现的绿洲说不定也只是海市蜃楼。三位将军长途奔袭，路上乏了只能饮马血解渴，若是没有精神力量的支撑，这段追击之路恐怕鲜有人走得下来。

好在皇天不负有心人，吐谷浑可汗伏允的牙帐还真让人家碰上了。事实证明，契苾何力的判断没有错，擒贼先擒王绝对是战争史上永恒的真理。摸清了伏允的底细后，唐军正式开启斩首作战，将士们像是久旱逢雨一样，兴奋地冲进了吐谷浑大营中。

乱战过后，契苾何力不忘清点战果：斩首数千级，获杂畜二十余万，伏允的妻子儿女被俘。

"唉，可惜没捉住伏允本人。"

逃归逃，跑归跑，吐谷浑可汗做到这地步，真是脸都没了。如此落魄的主公，谁还愿意追随？果不其然，逃入沙漠十余日后，伏允终为部下所杀，而他的老伙计天柱王，自然也是死路一条。斩杀天柱王后，吐谷浑人举国请降。

战后，北线唐军与南线唐军在柏海（今青海西扎陵湖、鄂陵湖）

合兵，自此，大唐取得了决定性的胜利。军人已经光荣完成了使命，剩下的事就要交给皇帝本人处理了，头等要事正是如何处置吐谷浑。

从政治上看，李世民有两个现成的模板可以参考：隋文帝杨坚和隋炀帝杨广。这对父子性格迥异，二人对吐谷浑完成军事打击后，采取了截然不同的处置策略。隋文帝杨坚立高宁王为河南王，由其统归降附的吐谷浑各部，而隋炀帝杨广却任性到底，直接在大业五年（609）灭了吐谷浑，在其故地设置西海、河源、且末、鄯善四郡，由中央政府直接派人管理。

纵观吐谷浑的立国史，通篇只有四个字：降而复叛。光是有隋一朝，身怀异心的吐谷浑就有不少小动作。李世民知道吐谷浑不是省油的灯，他当然想学杨广一劳永逸，用郡县制彻底解决边疆的隐患，但他终究不能，只因他是天可汗。

天可汗是王者，不是霸主，这个身份要求李世民只能以德服人，绝不能搞吞并的事。试想一下，堂堂天可汗揍完不听话的臣子后，竟然直接灭了人家，这会让周围的小国首领怎么想呢？所以不到万不得已、必须铲除的时候，李世民不会采取这种雷霆手段。

除此之外，李世民还有一个留下吐谷浑的理由——伏允的嫡子慕容顺在大唐手里。这又是两代人的孽缘，这个慕容顺乃隋朝和亲政策的产物，他既拥有吐谷浑的继承权，还是隋炀帝杨广的外甥。如今伏允死于非命，大唐当然能在慕容顺身上做文章。

贞观九年（635）五月十八，李靖上奏朝廷吐谷浑已平。三日之后，大唐皇帝下诏恢复吐谷浑国，以慕容顺为可汗，同时授予西平郡王的爵位。李世民殷切地希望慕容顺勿要学那个败家父亲，一定要与大唐和平相处才行。考虑到新任吐谷浑可汗根基未稳，恐难以服众，体贴的天可汗还让数千精兵就地驻扎，由李大亮负责统领，美其名曰：声援。而李靖，也因功被封为卫国公，从此世称"李卫公"。

二、认祖归宗

贞观九年（635）中，当将士们还在青海浴血杀敌时，长安后方的半边天崩了。这个崩并非物理意义上的天崩地裂，而是天子崩殂的崩：五月初六，太上皇李渊崩于垂拱殿。

作为旧时代的"残党"，李渊去世之事对现实的作用并不大，它既没有影响西北前线的战局，也丝毫不耽误大唐朝廷的运作。如果真要找一些负面效应，那就只能在李世民身上瞧一瞧了。

即便贵为天子，人心依旧是肉做的，被父亲去世的心理打击捶在胸口，李世民不可能不感到痛心。他曾经一度以为"死亡"这个词离他很远，就算九年之前亲手射杀了兄长，李世民仍然觉得死亡是一件遥远的事，因为他跟太上皇都天命在身，绝非世间力量所能弑杀。

可现在父亲真的殡天了，这意味着他与死亡之间，再没有一个人替他挡着了。从此之后，他必须直面死亡了。这是李世民第一次对年龄有了实感，父亲的离世似在提醒："二郎已经不年轻了，人到了中年，就该考虑为后人铺路了。"

于是，尚处于丧父之痛中的李世民做出了决定，由太子李承乾暂时代他处理日常政务，一来是皇帝需要时间平复心情，二来也是放手让太子锻炼锻炼。

"太子是在去年加元服了吧，朕在他这个年纪的时候，已经练就一身马术本领，不久之后便赴雁门救援隋炀帝了。"意识到失言后，李世民迅速改口道，"承乾的腿脚虽不灵便，但仁孝纯深却无人能及，眼下正能替朕分忧哪。"

李世民所说的加元服，正是古代汉家男子所行的冠礼。加冠之后，人便成年，亦可婚嫁。《礼记》曾云"冠者，礼之始也"，如果说礼制是我们文化的起点，那么冠礼就是礼制的起点，由此可见冠礼的重要性。一般而言，男子应在满二十岁时行冠礼，毕竟二十而冠嘛。不过帝王家为了后代能早日具备执政的能力（当然也为了提前繁衍子嗣），大多会提早行礼，比如周文王十二而冠，周成王十五而冠，而太子李承乾行冠礼的时间应与周成王接近。

此时提出由太子代为处理政务，明眼人都看出来，皇帝这是在培养他的接班人呢。但这毕竟是贞观一朝首次出现此等场面，尽管太子没有犯错，也赢得了皇帝的认可，可大臣们依旧表示很不适应，纷纷上奏请求天子听政。又拖了一个多月后，直到贞观九年（635）六月二十五，李世民才千呼万唤始出来，重新出现在了太极殿之上。

不过，此时的李世民仍未走出哀伤，大事他当然不糊涂，但朝中哪有那么多大事需要办，排队的净是些细碎的事情。偏偏这些杂务又极其耗费精力，李世民只能继续委任太子处理，还好太子颇能裁断，这段时间真的替皇帝分了不少忧。看着能干的李承乾，李世民甚感欣慰。

李渊去世后，只有两项议程是李世民非做不可的。一项是确立宗庙制度，另一项是敲定皇陵的规模。

关于宗庙制度，建国之初尚属草创期，一切规程都不完备，而且这十几年来李渊一直活得好好的，太庙也确实没有增修的必要，因而此事一拖再拖，直到现在才交由礼官详议。

按照《周礼》中传统的昭穆制度，"自始祖之后，父为昭，子为穆"，即始祖宗庙内居中，之后子孙分列左右两列，父居左为昭，子居右为穆，如此延续，以示血脉的传承。

根据谏议大夫朱子奢的建议，此次增修太庙将立三昭三穆而虚太祖之位。先前太庙中已经供有四位李唐先人，这次增修又多了两位，不仅加了李渊，还添了个始祖李重耳，可谓是有头有尾。从李重耳到李渊，六代共跨越了一百多年，不仅串起了陇西李氏的历史，还熬死了北魏、西魏、北周、隋四朝，可谓是关陇集团"孵"出的终极家族。

他们按照父子顺序分别是:

李重耳(弘农府君)、李熙(宣简公)、李天赐(陇西懿王)、李虎(太祖景皇帝)、李昞(世祖元皇帝)、李渊(高祖武皇帝,但此时未上号)。

首先,从左到右,由公成王,由王成帝,有一个明显的跃迁过程。及至李世民,真可谓是"奋六世之余烈,振长策而御宇内,吞前隋而亡诸夷"。

其次,这几个人中,当数太祖李虎与高祖李渊的庙号最高,而这两个庙号也对应着大唐立国最重要的两个阶段:始受封和始受命。

李虎跟随宇文泰创业,后来成为西北的八柱国之一,宇文泰后人建立北周后,将其追封为唐国公,这也是"唐"这个国号的由来。可以说,没有李虎,就没有唐国,始受封的他当然配得上太祖的庙号。

至于李渊,他由唐国公升为唐王,又从隋恭帝杨侑的手中接过天命,最终建立大唐王朝。作为始受命的君主,死后当然应上高祖的庙号(不过这时还没上)。

还有一点值得说明,那就是为何李唐王朝认李重耳为远祖后,并未继续向上追溯,认十六国时期的西凉武昭王李暠(李重耳祖父)为始祖。其实房玄龄等人还真商议过此事,后来之所以作罢,很大程度上出于政治考量。因为唐继承的是隋,而隋接受的是北周的禅让,北周的天命又来自西魏,西魏本就是北魏分出去的,再往前呢? 再往前是空白!

北魏不像南朝的宋齐梁陈,北魏跟晋朝没有继承关系,按照天命轮替的观点,秦汉一系的天命至此终结,北魏在实质上已经开启了新的天命。如此一来,李暠的位置就尴尬了,他的西凉甚至连带着整个十六国都只是割据政权,只能入载记(史书体裁之一,记载不属于正统王朝的割据政权的事迹),不能入正史,李唐怎么能认不是正统的人为始祖呢?

李重耳不一样,西凉亡国后他投奔北魏,历任弘农太守、安南将军、豫州刺史等职,跟北魏有着切不断的联系。从个人角度看,李重耳作为亡国之君的后人，是不折不扣的"亡国奴"，但从李氏家族的角度看，他将血脉从割据政权带回正统王朝，从此有了继承天命的机会，李家后人会永远感谢他的！

确定了宗庙之法后，李世民的心里舒坦多了，光是想想先人的光辉事迹，他都必须支棱起来。整理完情绪后，李世民回到朝堂商议皇陵规模之事。他当然想把最好的给父亲，在诏书中，李世民特地提及"务存隆厚"，希望以汉高祖刘邦长陵的规模为太上皇修筑陵墓。此举立刻引来了朝臣的反对，这次站出来的并不是魏徵，而是秘书监虞世南，他明确指出："陛下不能既追求尧舜的圣德，又要效仿秦汉厚葬亲人之法。"

鱼和熊掌不可得兼的道理，李世民当然懂，但他还是不想跟虞世南妥协，因为这位老臣给的对策实在是太过寒酸——虞世南竟然让给太上皇修个三仞高的坟墓。我大唐是没那么富，但也绝对没那么穷！李世民甩手将虞世南的奏疏丢到一边，心想："阿耶乃是大唐开国皇帝，陵墓当然要配得上他老人家。"

当然了，这件事也并非完全不可折中调和。譬如有人说，这陵墓太高，须低于汉高祖规格，皇帝一定是不允许的。但是如果虞世南主张只修三仞高，皇帝就能调和，愿意修低了。

最终，李世民选择接受房玄龄等人的意见，去掉一个最高的，汉高祖长陵的九丈，再去掉一个最低的，虞世南提出的三仞，太上皇陵墓封土的最终定位——同汉光武帝原陵——六丈。这么一来既没有像长陵太过于风光，劳民伤财；又不至于太低，像是李世民不孝；而且用的是光武帝的规格，也不算亏待李渊。

贞观九年（635）十月二十七，大唐太武皇帝风光下葬于献陵，庙号高祖。穆皇后祔葬（合葬），加号太穆皇后，李世民终于给了父母身后的无限荣光。又过了数月后，到了第二年的春天，李世民才彻底走出悲伤之情，重新开始亲理朝政。

归位之后，李世民做的第一件事是调整宗室亲王的爵位与官职。

太上皇李渊实在是太能生了，宗室的名单有一长串，赶得上好几个马球队了。不过在这一长串宗室名单中，值得一说的只有皇家嫡子。

李世民与长孙皇后育有三子，嫡长子李承乾已被立为太子，是钦定的皇位继承人，嫡次子李泰只比承乾小一岁，亦是备受宠爱。李泰贞观初年被封为越王，同时任扬州大都督与越州都督，封地多达江南二十二州，而同时期受封的其余皇子，其封地一般只有个位数，可见李世民对他和长孙皇后的孩子有多偏爱。

贞观十年（636），李泰被改封为魏王（魏王与秦王、晋王俱是顶级的爵位），同时遥领相州都督，余官如故。好一个余官如故！相当于天子在保留其江南封地的同时，又给了他河南、河北的一大块地。

一般的亲王早就被放出去了，否则待在京中也是桩麻烦事，然而魏王李泰可不一般，他可是皇帝最疼爱的嫡子之一，时人皆称"宠冠诸王"，好父亲李世民怎么舍得把他放出去，非要每天都能与他相见才行。

因此，即便是"封无可封"了，李世民依旧将李泰留在身边。他知道李泰喜欢文学，还特命其在魏王府设立文学馆，允许他自行招引学士研讨时事，可谓是用心良苦：答应朕，好好发挥你的才华吧，至于都督职权，朕已交由张亮代行。

其实封爵拜官的列表里头少了个人，大唐皇帝的嫡三子：李治。此时他仅有八岁，故而没有进入名列，不过这丝毫不影响李治的尊贵，因为早在三岁的时候，他已经被封为晋王——上一个晋王乃是大隋晋王杨广。李治的荣光绝对不比别人逊色半分，可他现在太小了，未来的命运还看不清呢，年幼的雉奴（李治小名）甚至尚不知晓阿娘即将离去。

长孙皇后卧床不起时日已久，她常年患有气疾（呼吸系统疾病），病情在贞观九年（635）迅速恶化，最终演化成不治之症。一切都要从九成宫这个地方说起……

九成宫的前身是隋朝的仁寿宫，文帝杨坚曾多次来此处消夏，后来李世民同样为了避暑养病，在仁寿宫的基础上修缮增筑，将其正式改名为九成宫。不过这个名字名扬天下，却多少是沾了天下第一楷书——《九成宫醴泉铭》的光，而这铭文得以问世，又与李世民有着莫大的联系。

话说九成宫建成后，李世民和长孙皇后携手散步于楼台间，行至背阴处时，二人忽然发觉土地十分湿润，于是用手杖戳出一个小洞，没过多会儿，泉水便咕嘟嘟地冒了出来。天子本人发现祥瑞，这是最具说服力的宣传材料，因为古籍有云"王者纯合，则醴泉出"，李世民为此很是欣喜，他嘱咐魏徵一定撰文记录下来，还特地召来大书法家欧阳询书写铭文，这才成就了天下第一楷书的美名。

《九成宫醴泉铭》书写于贞观六年（632）的孟夏之月，之后皇帝与皇后每年都会过来游玩，足以见得他们有多喜欢这里。贞观八年（634），李世民甚至想请太上皇李渊一同来九成宫避暑，然而汝之蜜糖，彼之砒霜，年迈的李渊总觉得晦气，于是婉拒了二郎的盛情。这也难怪嘛，三十年前隋文帝杨坚正是在仁寿宫驾崩，李渊当然不想来和老皇帝犯冲的地方，他真的还想再多活几年呢。

父亲执拗，为人子的也不好强求，李世民只好退而求其次，准备给太上皇新修一处消暑宫殿，这即是大明宫的前身。不过营建诏令才下了不满一年，不想提前与杨坚"相见"的李渊还是被对方带走了，大明宫的工程因此中止，重新启动则是三十年后的事了。

说回九成宫。巡幸期间的某一天，柴绍等人深夜进宫，说是有机要禀报。事出紧急，李世民披上甲胄便要出去，长孙皇后虽然身体抱恙，但也强撑起来跟在后头。关中清冷的夜，凉风习习，像是吹着催取生命的号子，皇后的病情由是加重。

抵达长安后，悲伤之事接踵而至，先是皇后失去了她的母亲，再是皇帝失去了他的父亲。双重打击下，到了贞观九年（635），长孙皇后的病已发展到了物理意义上无药可救的程度，一家人只能将希望寄托于精神层面。

皇太子李承乾握住母亲的手说："我想奏请大赦天下，以换取上天垂青。"

"糊涂。"长孙皇后用虚弱的语气反驳，"大赦乃是国之大事，不可为我一人而做。"

"那就找些遁入道门的人，请他们为您祈福，如何？"

"求佛问道，这些事你阿耶平素都不做，我怎能让他去做不想做的事？"

"可是，您的病……"

"死生有命，非人力所能改变。"长孙皇后摸摸承乾的头安慰道，"傻孩子，顾好你自己，阿娘就知足了。"

听完这些，太子只能哭着告退，他怕上奏会惹阿娘生气，动气又会影响病情，于是悄悄找到房玄龄，想托这位重臣给皇帝带话。

"求佛问道，大赦天下。"房玄龄说，"臣可以一试，但最终只能由陛下决定。"

在这件事上，所有人都低估了李世民的心。对于他而言，这个女人不仅是母仪天下的皇后，还是伉俪情深二十余载的发妻，更是永远的青梅竹马观音婢。为了她，李世民甘心求佛问道。贞观十年（636）四月，虔诚的皇帝下诏修复天下三百九十二所寺庙，只为给皇后祈福。为了她，李世民当然也愿意大赦天下，不过在皇后的坚持下，这件事情最后没能办成。

两个月后，生命垂危的长孙皇后进入临终期。她知道，是时候跟他诀别了。

"妾听闻阿兄被二郎遣回家了。"见李世民点头，长孙皇后继续说，"房玄龄跟随陛下这么久，如果未曾铸下大错，还望二郎勿弃之。"

"唉，这时候了，你还在牵挂别人。"

"妾还牵挂长孙一族。"她拉着他的手恳求，"自古以来，位高权重的外戚没有一个能善终……为保全本宗子孙的性命，妾请二郎莫要将他们架到这种位置上。"

"还有什么我能做的事吗？"李世民问道，"我是说，只为你而做的事。"

"妾……妾还有三愿。"

"妾生无益于人，更不可以死害人。一愿二郎不要耗费天下财力，只需依山为坟薄葬妾即可。"

"二愿二郎亲君子远小人，勤纳谏勿信谗，轻徭役以安民。如此一来，妾虽在九泉之下，却也死而无憾了。"

"至于第三愿……其实也不必实现了。"她一边讲话，一边艰难地从衣带中取出东西。

"这是何物？"

"自那日玄武门后，妾只怕二郎会先弃我而去，所以身上时常带着毒药。这些年二郎的身体也不好，妾因此曾发誓，若二郎不豫，绝不独活。"说罢，她将毒药交给李世民，然后说："好在妾用不到此物了。二郎，妾舍不得你。"

李世民紧紧攥住毒药，泪水已在不自知间流了下来，在他身后，年仅八岁的晋王李治同样哭个不停。

"雉奴，不哭。"长孙皇后望着李治，伸出手探了探李治的头，"雉奴不是没阿娘了，只是阿娘不能像陪你的两位兄长一样，陪雉奴长大了。雉奴要照顾好儿子和妹妹，也要照顾好自己，知道吗？"

"二郎，妾要走了，你一定要照顾好他们。"她强撑出最后一抹微笑道，"以后可别让儿女们来看我哪，我不想徒然见他们悲伤，什么也做不了。"

几个孩子哭得此起彼伏，兕子和长孙皇后最小的奶娃娃还浑然不知。兕子李明达是李世民与长孙皇后倒数第二个孩子，最小的奶娃娃也是个妹妹。李世民谨守长孙皇后的嘱托，奶娃娃他没法亲自养，兕子和李治从此就在他身边，由他言传身教。

贞观十年（636）六月二十一，长孙皇后崩于立政殿，终年三十六岁，谥号文德皇后。

在此之前，历朝历代的皇后谥号一般都是单字，想添字只能等皇帝死后再加。以李世民的母亲为例，李渊称帝后追谥窦皇后为"穆皇后"，等李渊死后才添了字成为"太穆皇后"。但是李世民却在长孙皇后去世后直接给她上了双字谥号"文德"，可见在皇帝心中，单谥完全不足以道尽他对皇后的爱。即便"文"字已经是中国顶级的谥号，李世民还是要为她再加个"德"字，以彰显长孙皇后崇高的德行。

按说，宫廷之上，置身其中的人不论男女，最终往往都会变作纯粹的政治动物。"宫"字所含的两个口，一个叫外朝，另一个叫内廷，将男人和女人分别圈住。不过在贞观年代，因为有李世民和长孙皇后的存在，这两个口并未吞噬一切，让初唐的人与事丧失理想性。

李世民以及贞观群臣的言行举止，松松散散地已经讲了很多，在那些故事中，长孙皇后似乎永远只是陪衬，不论是做过什么事，还是说过什么话，总是出现在他人事迹的间隙。但长孙皇后不是衬托贞观的绿叶，她本身即是初唐盛开的红花，早在武德年间，她已在世间绽放。

如果只将她视作李世民的贤内助，视作标签化的贤后，那就大错特错了。事实证明，人家是与李世民共定大业的亲密战友，是维系良好君臣关系的重要纽带。当她的身份还是秦王妃时，二人已经奔赴各自的"战场"了。只不过李世民一路荡平各方诸侯，立下旷世奇功，所征战的沙场是有形的，而长孙皇后要对付的则是无形的压力。

即便是"自古能军者无出其右"的李世民，世上也有他没法攻克的难关——人情关。由于武德年间长期在外作战，李世民始终不便于、不善于也不重视处理与父亲以及后宫一众嫔妃的关系。这个时候，唯有秦王妃能为他顶上去，在内宫奔走斡旋，将来自帝王家的猜忌尽力多消释一分。史书记载，这一时期的秦王妃始终"孝事高祖，谨承诸妃"，为李世民极大地缓解了来自后方的压力。

在李世民人生中最惊心动魄的事变中，她亦积极参与其中，与房玄龄等人"同心影助"秦王成事，更遑论玄武门之变当日，亲自出马勉励即将出行的将士了。可以说，在李世民迈上顶点的过程之中，她为整个秦王集团赢得最终胜利发挥了重要且难以替代的作用。

大业既成，秦王妃成为皇后，其身上自带的皇权属性依旧无法掩盖人性的光辉，比起威严可敬的六宫之主，更应说她是一个生动可爱的人。

她是个严格的母亲，对太子的要求尤甚。长孙皇后希望太子能成为像父亲一样优秀的人，因此时常拿"谦"和"俭"这两个字教育他。由于有母亲监督，东宫尚能保持节俭之风十年之久，自皇后去世后，便再无人压制李承乾的贪玩之心了。

作为母亲，她同样无私。豫章公主的生母因难产而死，长孙皇后出于怜爱收养了她。长久以来，皇后始终将其视如己出，还生怕亏待了小公主，对她的好甚至超过了亲生孩子。

作为女性，她兼爱且共情。妃嫔以下者生病，长孙皇后一定会亲自前去探望，还把自己的药膳供给她们服用，因此后宫无人不敬她爱她。如此仁厚之人，当然配得上"文德"这个顶级的谥号。

她还是个出色的儿媳，为了弥合李渊、李世民这对父子的嫌隙，长孙皇后可谓尽心尽力。天下最复杂的家庭关系莫过于帝王家，而摆在长孙皇后面前的，或许又是帝王家最复杂的关系了。李世民不善于处理这些，他只能捉来突厥可汗，笨拙地讨父亲欢心，因此有些事、有些话必须也只能由她来做、她来说。

一次宴会上，长孙皇后拿起梳子为李渊整理鬓发，然后说："至尊年事已高，头发都白尽了。"对于这件事，史书是这样记载的："帝与皇后皆流涕蒸蒸，就养一同家人常礼。"这句简简单单的"一同家人常礼"，李世民不知等了多久，他用尽一切姿态都没做到的事，长孙皇后帮他做到了。有妻如此，夫复何求？

贞观十年（636）十一月，长孙皇后被葬入昭陵，皇帝亲自为其书写了碑文，以抒发心中哀伤之情。这还不够，李世民又建起一座望楼（不合礼法，后来拆除），每每思念她的时候就登高眺望昭陵，幻想百年之后再会的情景。

四、忠谏之路

贞观十一年（637），从春到夏，仅数月之间，魏徵频上四疏，以向皇帝陈得失。这其中就有闻名后世的《谏太宗十思疏》，魏徵的千言万语汇成一句话——陛下执政不如从前了，必须赶快调整状态才行。

那么问题出现了，李世民出现由明转昏的苗头了吗？贞观一朝开始走下坡路了吗？关于这个问题，支持者和反对者都有话要说。

支持者们想要用皇帝对魏王过度的宠爱，证明李世民做得确实没以前好了：事情发生在贞观十年（636），有人跟李世民打小报告，说是部分三品以上的大臣对魏王颇为轻视，皇帝为此勃然大怒。且不说君子论迹不论心，放在从前，李世民绝对不会把怒火烧到这么旺的程度。他为了魏王的事，竟召集来全体三品以上大臣，厉声斥责道：

"隋文帝时期，诸王甚至能让一品大臣难堪，朕不想放任皇子横行霸道，所以平素才多加约束，你们切莫要因此而轻视他们。须知魏王岂非天子儿？若朕给他自由，绝对能折辱诸公！"

李世民言辞激烈，许多大臣被吓得不敢反驳，连一句"所以隋朝才亡国了"的话都说不出口，唯有魏徵面不改色心不跳。

针对这一"论据"，反对者们同样拿出了贞观十年（636）的例子：话说治书侍御史权万纪曾上书言："通过开采宣、饶二州的白银，每年可得钱数百万缗（计量单位，一串钱）。"他本以为充实了国库的钱袋子，皇帝肯定能赏他一个笑脸，可是李世民却黑着脸说："朕贵为天子，缺的从未是金银财物，只想取得利于百姓的从政之道。对朕来说，百万缗也抵不上一个贤才！"

权万纪还想解释一句，不料皇帝接下来的话完全堵死了他的退路，只见李世民讥讽道："昔者只有汉桓、灵二帝喜欢聚集天下之财，卿难道是想要朕做桓、灵二帝吗？"说完便罢了权万纪的官。反方认为，如果将魏王事件与权万纪事件结合来看，最多只能说明李世民年龄大了，脾气也大了，不能证明他这个皇帝没以前当得好了。

然不止于此，认为李世民开始昏聩了的人又给出了新的论据，是贞观十一年（637）的新鲜事。这年正月，李世民决定在洛阳营建飞山宫。"洛阳"和"宫殿"，这两个名词放一块儿好似一种诅咒，三十多年前隋炀帝已经证明了，东都越大，宫殿越高，代价就越昂贵——有时甚至是身死国灭。

即使今天大唐皇帝只搞了小规模的工程，人们依旧可以用李世民来反对李世民：武德四年（621），当秦王李世民遍观东都宫殿后，他曾经由衷感慨："穷奢极欲，岂能不亡！"然后亲自下令毁去乾阳殿、则天门等建筑，以示追求节俭的决心。可见十六年后的皇帝，似乎完全不复当年的秦王之心气。

针对这一主张，依旧可以用其他的方法来进行反驳，譬如用军制改革说事。贞观十年（636）末，大唐对军制明确做出了以下规定：首先是装备配给。每人均有定额，平时入库，战时分发。其次是服役期限。二十岁当兵，六十岁免役。接着是训练制度。每年十二月练习作战，会骑马射箭的为越骑（马由官府出钱），其余皆为步兵。最后是轮值制度。承担宿卫任务的人轮流执勤，由兵部按距离远近排班（远少近多，十分人性化），每个月轮换一次。

除了这些细碎冗杂的具体事务，大唐还在宏观层面做出了调整：在全国十道设置六百三十四府（核心的关内二百六十一府，则隶属于诸卫及东宫六率），并将府分为上、中、下三等，上府统兵一千二百人，中府统兵一千人，下府统兵八百人。在这之下，又以三百兵士为一团，五十兵士为一队，十兵士为一火，从而形成大唐军队严密的基层组织。

十道、六百多府、成千上万的军士，天下兵马皆由皇帝节制，威加海内守四方，李世民只不过是不能再上战场罢了，怎么能说比不上当年的秦王呢？

除此之外，认为李世民确有些被权力迷了眼的，还有话要讲：贞观十一年（637），沉寂了近五年的封禅论调再度现身于朝堂。三月底，群臣又上书请求皇帝封禅，这一次没有出来阻拦的大臣，李世民似乎也没有拒绝的理由，事情因而顺理成章地提上了议程。但毕竟已经快六百年没人封过禅了，流程也好，规制也罢，全都需要当代人重新敲定一遍。于是皇帝特地让秘书监颜师古等讨论封禅的礼仪，再交由房玄龄裁定，算是双重保障。

回首过去，从贞观五年（631）到现在，朝堂上讨论封禅这档子事已有五次了，其间皇帝的反应同样发生了多次变化：从最初的"手诏不许"到"公等勿复言"，再到如今的"上使人议"。想必在每一个阶段，李世民的心境都有所不同，或是时间还长当下不急，抑或是条件未满只能推迟。直到贞观十一年（637），丧父丧妻的皇帝提前与中年焦虑相遇，时不我待之感从心中迅速膨胀，正催促他去做许多从前没做过的事。扶持子嗣是，修宫殿也是，封禅还是……种种这些，每个承平日久的皇帝都免不了动心。

对此，其实还是可以进行反驳。为证明贞观帝的初心未改，长孙皇后葬礼前后的事可以从中窥见一斑。贞观十年（636），躺在病榻上的皇后曾嘱咐，丧事应一切从简，要"因山为坟，器用瓦木"。她逝世后，皇帝以九嵕山为陵，凿山建墓，陪葬用品也一律从简，充分尊重了亡妻的遗愿。这还不算完，到了第二年，李世民又亲自敲定了帝王家的送终制度：因山为陵，容棺而已。

作为大唐这艘巨轮的舵手，国家正在李世民的掌控之下平稳航行，未来还将抵达更广阔的天地。此时的他完全有能力，也完全可以在死生大事上更讲究一些，何况那还是他百年之后要与挚爱长眠的地方。但李世民没有那样做，他选择了克制，选择了给后世子孙做个榜样，对这样一个人，真的不必太过苛责。

好了，现在回到最初的那个问题：李世民出现由明转昏的苗头了吗？贞观一朝开始走下坡路了吗？答案或许仁者见仁，智者见智。不如暂时先搁置争议，重新瞧瞧前面讲的一些事，且看它们事后是如何发展的。

比如贞观十一年（637）的封禅，李世民最后压根儿就没去，它最终只停留在了议礼阶段。世上事多是如此，了犹未了，终是不了了之。

再比如营建洛阳飞山宫一事。宫殿虽然修起来了，但"新房"却是给百姓用了。

贞观十一年（637）七月，河南天降大雨，暴涨的洛水冲毁民舍，甚至一度淹了宫城，六千多人不幸溺亡。为了赈灾，李世民将飞山宫、明德宫以及皇家囿院让给了百姓，在恢复生产、生活前暂时供其使用。

当年入洛阳城的秦王，现在修建宫殿的皇帝，两个都是李世民，不能分割来看。只有秦王见过百姓疾苦后，皇帝才能让出宫殿赈灾，正因如此，即便"洛阳"和"宫殿"这两个名词凑一起真是诅咒，贞观时期的大唐也绝对能够化险为夷。

再再比如皇帝宠爱魏王而怒斥群臣，之后是魏徵站了出来。他先是高情商地表示大臣们绝对没有轻视魏王，将李世民的怒气暂时安抚住，然后搬出《春秋》，从礼制角度切入，证明公卿与皇子的等级同等尊贵，故而没有谁轻视谁这一说。

"隋文帝放纵诸子，最后失了天下；陛下能约束诸子，此为圣人之举。"

戴上魏徵亲手递过来的高帽后，李世民的气彻底消了，瞬间转怒为喜，开心地说："句句在理，不得不服。朕一时因私情忘了公义，若非听卿言，还不知理亏，唉，作为君主怎能如此呢！"翻篇之后，君臣和好如初。

如果说上述三个例子能证明什么，那一定是自省和听劝。因为能自省，李世民选择放弃封禅（尽管他完全配得上）以及让渡宫殿使用权，又因为能听劝，他当着朝臣的面承认了错误。对于帝王而言，事前听劝可要远胜于事后改过，否则换一个桀纣之君上来，还不得杀几个臣子"助兴"？

诚然，李世民是脾气不小，性格没那么温和，用魏徵的话讲是"谴罚积多，威怒微厉"，但好在他们配合得不错。当不好的事出现苗头，魏徵等人总能及时出现劝阻皇帝，李世民也常常能刹得住、停得下。这些无不证明了为臣者上疏与为君者从谏的重要性，难怪贞观治世的文采虽不及开元盛世，但若要较量政论文（主要指上疏）的写作，恐怕历朝历代都难以胜过半筹。

贞观十一年（637）八月，马周上了著名的《陈时政疏》，此疏被后世誉为汉《治安策》以后的第一奇文。疏中马周可以说是循循善诱："以陛下之明，诚欲励精为政，不烦远采上古之术，但及贞观之初，则天下幸甚。"

所谓上古之术，指的是尧舜禹时代所奉行的德政。读到这番忠谏之语，皇帝不禁想起了即位初年，贞观君臣一同勾勒政治蓝图的情景。没错，当时他们正是觉得上古太远，而中古又太乱，以至近代毁冠裂冕，才会想要担起历史责任，让贞观成为后世的榜样。

马周一句"但及贞观之初，则天下幸甚"，既是对前些年成就的肯定，也不失为一种善意的提醒。在帝王这个身份集体中，李世民是不折不扣的"优等生"，即便稍微懈怠，他的成绩也足以超过许多人的最高分。可他是李世民，那些为天下人而谏的人知道他能做得更好，天下人同样期待他能交出更好的答卷，为此他必须保持忠谏之路畅通无阻才行。

有趣的是，当谏言碰上游猎，天子就不大乐意听了。马周上疏同月，太极殿还收到许多与游猎相关的谏言，大都是"皇上游猎太频繁了""您能不能少去后苑"的内容。这些话让李世民十分费解，去后苑游猎一没有扰民二不算享乐，怎么诸位爱卿连这点爱好都不允许朕？如今天下无事，难道便忘记了武备的重要性吗？

"嗯，诸位说得很对。"

李世民高高拿起，轻轻放下，慰问一番后把这些人全都打发回去。要是当时专门有人记录这件小事，兴许会写下：十二月，陛下打猎；八月，陛下打猎；陛下啊陛下！先前所上的谏言您都忘了吗？不能再这样下去了；十月，打猎。

贞观十一年（637）十月的打猎可以单独拎出来讲讲。话说这日洛阳苑中，大唐皇帝追着一群野猪进入山林，神勇的李世民连射四箭，连中四头，正在得意之时，一只狡猾的野猪猛地扑了过来，即将咬到他的马镫。见状，身后的诸将急了，唯恐天子出事，民部尚书唐俭立刻翻身下马与野猪展开肉搏。这情景倒是逗乐了李世民，他拔剑斩杀野猪，回身笑着对唐俭说：

"天策长史在害怕什么？"唐俭原为天策府长史，李世民这是在拿他打趣，"没看本天策上将正在杀敌吗？"

一切好似回到十多年前，天策上将带领天策府臣冲锋陷阵的日子。可惜也可惜，欲仗利剑同纵横，终不似，少年游。曾经的战友唐俭也以臣子身份劝谏：

"汉高祖在马上得天下，却不能在马上治天下。陛下以神武定四方，怎么能对着一只野兽逞露雄心呢？"

是啊，李世民从来都不只是马上天子，或许从成为帝王的那一天起，他便彻底与沙场和行伍作别了。天策上将以野猪为敌，说出去岂不可笑？罢了罢了，今天这个猎，不打也罢！看来在游猎之事上，李世民最终还是从了谏，只不过从的究竟是唐俭之谏，还是他自己的谏，恐怕就没人能说得清楚了。

第九章

不惑岁月

一、创业与守成

在洛阳，天子度过了他的四十岁生日。孔子曾经说："吾十有五而志于学，三十而立，四十而不惑，五十而知天命。"不过这话放到李世民身上好像不太合适，他十八举义兵，二十有四功业成，二十有九即帝位，三十有五致太平，好像早就到了知天命的年龄。

不是每个人都能像李世民一样，能早早触摸到人间无上的荣光，可是在人生这张白纸之上，每个人都得画出自己的一撇一捺，注定要等待专属于他的时刻降临。而此刻，有位武姓姑娘准备应召入宫，这意味着她将在人生白纸上画出第一道笔画。

两年前，父亲武士彟去世后，女孩不得不寄人篱下，受尽了堂兄的白眼。因此这次听说能入宫后，她选择抓紧机会，想试一试能否逆天改命。武姓姑娘虽然刚刚及笄，但现在的她并没有资格志于学。因为按照传统，她的人生跟这些应当是平行线，永远不能相交才对。如果真是那样的话，那专属于她的时刻还能顺利降临吗？这个被赐号"武媚"的才人思考着、等待着……

武氏家族是近代崛起的新贵，由于世代行商，武家从不缺钱，缺的只是鱼跃龙门的良机。隋大业末年，武士彟与李渊结识，后来成功押对了宝，一跃成为大唐的开国功臣，成功完成了从庶族到士族的转变。

在隋唐易代之际，随着旧门阀士族的相继退场，新的势力开始登上历史舞台，类似于武士彟这样的例子数不胜数。正所谓百足之虫，死而不僵，新旧交替的过程不会一蹴而就，那些曾经显赫的家族不会轻易退场，都是旧时王谢堂前燕，岂甘飞入寻常百姓家？《氏族志》的编纂便是最好的证明。

谱牒，指古代记述氏族世系的书籍，类似于现在修的家谱。谱牒最初的作用是记录血脉传承，这本是无可厚非的好事，然而到了魏晋南北朝时期，由于重视门第，谱牒成了选举官吏时必查的东西，这东西便渐渐串了味，摇身一变为世家大族维护其政治、经济特权的工具。

到了唐代，这类姓氏谱系依旧与权力分布、累官通婚等高度相关。故而到了贞观六年（632），李世民为"刊正姓氏"，正式下诏纂修《氏族志》，对全国谱牒开展普查工作。他敲定四人负责主修，吏部尚书高士廉出身山东，黄门侍郎韦挺出身关中，礼部侍郎令狐德棻出身河西，中书侍郎岑文本则祖籍南方。

贞观十二年（638）正月，经过漫长而复杂的考真伪、排次序、辨忠奸后，天下氏族最终被分为九等，这标志着《氏族志》编纂工作的完成。以高士廉为首的四人如释重负，伏案六年之久，这项工程总算是完成喽。为了谨慎起见，主修者又通读了一遍书，确认已如实甄别士庶，将那些杜撰身世，抑或是攀龙附凤的"冒牌货"都剔除出去后，他们才放心将《氏族志》呈给天子。

"崔民干何德何能被列为第一等？卿等如此办事分明是流于世俗！"

面对质问，四位主修官员不敢回一句话。先前皇帝定下的标准，他们分明都已完成，不料今天还是触碰到了龙的逆鳞，这让高士廉等人很诧异。

"如今诸位公卿大臣之所以能位列三品以上，有的是靠德行，有的是靠功劳，还有的是靠出色的文学才能，他们哪一个不比崔民干这种人强？"李世民气愤地说，"朕真是想不通，这种空有显赫历史，如今早已衰落的家族，世人为何还要如此看重？"

高士廉等人只觉得李世民颇有些莫名其妙。崔民干好歹是一介地方刺史，又出身大名鼎鼎的博陵崔氏第二房，在刚才那番话里完全被说成了衰败家族出身的破落户，实在是叫人摸不着头脑。

"陛下，您可否把话说得再明白一些呢？"

"朕的话还不清楚吗？"李世民道，"当年高齐偏守山东，梁、陈僻居江南，虽有个别英杰为其所用，然终究是不足挂齿。谁真正该排到前面，你们现在应当明白了吧？"

真话总是要放到最后说的。李世民当初下令纂修《氏族志》时，虽然定下了几条指标，但真实目的——抬高关陇集团的门第——却被隐藏其后。高士廉等人只知其一，不知其二，导致初版《氏族志》明显违背了皇帝想要确立关陇门阀地位的意图。这根本就不是简单的修书，而是全面执政的关陇贵族与没落的山东郡姓间的尊卑之争！

其实只要他们再细心一些，多留意朝堂上发生的其他事，或许就不必再整这么多圈圈绕绕了。经历了隋末大乱后，很多人的思想都变了，尤其是杨广当年"宇宙混一""不分华夷"等激进的理想幻灭之后，新政权内部又重新拾起了"关陇优先"的保守主张。这也很正常嘛，杨广就是因为跟山东、江南的那帮人走得太近，从而寒了自家人的心，于是才被大家联合起来推倒，成了受万世唾骂的隋炀帝。前面摆着这么一个恶性案例，李唐当然要把关陇集团捧得高高的才行。

两年之前，贞观十年（636）正月，姚思廉修《梁书》《陈书》，李百药与其父修《北齐书》，令狐德棻与岑文本、崔仁师修《周书》，魏徵修《隋书》，五代史皆数修成。恰如李世民说的"高齐偏守山东，梁、陈僻居江南"那样，五代史的重中之重唯有周、隋二史，而它们恰恰讲述的是关陇集团发迹与立国的历史传承。隋承北周，唐又承隋，尊崇周、隋，即是尊崇自身。

在这两部官方正史中，史官对皇族与勋戚的联姻大书特书，甚至认为高贵无比，无形中拔高了关陇集团的地位。当修史的机会摆在面前，勋贵们又岂会放过？退一步无人知晓，进一步青史留名，怎么选已经很明显了，于是他们纷纷为祖先立传，为此甚至不惜粉饰涂抹，父凭子贵、因人立传简直是寻常事，更有甚者还把子孙之事安在父祖身上，强行将自家祖先抬进史书。几十年后，就连唐代史学家刘知几也无奈评价道"言多爽实"。

如此看来，五代史的完成恰恰替《氏族志》铺好了路，其中的人物事迹，无论是真是假，实际上也变相给《氏族志》提供了资料支持，尤其是为提高关陇门阀的地位填补了历史依据。当然了，这并不是在贬低五代史的地位，以《隋书》为例，这部由魏徵主编的史书的修史水平很高，由于贯穿了"以史为鉴"的思想，在历史上也一直享有很高的声誉。

继续说回《氏族志》，前有五代史，后有皇帝催，高士廉等人很快便完成了修订，这次他们乖乖听话，以李姓皇族列为一等首位，外戚次之。至于崔民干，则被降为第三等（实际地位仍然很高），其实也从侧面说明了传统的门阀士族地位尚在，其实力依旧不可小觑。

这种局面未来还会持续很久，直到开始讲的那位武姓少女长大之后，门阀倚仗的基石才会松动，那时就是不论新旧都得被狠狠修整了。而现在，李世民还在思考着如何巩固当下的局面。

贞观十二年（638）三月，为庆祝皇孙诞生，李世民特地在东宫设宴款待五品以上官员。李唐皇室枝繁叶茂，真是可喜可贺，开心的皇帝当着所有人的面盛赞起两位股肱大臣：

"贞观之前，随朕经营天下的，是房玄龄；贞观以来，为朕纠正过失的，是魏徵。朕今日要当着诸位的面，给二位功臣赐佩刀。"

"陛下圣明。"

俗话讲，吃人嘴短，拿人手软。李世民觉得魏徵会赏他面子，随即问道："卿以为朕治理天下与往年比何如？"

"若论声威浩荡，德被四方，陛下远胜贞观之初，不过……"

"不过什么？"

"不过若论人心悦服，恐怕陛下不及从前。"魏徵回答，"陛下从前忧患于天下尚未大治，因此能做到苟日新，日日新，现在眼见太平光景而心安理得，这才不如从前了。"

"朕依旧每日听取谏言，与从前有什么区别？"

"贞观之初，陛下时常引导臣等进谏，唯恐没有纳谏的机会。现在即便陛下勉强听进去了，脸色却很难看，还能说跟从前一样吗？"

"人苦于不能自知啊！"李世民笑着说，"没有公的话朕绝无可能知道这些。"

人都有两个"我"，自身感知的"我"和他人眼中的"我"。对李世民来说，他自身感知的那个"我"是自信的，志得意满的，他的功业能让他底气十足。但是作为帝王，他其实不太清楚另一个"我"，即他人眼中的"我"到底是什么样。究竟是圣明天子，还是会犯错的人？都说人心隔肚皮，君臣之间不知隔了多少肚皮，李世民根本猜不透。还好他不是孤家寡人，魏徵能给他当一面镜子，替皇帝反射出他人眼中的"我"，帮他解答内心的困惑。

贞观十二年（638）九月，李世民又想要一个答案了，这次的问题是：创业与守成，哪个更难？

"创业难。"房玄龄答，"群雄逐鹿争夺天下，这条路何其艰险。臣以为，创业之难，难于上青天。"

"守成难。"魏徵答，"自古帝王无不生于忧患，死于安乐，前隋即是力证。臣以为，得天下易，守天下难。"

"玄龄随朕共取天下，出百死，得一生，方知创业之艰难；徵则不同，与朕携手安天下，时常怕骄奢富贵滋生祸患，更能体会到守成惟艰。"

两位重臣，两个答案，两种思路，李世民于是总结："朕明白了，正因为创业与守成都很艰难，朕与诸公才不得不更加谨慎哪。"

守成是大家的事，单凭李世民一己之力做不到，李世民必须靠贞观群臣。在贞观群臣中，房玄龄绝对是明面上最受皇帝倚重的人（长孙无忌因为外戚身份时常需要避嫌）。甚至到了贞观十三年（639）初，李世民还在抬高房玄龄的地位，他不光加封左仆射房玄龄为太子少师，还将高阳公主许配给房家次子房遗爱，可谓是官上加官，亲上加亲。

房玄龄当然知道物极必反、盛极必衰的道理，生怕此举会为房家招来灾祸，但是他没得选，皇帝根本不想给他拒绝的机会。你上表请求解职，朕不理会，请的次数多了，朕就绝了你的表。朕觉得你能干，你就配得上！无奈之下，房玄龄只好接受这标好了价格的馈赠。

另外一边，尉迟敬德就没这么好的运气了。自从上次宴会打人事件后，他为避嫌一直不愿公开露面。有次皇帝想要把女儿许配给他，尉迟敬德也以"患难夫妻不可弃"为由婉拒圣意。这还是从前那个"万人敌"吗？怎么突然跟变了个人似的，李世民越想越奇怪，心想下次必须得"调戏"他一下。

机会很快便到了，李世民找了个机会，把尉迟敬德召来两仪殿寒暄。聊着聊着，李世民脸色一正，问道："有人说你要谋反，你怎么看呀？"

"陛下说是就是。"尉迟敬德上次差点把李道宗打瞎了，最近这些姿态大多是因为他后怕。现在见李世民要治他的罪，登时破罐子破摔，吼了起来："臣谋反是实！"

眼见情况不对，李世民一把把尉迟敬德拉了过来："少安毋躁，朕谈笑而已，敬德这是说的什么话啊。"

"臣随陛下征战四方，多少艰难险阻都过来了，难道现在天下安定，陛下就要怀疑臣谋反了吗？"尉迟敬德想到近些年的谨小慎微，一时间悲从中来，越说越气，直接脱下衣服扔在地上，将早年间身上留下的伤都展示给皇帝。他瞪大眼睛，忍着难过，哽咽地说："陛下！秦王！这些伤全是跟秦王冲锋陷阵时留下的，纵是某要反，某身上的伤允许吗？"

"我知道了，我知道了。"李世民赶紧给尉迟敬德披上衣服，手搭在尉迟敬德的外袍上，放哪儿也不是，他说，"敬德莫恼，是朕不对，朕不对。"

"臣要是真有反心，愿立刻疮发身死！"

"朕从未怀疑过你啊！因为全无疑心，才敢跟你这么说的，是朕做错了，卿莫再生气了。"

尉迟敬德真的变了。听到李世民的玩笑话后，他的反应竟是如此激烈，完全忘记了一战擒二王前，李世民亲口对他说过的那句"丈夫以意气相期，勿以小疑介意"。

那时他刚刚归顺大唐，所有人都怀疑他有异心，屈突通和殷开山甚至劝说秦王杀他，在人生的至暗时刻，是李世民给足了他信任。这份信任至今未变，变的只是二人的身份。君主说者无意，臣下听者有心。李世民拿谋反之事打趣，尉迟敬德为自证清白，只能用毫无体面的方式收场，所以说，李世民这个玩笑，着实是没开好。

四十岁的人，不要轻易放飞自我，别真伤了自己人的心。置身事外的人当然都晓得，李世民对自己人真的很好，有时候好过头了几乎酿成大错——贞观十三年（639），李世民下诏宗室群臣世袭刺史。

这么做应有两个目的：第一是承接《氏族志》，用世袭刺史的措施把皇族、外戚、功臣等的位次框死。敢问这个群体中谁最多，答案一定是关陇门阀，世袭刺史完全符合他们的利益。短期来看，它符合世胄心中根深蒂固的保守思想；长期来看，它更能稳固贞观群臣的基本盘。

第二是企图为"守成"定下万世不变之法。贞观君臣已平稳度过创业期，眼下的难题只剩下守成一件，如何把祖宗江山安稳交到下一代人手中，这个问题值得他思考。和其他全能帝王一样，李世民希望为后人一次性解决所有问题，因此才想出了世袭刺史这么一招。

但是这招儿真的好吗？答案是否定的，这是李世民帝王生涯中为数不多的昏招。世袭刺史的诏书既出，立刻引起轩然大波，不少朝臣均表示反对。马周的观点很尖锐："选拔任用官员看的是才能，搞世袭制完全是背道而驰，父祖贤能就一定能保证儿孙贤能吗？一旦出了个不肖之子，不只对国家有害，对百姓有害，对其祖先的名声也有损害，可见陛下此举对宗室群臣有百害而无一利。"

也许有观点会说马周是山东人，反对这项政策是理所应当的。那如果连关陇嫡系、皇亲国戚的长孙无忌都执意辞让，李世民又将如何应对呢？皇帝的本意是割地以封功臣，你辅助我，你的子孙辅助我的子孙，共传永久之业。这让人不由得将他与杨广放在一起进行对比。

大业改制，激进的大隋皇帝完全重构出了一套新系统，产生了极大的排异反应，最终导致身死国灭；而世袭刺史，更像是照着夏商周的模子复刻分封制——挂郡县制的羊头，卖分封制的狗肉。这无疑是滑向了另一个极端。

长孙无忌的谏言无比真诚："承蒙皇恩以来，臣可谓是形影相吊，如履薄冰，实在不想为谋求后代之福，而祸乱圣朝的礼法纲纪。唯愿陛下停封世袭刺史，赐我等及子孙性命周全。"

在这件事上，几乎所有朝臣都站在了皇帝的对立面。最终的结果是，贞观十三年（639）二月二十七，李世民下诏停止世封刺史，把这项恶性政策扼杀在摇篮之中。还是那句话，亲爱的大唐皇帝，您已经年过四十，请真的别再如此放飞自我了。

二、太子和魏王（上）

贞观十四年（640）二月，李世民亲赴国子监观看释奠礼。释奠乃古代学校的祭祀典礼，是荀子《礼论》中天地、先祖、君师三礼中的"君师之礼"。李世民尤其重视教育，在贞观时期，全国最高学府国子监的规模不断扩大，建成学舍一千两百二十间，招收学员三千二百六十人，其中不乏来自高丽、百济、新罗、高昌、吐蕃外籍人士。

洋溢在长安的书香气息不仅能引来万里之外的人，还深深影响着城内的屯营飞骑（宫城宿卫部队），此情此景倒是与孔子"有教无类"

的主张完美契合。谁都可以学习，不分中外，不分文武，只要天天向上，参加贡举考试完全不是梦。

颇具喜剧效果的是，在皇帝出席教育界活动前后，太子却因游猎多次荒废学业且屡劝不听。更幽默的是，如果没有李世民手把手教，李承乾估计不会如此痴迷游猎，甚至连不听关于游猎的谏言这一点，李承乾学的也是李世民。

皇帝虽然希望太子以他为榜样，但肯定不想太子只在这件事上学他，试问天下哪有父母不盼着子女好好学习的？李世民更想让太子李承乾跟魏王李泰中和一下，千万别带偏了年幼的晋王李治。

之所以拿太子跟魏王比，全因李泰简直是皇帝诸子中的典范。贞观十二年（638），李泰在魏王府司马苏勖（原秦王府十八学士之一，苏威之孙）的建议之下，上书请撰《括地志》。李泰要利用开设文学馆的便利送父亲一份大礼，一部囊括了贞观时期行政区划、山川形胜与人文古迹的地理专著。

见魏王如此体贴又好学，皇帝对他越发喜欢了。李世民晓得李泰腹大腰圆，生怕孩子多走一步路受累，于是允许他搭乘小轿子到朝所（难怪之前闹出过群臣轻视魏王的事），以示对魏王之宠爱。除了超乎寻常的待遇，物质上的赏赐同样不少。在洛阳，李世民送给李泰一处大宅子，足足占了城内一坊之地，更遑论日后被誉为"都城之盛"的魏王池与魏王堤二景，都是名为父爱的大风刮过来的。

贞观十四年（640）春，上元佳节刚过，皇帝便亲临延康坊魏王宅邸。父子相谈甚欢，龙颜大悦的李世民大手一挥，不仅大赦了长安死刑以下的囚犯，还免除了延康坊当年的租赋。魏王府僚属也跟着沾了光，个个心中乐开了花，盘算着日后的荣华富贵：陛下如此宠爱魏王，可得抱紧这条大腿才行，日后荣登大宝咱也能做从龙功臣！

小小魏王府臣缘何生出如此野心，这与皇帝本人的言行脱不开关系。贞观十二年（638）正月，原先的侍中、后来贬了又提拔成礼部尚书的王珪，曾上奏云："三品以上官员路遇诸王时需要下车，这一点并不符合礼制。"本是小事而已，李世民却意味深长地说："人生寿命长短难以预测，万一太子不幸早亡，安知诸王中哪位会成为君主，因而卿等不该轻视他们。"

"子孙相继，不立兄弟，这是周代以来的规矩。"王珪反驳，"这乃是为了阻绝庶子觊觎皇位，陛下作为治国者当要引以为戒。"

王珪的话虽然有道理，但细究起来还是能发现漏洞。且不说现实层面能否剥夺庶子的继承权，即便将全部庶子都排除出去，好像也无法完全阻绝兄弟纷争，因为嫡子有可能不止一个。作为高祖与太穆皇后所生的四位嫡子之一，大唐现任皇帝李世民就成功钻出了王珪的逻辑漏洞，成为最大的受益者。

李世民不小心说出的那句"万一太子不幸"，传出去绝对会让宫外的人多想：看来在皇帝的潜意识中，东宫之位也并非是牢不可破的嘛。敢这么想的人不多，只有李世民与长孙皇后的另外两位嫡子才有资格，而晋王李治现在只是个十岁的小娃娃，有动机、有能力的唯有魏王李泰。

当然了，就像刚刚成为天策上将的李世民还未有实际行动一样，眼下魏王李泰成天琢磨的还是如何修好《括地志》，但是父亲那句话还是难免让他心生波澜。另外一边，被父亲"诅咒"的太子怎么能好受？李承乾倒不至于因为一句话产生危机感，毕竟在贞观十二年（638）的时间节点，他仍在太子宝座上坐得安安稳稳。魏王李泰有《括地志》，本太子一年前也命颜师古为《汉书》作注解，你研究你的地理，我研究我的历史，咱们兄弟俩井水不犯河水。

李承乾只是有些伤心，阿娘已经去世两年了，如果她还在世的话，阿耶必然不会说什么"万一太子不幸"吧？即使依旧当着朝臣的面说了，事后阿娘也一定会维护他吧？唉，都是没娘的孩子，为何要如此偏心……

以长孙皇后去世为界，此前太子的评价多为"天资聪慧""甚得喜爱""颇识大体"等正面词汇，此后太子身上的负面信息开始增多，其本人的性情也开始变得乖戾起来。可以想象当时李承乾的处境：母亲离世，父亲偏爱弟弟，自己又身患足疾，回到东宫之后还要被一帮老头子怼。在这种高压环境中，等待他的结局只有一个：人格分裂。

在人前，他能与儒释道三教学者高谈阔论，亦能与宫臣畅聊忠孝，以至于说到激动之处声泪俱下。甚至在见到劝谏的人时，他也能提前准备好应付的话术，并全程正襟危坐以示尊敬。但在人后，当李承乾脱下太子冕服，他选择的是放浪形骸。等居高临下的老师离开东宫后，李承乾便开始跟那群胡人仆从鬼混在一起，这是他为数不多的能放肆的姿态。

直到贞观十四年（640）前后，李世民依旧被蒙在鼓里，顶多在东宫右庶子张玄素打的小报告中了解情况：比如太子没有好好学习、太子最近打猎太频繁之类的小事。一边是四十岁的父亲，一边是二十岁的孩子，二者互相都不了解对方真实的心理状况。太子深知诸多表现不会获得皇帝认可，于是在逃避与恐惧等因素作祟之下，唯有尽力掩饰自身的秘密与短处。久而久之，李承乾的逆反心理愈演愈烈，他最终选择放弃努力，在彻底放纵中走向自暴自弃。

三、唐灭高昌之战

贞观十四年（640），三月三上巳节刚过，一支衣着怪异的使团徐徐进入长安。比起身上穿的东西，他们的行为更让人困惑——外国友人需要翻译这并不稀奇，但需要接连翻译三次才能勉强交流，接待人员表示还是头一回见。这些人来自流鬼国（今俄罗斯堪察加半岛一带)，一个至今仍算是极北苦寒之地、永远安静待在地图角落的地方。

"流鬼?"李世民一头雾水地问，"这是个什么国家?"

"回禀陛下，流鬼之国，滨于北海（今鄂霍茨克海），南邻靺鞨（在今黑龙江中下游，渤海国前身），往来长安三万里，路途太过遥远，故而从未来过中国。"

"真是难为了他们啊。那个叫余志的使者，就封他做骑都尉，好好在长安待些时日吧。"

安顿完毕后，李世民仔细端详起地图，费了好大劲才确认了流鬼国的位置，随后用余光瞥向西北边境，那里赫然写有二字：高昌（在今新疆吐鲁番）。"高"和"昌"都是褒义字，凑一块儿却让李世民又爱又恨。爱的是贞观四年（630），高昌王麹文泰曾亲自赴长安朝会，恨的是过去的数年间，高昌作为西突厥的臣属，与其背后的西突厥一直在给大唐添堵。

早在贞观六年（632），西域有国名曰焉耆（在今新疆塔里木）就曾派遣使者入朝觐见，明确表达了想要重启商路贸易的意愿。然而这些年来，丝绸之路的恢复情况却总是不尽如人意，原因全在于有人公开使绊子，不想让大唐插手西域之事，罪魁祸首便是西突厥。在西突厥淫威的影响下，高昌国王麹文泰常年参与袭扰沿路商队、使团，像搅屎棍一样搞得西域乌烟瘴气。

起初大唐并未把高昌当一回事，面对无理的麹文泰，朝廷最先采取的是"绥靖政策"。怎料人家高昌背靠西突厥这棵"大树"好乘凉，根本不吃大唐这套，还以为大唐无心亦无力经营西域，在路线上越发靠拢西突厥，逼得大唐皇帝只得行使天可汗的权力。

李世民要问责麹文泰的三宗罪：其一侵略他国。贞观十二年（638），高昌无端攻陷焉耆城池，焚屋加抢人，犯下妥妥的战争罪行。其二阻断商路，证据是多年以来的边境通报，全都在控诉高昌等势力拦着朝贡使团入长安。其三阴谋反唐，截至贞观十三年（639），高昌已先后与西突厥、薛延陀联合，难道当真是怀有不臣之心吗?

针对以上三宗罪，大唐皇帝兼天可汗特征召高昌王麹文泰入朝，请来长安给朕一个完美的解释！可惜李世民的面子没有奏效，拖到贞观十三年（639）底，西北的冷空气都来了好几次，高昌王麴文泰依旧称病不至。好你个蕞尔高昌，既然软的不吃，那就休怪朕强行喂你吃硬的了。

贞观十三年十二月初四（640），李世民派出由侯君集与薛万均领衔的讨伐大军，由吏部尚书侯君集任交河行军大总管，左屯卫大将军薛万均任副总管。怎样，麴文泰，朕欲灭汝，只需此二人。

听闻前方来报，此时的高昌王麴文泰仍摆出一副自信的姿态，信誓旦旦地说："没什么可担忧的。"

看到费解的臣僚，麴文泰解释道："唐距我七千里，中间夹着莫贺延碛（位于罗布泊和玉门关之间），两千里全是沙漠。地无水草，如此马不能食；寒风如刀，热风如烧，如此人不得行。有这等天然屏障，唐朝大军怎么过得来？"

"可是……大部队来不成，小股势力也够让我们头疼了啊。"

"你未曾去过长安因而不知，昔我入朝时曾路过秦、陇一带，那里城池萧条，人烟稀少，完全没法与当年隋朝极盛时相比，所以这些年我才一直轻视他们哪。"麴文泰又表示，"而且唐军长途攻伐，粮草必然紧缺，今我只需以逸待劳，守在城中坚壁不出，不消二十日，唐军肯定撤退，到时候我们再打也不迟。"

"天佑高昌，吾王明断。"

听到底下一片恭维之声，麴文泰心中更加得意，已然想象出了唐军大败而归的场面。俗话说，欲要使其灭亡，先要使其疯狂。麴文泰眼下是真疯狂了，他的算盘打得哐啷直响，但却没想到今时不同往日，草原打过来了，高原爬过来了，小小沙漠又岂能拦住唐军的步伐。

贞观十四年（640）八月，高昌王所谓的沙海防线被唐军大部队成功穿越，麴文泰惊闻噩耗，只能用难以置信的语气怒骂："不可能！绝对不可能！莫贺延碛可是八百里瀚海哪！"另外一边，唐军主将侯君集则勒马回身，为了让将士们记住高光时刻，他高声介绍："走出这片沙漠，眼前即是西域，我们终于到了！"

这片沙漠，玄奘法师当年也曾走过。《大唐大慈恩寺三藏法师传》就记载了他途经此处的所见所闻：夜则妖魑举火，灿若繁星；昼则劣风拥沙，散如时雨。路过高昌时，因高昌人人好佛法，麴文泰还曾经与玄奘法师结为兄弟。撇开玄奘法师旧事，光是从其路过莫贺延碛留下的只言片语之中，人们便能感受得到莫贺延碛的恐怖程度。莫贺延碛真不是常人能走的地方，难怪能给麴文泰足够的自信。

不过物极必反，地理的天堑能让防守方信心百倍，但是被跨越之后，亦能使其感受到超乎寻常的绝望。比如隔开中国南北近三百年的长江防线，当年被隋朝大军飞渡过去后，醉生梦死的南陈即刻在绝望中灭亡。陈叔宝尚且如此，麴文泰又能如何？更何况面对死局，麴文泰的心远没陈叔宝大，后者好歹本着"好死不如赖活着"的心态，躲进枯井中等人擒拿。麴文泰一不想做亡国之君，二不想被俘，想兼得鱼和熊掌的话，他唯有死路可走。可能他自己都想不到，人生的结局竟会是在又惊又惧中病亡。

堂堂一国之君，纵横捭阖十数载，目睹过长安的繁华，也见识过突厥的铁骑，就是这样一位西域的传奇人物，还未亲眼见到唐军，便被活活吓死，该说是高昌太弱，还是大唐太强呢？

麴文泰死后，其子麴智盛继位，看着父亲交给他的烂摊子，麴智盛的智终究是盛不起来，但作为新君，他还是得硬着头皮给先王办完葬礼。视角转至大唐，随着大军赶到柳谷（天山山脉狭隘谷道），侦察人员很快取得了高昌即将举行国葬的消息。

"大总管，高昌的重要人士全都会参加国葬，此乃天赐的进攻良机。"

"不可。天子以高昌无礼而伐之，问罪之师岂能行苟且之事？"侯君集拒绝道，"传我将令，擂鼓前行，先攻田城（《唐实录》作田地城，在今新疆吐鲁番鄯善），再取其都城。"

只用了一天不到的时间，侯君集的战线就推进到了最后一环。田城初战告捷后，当日，唐军先锋辛獠儿以最快速度兵临高昌城（今高昌故城，在新疆吐鲁番高昌）下，将周围敌军统统逼进城中。到了天黑时分，侯君集率领的主力大军成功与先头部队会师，对先前办完葬礼归城的麴智盛实现合围。

麴智盛只能向侯君集修书一封，希望能用认错换来宽大处理。在信中，麴智盛真诚地表示：得罪天子的人是先王，他受到天罚已经亡故。智盛刚刚继位不久，还望侯尚书能怜察之！

侯君集回复道："若想悔过，那就开城门，然后束手就擒。"

发出最后通牒后，侯君集下达了总攻的命令。大唐远征军整齐有素，有人负责用砂石填充城外的壕沟，慢慢将战线朝前方推进；有人负责架起巢车（用以登高观察敌情的车辆），为后续进攻探明方向；还有人负责拉动器械，巢车上的人指哪里，他们就往哪里发射飞石。

一时间，弹如雨下，高昌城中的人毫无还手之力。不过即便如此，麴智盛还在顽抗，都说不到黄河不死心，没到过黄河的麴智盛当然不想死心。此刻的他还有一根救命稻草：西突厥。这是先王留给他的最后一张底牌，先前高昌与西突厥结为盟友，双方约定一方有难，另一方来援。西突厥的人没来之前，麴智盛绝不会轻易投降。

"麴智盛，你投降吧。我知道你在等谁，但那个人他不会来了！"侯君集喊道，"突厥叶护已向我军投降，可汗浮图城（今新疆吉木萨尔北破城子）已经是大唐的了！"

叶护是西突厥仅次于可汗的存在，西突厥可汗让其屯兵可汗浮图城，就是为了声援高昌。如今叶护降了，高昌已再无翻盘的可能，麴智盛彻底沦为麴智尽，除了开城门，然后束手就擒，他没有任何选择的余地。

"臣麴智盛，携高昌二十余城，东西八百里，南北五百里之地，向大唐投降。"

那么该如何处置高昌呢？是像吐谷浑一样讨伐之后复国，然后换一个爱好和平的国王，还是直接设置州县，由中央政府直接管理，长安城中出现了分歧。魏徵支持前者，建议仍复高昌其国，他给出了两点原因：首先是复国符合天可汗以德而使四夷宾服的人设；其次是考虑到经营成本，羁縻统治要远比设置州县省钱省力得多。

这一次，李世民并没有听魏徵的。或许是因为高昌这个地方太过重要，既是丝绸之路的重要节点，还能随时监控西突厥的一举一动。于是，在天可汗和大唐皇帝之间，李世民选择做了后者。

贞观十四年（640）九月，大唐以高昌为西州，以可汗浮图城为庭州，并在交河城（今新疆吐鲁番西北）设置安西都护府，府如其名，李世民的"安西"之意昭然若揭。

这也是大名鼎鼎的安西都护府第一次在史书中出现，史书有载："自此唐地东极于海（今东海、黄海），西至焉耆（今新疆境内），南尽林邑（在今越南境内），北抵大漠（在今蒙古国境内），皆为州县，凡东西九千五百一十里，南北一万九百一十八里。"

同流鬼国使臣抵达长安的那天一样，李世民继续端详着地图。在东西南北都跨越了万里的疆域边缘，他将视线投向西南，那里有一国名曰吐蕃，其赞普（藏王称号）松赞干布又派人到长安求亲了，而这一次，皇帝会应允他的虔诚，将大唐宗室女下嫁给他，其名唤为文成公主。

第十章

贞观十五年

一、文成公主入藏

　　在西藏拉萨大昭寺前，静静矗立着一块石碑，名曰唐蕃会盟碑。此碑立于公元823年，碑身两面各刻有汉、藏两种文字，承载了大唐与吐蕃双方绵长的交流历史。在东侧藏文译文中，记录有这样一段话："初，唐以李氏得国，当其创立大唐之二十三年，王统方一传，神圣赞普弃宗弄赞与唐主太宗文武圣皇帝商议社稷如一，于贞观之岁，迎娶文成公主至赞普牙帐。"这位吐蕃君主"神圣赞普弃宗弄赞"，即是大名鼎鼎的松赞干布，而他迎娶文成公主的故事，还要从近两百年前的"贞观之岁"讲起。

　　贞观十五年（641）正月十五，上元佳节刚至，长安城内处处都是喜乐的节日氛围。这一天，有的是火树银花，有的是舞席歌筵。上自皇家，下至百姓，俱要燃灯祈福，大启千灯之夜。只可惜此情此景，文成公主再也瞧不见了。白天早些时候，文成公主已经离开长安，远赴吐蕃和亲。

　　"赞普……"文成公主自言自语。

　　她先前对吐蕃全无了解，近来才晓得它是西边高原崛起的新势力。赞普是他们的君主，这之下有大论（相）、小论（相），以及尚、将帅等官职，分别掌管内外军政等事……这些全都是现任礼部尚书、江夏王李道宗讲的，原先的礼部尚书王珪早在两年前病逝了。若不是有这位宗室的叔父李道宗来持节送行，文成公主肯定没法知道这么多事。

一路上还有不少事入耳，比如吐蕃人会把脸涂成红色，文成公主不喜欢那种扮相，光是想想就很硌硬。但是大唐的公主，虽是最好入乡随俗，但要是不愿意，没有谁能勉强她？如果可以的话，她还想等到吐蕃后，尝试改变一下这种风俗。

义成公主宗室出身，天生带有李家娘子特有的气质。在公主看来，此行她不仅代表着大唐，更代表着李氏皇族的尊严——是吐蕃求婚，而不是大唐求和。因此嫁过去之后，她当然有责任宣扬大唐文化，车队所载的文章典籍即是证明。

吐蕃那边，松赞干布已经做好了迎接大唐公主的准备。怕公主住不惯，他专门为她修建了新的城郭宫室；怕公主看不惯，他专门换上丝绸制品……种种这些，只为给公主留下好印象。堂堂吐蕃赞普如此用心，倒不是因为他"不爱江山爱美人"，而是因为人家真心仰慕大唐文化。

作为吐蕃的第三十三代君主，以及吐蕃王朝事实上的缔造者，松赞干布于父死臣叛之际仓促上位，面对危局能成功平定内乱，之后又继承祖辈遗志，最终统一青藏高原各部族，囊括了今西藏全部、青海大部、甘川局部在内的广大地区，其政治才能之高超可见一斑。除此之外，他还有两大功绩：一是统一藏文（并未完全创制），促进了吐蕃文化的发展和传播；二是迁都逻些（今拉萨），为拉萨作为青藏高原政治、经济、宗教中心奠定了基础。

这样一个"始皇帝"式的人物，肯定尤其清楚学习先进文化的重要性。因此对松赞干布而言，这场仪式与其说是政治联姻，倒不如称之为文明交流：一场吐蕃和大唐，藏地与汉地间的最高规格交流。只不过在贞观十五年（641）正月再回首，松赞干布的"求婚"之路着实是漫长且曲折。其实早在贞观八年（634），他已向长安派出使者，期望能与大唐联姻，只不过当时朝廷忙着打仗，没空处理求婚这种小事。

"吐蕃赞普遣使入贡，仍请婚。"

"仍？上次是在何时？"

"许是多次了，具体还待查阅案牍。"

贞观八年（634）底，朝堂上下都聚焦于由李靖指挥的灭吐谷浑之战，人们只能在地图上吐谷浑西南处发现"吐蕃"二字。

李世民有些好奇，明明是个庞然大物，怎的好似从来没有过交流似的："给朕说说，为何朝廷对吐蕃一无所知？"

"因其未尝通中国也。"一个名叫冯德遐的人回答，"吐蕃是近代兴起的势力，通过蚕食他国已据有大片土地，号称有强兵数十万，其王弃宗弄赞（松赞干布）亦有勇略，能使四邻畏之。"

彼时大唐对吐蕃的了解还停留在道听途说的程度，既不知道国土面积有多大，也没弄清兵力究竟有多少。因此松赞干布请婚后，李世民随即派遣冯德遐出使吐蕃，与吐蕃展开第一轮交流。这次交流可以说是收获甚小，冯德遐可能带回来不少战略信息，可依旧没有跟吐蕃建立起任何官方联系。

在接下来近四年的时间内，大唐与吐蕃这对邻国就像是两个熟悉的陌生人，都清楚对方的存在，也都不拒绝相互接触，但却总是对不上彼此的频道。吐蕃只有一根筋：求婚，好像不以结婚为目的的外交都是无用功。大唐呢……可能是觉得吐蕃人太过"热情"了吧，结婚什么的难道不是得等进一步了解后再说吗？因此只能用含蓄的方式婉拒。

贞观十二年（638），吐蕃人又来求婚了。这次采取的方式是野蛮与文明并存：野蛮是求婚前要先袭扰弘州（在今甘肃甘南碌曲），似乎是想提醒大唐他们要来了；文明则是这时候立马遣使入朝，献宝求婚，想用这种方式讨皇帝欢心。只不过，李世民并不吃这一套，依旧没有同意联姻的事，使者只能将这个悲伤的消息带回吐蕃。

"为何这次还不同意？"松赞干布问，"大唐可有怠慢你们吗？"

"臣初到长安时，大唐甚为优待。可是……"

"可是什么？"

"等吐谷浑王入朝时，大唐的礼节就大不如前了。"使者回答，"臣以为，或许是吐谷浑人从中离间，不许大唐与我通婚。"

"好你个吐谷浑！"

松赞干布将所有责任都算到了对方头上，盛怒之下遂派兵侵犯吐谷浑等地。吐蕃此举乃是隔山打牛，看似在攻击吐谷浑，实则是想看看大唐会做何反应（吐谷浑现在是大唐属国）。稍经试探，吐蕃便将势力伸至青海以北，这让松赞干布信心陡增，随后开始向南方扩张，派兵在大唐松州（今四川阿坝松潘）边境集结。

还是野蛮与文明并存那一套。吐蕃人先是派使者进献金银绸缎，公然宣称是来迎接公主的，随后即向松州当地发起攻势，意图将大唐拖到谈判桌上来。一时间，西南边陲人人自危，先前归附大唐的羌酋均叛降吐蕃，唐军只能依托松州城展开防御。

贞观十二年（638）八月底，大唐朝廷派出大军开赴松州前线。以吏部尚书侯君集为当弥道行军大总管，右领军大将军执失思力为白兰道行军总管，左武卫将军牛进达为阔水道行军总管，左领军将军刘简为洮河道行军总管，统领步兵、骑兵共五万人出击吐蕃。

松州守军顽强抵抗了近十日后，九月初六，唐军大部队终于抵达前线，然后在城下大败吐蕃军队，逼得松赞干布只能引兵撤退。俗话讲，不打不相识，经此一役，吐蕃人终于领教到了大唐的威力，于是赶紧派人到长安谢罪。好笑的是，即便是谢罪这种严肃的场合，松赞干布依旧没有忘记求婚，看来是求婚不成不罢休，誓要将求婚进行到底了。更有意思的是，原先屡次唱白脸都没做到的事，这次唱了次红脸，竟然真的给办成了——大唐皇帝同意了吐蕃赞普的通婚请求。

一年以后，贞观十三年（639）十月，松赞干布派遣吐蕃宰相禄东赞献上黄金五千两及数百珍玩，正式向大唐请婚，李世民也下旨将文成公主许配给他。接着就到了故事最开始的那个上元节，文成公主开启了她的入藏之行，大唐与吐蕃也开启了跨越两百年之久的国家纠葛。

松赞干布见到文成公主后，大喜之余还不忘以子婿之礼行事，使唐蕃关系有了一个良好的开端，这也直接影响了后世吐蕃赞普与大唐皇帝的关系。不可否认，杰出人物的确能在一定程度上影响某个时代的发展，松赞干布和李世民即是这样的人。可以这样说，正是因为他们的存在，双方关系从一开始便处于历史高位，而为文明交流搭建桥梁的元勋，正是辞乡远行的文成公主。

文成公主入藏之前，大唐与吐蕃对对方都知之甚少。先看国力，一边是国运正隆的大一统王朝，一边是冉冉升起的高原新政权，都有忌惮对方的理由；再看君主，一个是构建了天可汗体系的皇帝，一个是统一了青藏各部族的赞普，也有欣赏对方的理由。这两大势力互相接触，难免碰撞出火花，但随着文成公主入藏，唐、吐先前摩擦出的军事矛盾得以疏解，文明互鉴的渠道终于成功建立了。

对大唐来说，联姻至少能换来一代人的和平，足以保西部边境无虞，使国家有余力应对其他方向的压力。吐蕃人的受益则更大，松赞干布既通过联姻提升了地位，还在双方交流中效仿政治制度、获取经济实力、学习先进文化等（文成公主带去了大量典籍），这点对于国家新立的吐蕃尤为重要。当然了，以上都只是一时之利。长远来看，自文成公主入藏，中原与西藏便联结起一条无形的纽带，这才是此行最大的意义。

我们能从两地人民对对方的称呼中去感受它。众所周知，"赞普"是吐蕃对于王者的特定称谓，据《新唐书·吐蕃传》记载："其俗谓雄强曰赞，丈夫曰普，故号君长曰赞普。"由此能看出，"赞普"实为一种将国君神圣化的称号。中土大唐的皇帝之中，能够获得"赞普"这一美誉的，仅有李世民与李隆基二位。

李隆基在吐蕃文献中的头衔可音译成：楚吉杰波李三郎，即幻化之国王李三郎。三郎、三郎，这是大唐民间对李隆基的昵称，吐蕃人有样学样，顺势将其称为赞普李三郎，尊崇之外又多了几分敬爱。但李世民不一样，藏文写卷直接尊称他为"狮子赞普"，显然要比李隆基的级别高得多。可见在吐蕃人的心中，即便唐玄宗亲手缔造了开元盛世，他的风采还是要远逊于唐太宗。

李世民在吐蕃的声望远不止于此。由于文成公主为吐蕃带去了汉文典籍，吐蕃人遂将当世皇帝与先贤圣人联系起来，将他称为"孔子小幻化王"，看来是将李世民看作与孔子同等级的文脉象征了。也不知李世民本人听到这一称呼时，究竟会做何反应呢？巧合的是，后世给李世民所上的谥号正是"文"这个字，可见民族虽然存在差异，但评价的尺度却惊人的相似。这表明不论是在大唐还是吐蕃，人们对于李世民的功绩都是高度肯定的，甚至在后者心目中，大唐皇帝已不单单是"域外之王"，更是能与自家赞普地位等同的伟大赞普了。

直到两百年之后，公元842年，大唐会昌二年，吐蕃末代赞普达磨死后，统治集团内部对权力交接产生了极大分歧。权臣尚恐热反对立其侄乞离胡为新任赞普，给出的理由中有一条便是："无大唐册命，何名赞普？"到了第二年，尚恐热欲自封宰相，吐蕃鄯州（今青海西宁）节度使尚婢婢同样反对，他的理由同样包含大唐："我国无主，则归大唐，岂能事此犬鼠乎？"

那时吐蕃已陷入"脑死亡"状态，距离实质性死亡只差最后一步确认。尚婢婢等人之所以会这样说，个中缘由或许还要落到唐蕃会盟碑上去，因为上面清清楚楚刻着："依此盟誓，永久不得移易，然三宝及诸贤圣日月星辰请为知证。"即便是陈年往"誓"，即便大唐现在的情况同样不好，但作为经历过那个时代的人，尚婢婢依旧选择相信大唐——那位强撑着想要再重新站起来的老者。这份信心的根源，正是出自贞观。

二、到不了的泰山

贞观十五年（641）四月，大唐皇帝正式下诏宣布，将于来年春天举行泰山封禅大典。过去十年间，为封禅上心的朝臣不在少数，然而天子的反应却总是"上不许""公等勿复言"等。直到贞观十四年（640）十一月十三，公元640年的最后一天，李世民的态度终于松动了。

这日，百官再次上表请求行封禅礼。这到底是第几次上表他们已经记不大清了，只晓得一只手绝对数不完皇帝拒绝的次数。上月初十，荆王李元景等人就高调提过此事，可皇帝还是没有卖六弟的面子。正当所有人都习惯性地准备退下时，李世民却给出了意料之外的回复。

"准许。"

"不许"二字听了近十年，突然得到"准许"，百官一时间还以为听错了。

"命令太常卿韦挺等人为封禅使吧，此事就交由他们负责吧。"

收到命令，大家这才意识到，皇帝要动真格的了，于是提议："再请些大儒来详定礼仪如何？"

"如此甚妥。"皇帝答，"依诸位说的办吧。"

自那日后，负责此事的官员又忙活了小半年，总算把封禅日程敲定在贞观十六年（642）的二月了。如今，距离大典启动还有约一年，时间似乎完全够用，两条腿走到泰山去都行。可是从年初开始，李世民身边的麻烦事便没停过，好像在冥冥之中，有一种力量在阻止他东游（封禅同样需要东游）。

事情还要从贞观十五年（641）正月讲起。当时李世民即将启程前往洛阳，他命李承乾留守长安，还特地让高士廉辅佐其监国。皇帝心想，太子已经成年，高仆射又老成持重，想必此去洛阳，京师必无虞矣。李世民的判断其实没错，长安确实没出问题，出事的是他带出去的队伍。

正月十九那一天，皇帝的车辇抵达骊山温泉行宫，即未来赫赫有名的华清宫。到了东游洛阳的第一站，岂能放着温泉不享用？李世民不想暴殄天物，他打算歇几日再出发。皇帝入住行宫后，卫士们也按照指示各自就位，其中便有崔卿、刁文懿二人。

"唉，不知道什么时候才能到洛阳？"崔卿问。

刁文懿摇摇头，表示不知道。

"洛阳很远吗?"

"远着呢……这才刚出长安而已。"

二人异口同声："真不想去啊。"

崔卿、刁文懿都是懒人，只想在长安宫城躺平，丝毫没有去洛阳的兴趣。对他们来说，什么东游？什么封禅？无非是一路颠簸，风里雨里辛苦不说，爽的只有皇亲国戚。如此一想，倒不如动动脑子阻止出行呢!

"不知刁兄箭法如何?"

"瞧见远处的宫门没有？射到门上不在话下。"

"好! 我有一计，事成即可返程。"说罢，崔卿便与刁文懿密谋起来。

当天夜里，崔、刁二人向行宫射出数箭，其中有五发正中寝宫庭院。计划虽然执行成功了，但是好像并未激起多大波澜，皇帝完全没有受惊，更没有返程的打算。一切都只是二人的想象罢了，现实中等待他们的只有大逆之罪——伏诛。

崔、刁的所作所为，似乎既有从乱世遗留下来的野蛮取向，又有承平日久才养得出的天真与愚蠢。这起温泉行刺事件活像一出滑稽戏，自始至终都让人不忍发笑。不过李世民肯定是笑不出来的，说出去简直有损皇家颜面，他只能硬着头皮继续朝洛阳前进。

约莫两个月后，天子的车辇终于进了河南地界。三月初七这天，李世民一行到了襄城宫（在今河南汝州），该行宫是由阎立德（大画家阎立本的兄长）负责营建的。阎氏本意是在洛阳附近觅一处清凉的地界，为皇帝营建避暑所用的离宫，哪知好心办了坏事，襄城宫非但没法消暑，还让李世民觉得燥热烦闷，甚至附近还时常有毒蛇出没!

这下阎立德难办了，皇帝亲自验收的工程没过关，他也不晓得如何补救，只能在忐忑中等候发落。两日之后，处理通知下来了：废除襄城宫，赐给百姓使用，阎立德则因修建不力罢官。襄城宫之事虽然不像先前那般闹出乱子，但也是让皇帝面上无光的事，苛刻的史书可不会把锅甩给阎立德，它只会把劳民伤财做无用功的事算在李世民头上。

按《新唐书》所言，"役凡百余万"的是李世民，"烦燠不可居"的还是李世民，既然结局都是"帝废之"，还不如老早就"赐百姓"呢！不过按照当时的民力水平，百余万这个数字肯定是夸大了，毕竟《新唐书》是宋人为前朝所修的官史嘛。其实对李世民这种君主来说，徒然耗损民力错不在损耗多少，而在于"徒然"二字，至于万余还是百余万，只是五十步笑百步罢了，较这个真儿没有任何意义。既然犯了错，那就及时改正，总还是要胜过自己不住还不给百姓用的。

只是……眼下封禅在即，这节骨眼儿上出了事，就像是美餐招来苍蝇，任谁的心情都不会好。但到了四月，一如他年初硬着头皮前往洛阳那样，皇帝还是硬着头皮下诏封禅（反正魏徵没明着反对）。看来明年的泰山之行，李世民是去定了啊！

上半年的糟心事虽然不少，但一想到并州（今山西太原），李世民的心情还是会瞬间转好。人一旦上了年纪，不免开始怀念过去。正所谓，忆往昔峥嵘岁月稠，对李家男儿来说，并州作为龙兴之地，是一切荣光的起点，再怎么骄傲都不为过。收到来自并州父老乡亲上书的那天是五月十二，当时李世民正在武成殿设宴。

"你们瞧瞧，乡人在邀请咱们去并州呢。"李世民道，"说是太原乃是大唐王业之根据，期望明年泰山封禅大典举行完毕后，我等可以回一趟太原。"

"陛下临幸太原，亦是百姓之福。"

宴上恰好有些太原出身的人，甚至有几个曾见过少年时期的李世民，大家听到皇帝提起家乡，都纷纷打开话匣子，开始回忆过去的美好时光。李世民越听越动容，也被拽进共同的回忆当中。

"朕少时在太原，喜欢与伙伴玩博戏，赌输赢、决胜负，想来真是一件快事。"李世民笑着说，"那时尚不觉得时光飞逝，谁知之后暑往寒逝，如今已有三十年矣。"

"原来陛下还记得当年玩过的博戏啊！"

"太原的那些事，一件也不会忘。"

李世民怎么可能忘记呢？那是一家人最齐整的时光——父亲母亲都在，兄弟姊妹也在。哪像现在，独自一人坐在至尊之位，至亲之人却是殡天的殡天，入土的入土。除了他，再无人有共同的回忆了。

"朕心里清楚，其他人对朕说话，或许是出于奉承。公等是朕的故人，必能告诉实情，因此……朕今日特有一事相问。"

"不知陛下想问何事？"

"贞观所施的政教，于百姓究竟如何呢？"

"回禀陛下！"天子的旧友们道，"今日之天下，是四海太平，百姓欢乐，此皆为陛下之力。"

"也不知后世会对朕做何评价。"

"臣以为，一定会像并州父老那样念着您。"

"好！诗云：'飞鸟过故乡，犹踯躅徘徊。'何况朕于太原起兵，而后遂克定天下，怎有不回去的道理呢？"李世民允诺，"等到来年泰山封禅结束后，与公等在太原再会吧！"

这之后，封禅典礼的细节被进一步细化。以六月十八所下诏书为例，朝廷通知天下各州，推举出三类人才齐聚泰山：第一类是学识渊博、通博古今之人；第二类是遵守孝悌、行为淳笃之人；第三类是擅长作文、德才兼备之人。此三类人才，皆有机会共襄封禅盛典。

不出意外的话，这项举措一定能成为初唐文坛的佳话。可惜呀可惜，意外还是不期而至，就像骊山行宫射出的那些箭，以及襄城行宫出没的蛇那样，倒霉事不是想躲就能躲开的。仅仅一天之后，天降异象，有异星出现在太微垣天区，此乃不祥之兆。太史令薛颐进言："不可东封。"又过了两天，起居郎褚遂良也提及此事，同样认为不可去泰山封禅。

在来自天象、群臣以及种种事件的压力之下，贞观十五年（641）六月二十六，李世民只能被迫妥协，下诏暂停封禅。已至中年的皇帝有些失落，但他并未表现出来。到了某个夏日，李世民跟亲近的侍臣说：

"朕如今有二喜一惧。你知道吗？"

"陛下想的可是封禅之事？"

"是。"皇帝道，"却也不是。"

"请陛下明示。"

"长安城内一斗粟的价格不过三四钱，说明近年的收成不错，此为朕之一喜也；异族顺服日久，边疆亦无战事，此为朕之二喜也。古往今来的君主，封禅无非是为了昭示天下太平，多的是有名无实，朕有这二喜，应算是有'实'了吧？"

"陛下有实，远胜有名。"

"可朕也有一惧。古人常说，天下安定容易滋生骄侈之气，骄侈则容易使天下重陷危亡。朕着实是怕在'名'之前，连这份'实'都守不住啊！"

人到中年，不管是心气还是身体，恐怕都无法再与年轻时相比了。少年时，他当能戎马沙场，给父亲搏一个天下；青年时，他尚能后发制人，给自己夺一个正名；中年时，他只能守在帝位，给儿孙留一个治世。他当然想像秦始皇、汉武帝一样封禅，试问天下哪个君主不想？但比起封一次禅，他更想避免走秦始皇、汉武帝的老路，为子孙留下一个千疮百孔的帝国。

只是在夜深人静时，孤独的帝王或许会想：他这一生，自记事起，暑往寒逝，已四十年矣。这期间他曾去过很多地方——从太原到长安，从河西到河东，从关中到山东……他曾见过长河，见过群山，见过落日与孤烟，见过坚城与壁垒，难道那举目不见的泰山，真是他此生去不得的地方吗？

三、天可汗裁决记

贞观十五年（641）的冬天，伊阙（今洛阳龙门）见证了唐王朝的两件大事。一件是营造伊阙佛龛。这可是个大工程，前后横跨了将近一个半世纪：公元499年，推行汉化的北魏孝文帝元宏去世。次年，继任者元恪决定开凿宾阳三洞石窟，然而直到十五年后皇帝去世，他都没能看到石窟建成的样子。

公元523年，扭转北魏国运的六镇起义爆发，元氏皇族自身都难保了，建造工程只能被长期搁置。"烂尾楼"一烂就是一百多年。贞观十五年（641），魏王李泰重新拾起前、前、前朝的事业，决心为长孙皇后开石窟、造佛像，他要给亡母祈求冥福，向天下展示其"纯孝"的美名。

在中洞石窟已经完成的基础上，李泰重新修葺了宾阳三洞中的南、北二洞，补全了这座厚重华美的佛窟圣殿。营造佛龛只是第一步，关键还要写一篇工整漂亮的发愿文，不然就没法向世人宣传了嘛。为此，李泰专门找来了中书侍郎岑文本负责撰文，起居郎褚遂良负责书丹，下面只剩最后一步了，该把它刻在什么地方呢？

李泰瞄上了元恪在崖壁上所刻的碑文题记，但这块地方已经被占了，他想凿字的话只能先把人家写的抹掉。权衡一番后，李泰决定夺人所爱。没办法，都是为了自家长辈，只能苦一苦前辈了。由于碑文书自大书法家褚遂良，这块伊阙佛龛碑又名《褚遂良碑》，时人皆称是初唐书法的典范。

只是可怜了北魏宣武帝元恪，人不能两次踏进同一条河流，但元恪却能两度沦为李家人的背景板。这次是李泰抹掉了宣武帝纪念过世父母的碑文，上次是在一战擒二王时，李世民亲自登上宣武帝陵眺望敌情，指挥列阵北邙山的唐军与敌人展开对峙。

提到列阵的唐军，就不得不讲伊阙见证的第二件事了。贞观十五年（641）十月，唐王朝大阅于伊阙。何谓大阅？《公羊传·桓公六年》记载："大阅者何，简车徒也。"比年简徒谓之蒐，三年简车谓之大阅，五年大简车徒谓之大蒐。其中简徒是指检阅步兵，简车则指检阅战车。大阅即是我国古代的大阅兵。

这场声势浩大的阅兵完成后，大唐朝廷很快便做出新的重要人事安排。不久后，并州（今山西太原）城内，李世勣接到了兵部尚书的任命令。

"并州大都督长史李世勣，在州十六年，令行禁止，民夷怀服，即日起升为兵部尚书。"

"臣李世勣谢恩。"

"您可能还不知道，圣上曾当众夸过您是大唐的长城。"

"晋王（李治）遥领并州大都督，臣只是奉命代理大都督长史罢了。"

"李尚书真是谦虚，圣上亲口说隋炀帝劳百姓、筑长城，对防备突厥却毫无收益，但在您的帷幄之下，晋阳真正做到了边尘不惊，这岂不比长城更壮哉？"

李世勣正欲前去赴职，谁料人还未到长安，来自长安的诏书先找上门来，原来是朝廷又要打一场新的战争了——此事还要从没能成行的封禅讲起。

自打得知中原天子即将举行封禅大典，薛延陀真珠可汗便动了歪心思。他曾向部下表示："天子东临泰山，兵马怎能不共襄盛举？大唐边境防备必然空虚，此时攻取思摩，必当如摧枯拉朽耳！"

薛延陀可汗提到的这个思摩，其实是颉利可汗的同族。贞观四年（630）唐灭东突厥之战后，思摩与颉利可汗一同被俘。因为思摩长得不像突厥人，反而像胡人，处罗可汗、颉利可汗都不待见他，不给他立设，只能做一个特勒。后来思摩得到李世民赏识，被赐李姓，封为怀化郡王，先后历任右武候大将军、化州都督、北开州都督等职。东突厥虽亡，其子民尚存，在天可汗的授意下，思摩得以统领颉利旧部，定居在黄河南部地区拱卫京师。

直至这一时期，思摩与薛延陀都是八竿子打不着的关系。天可汗将二者联结在一起，还要等到贞观十三年（639）的结社谋反案：那是一个四月的春日，李世民又到了九成宫。皇帝是来赏春的，可惜老天爷不赏脸，用一阵大风卷跑了春游的全部兴致。此时的李世民尚未意识到，这呼呼的风声其实是在提醒危险将至。

突厥突利可汗之弟结社已暗中纠集了四十余名旧部，打算趁皇帝离开长安的当口密谋行刺。四月十一，结社正式行动，他先是挟持突利可汗之子贺逻鹘，然后趁着夜色埋伏在宫外，准备等晋王李治出宫时发动突袭，直抵御帐刺杀天子。

"将军，您确定晋王出来了吗？"

结社道："当然，我已打探好了，晋王仪仗每次都是在四更时出宫。"

"今天的风太大了，我怕……"

"怕什么？李治要是不出来，我们就冲进去。"

一语成谶，晋王李治果真因天气因素未出，还真是大风起兮佑帝王。气急败坏的结社只好强行谋反，率领部下强闯行宫，趁乱射死数十名宫廷卫士，在穿过了四重帷帐后终被扼杀。想对李世民搞政变？结社肯定没听过"关公面前耍大刀"的典故。行刺计划彻底流产后，结社被唐军追获斩杀，被他挟持的贺逻鹘倒了霉，他被捆到天子跟前问罪。

"贺逻鹘，还有你吗？"

"臣全无反心，只是为贼人所迫。"

"结社跟随汝父入朝，被朕任命为中郎将。本想委以重任，但他毫无仁义廉耻，后来竟诬告突利谋反，朕从此便对他弃之不用。"李世民说，"你有廉耻之心，所以朕信你没反心。"

"陛下明察！"

"朕可饶你死罪，只将你流放岭南。"

皇帝虽然动了仁慈之心，但这件事之后，李世民再也没法完全相信这帮人了。结社敢在行宫谋害天子，被安置在黄河流域的突厥人呢？难说他们不会威胁长安，为了天下的长治久安，李世民决心动用天可汗的权力——贞观十三年（639）七月，封怀化郡王李思摩为乙弥泥孰俟利苾可汗。带着天可汗亲赐的鼓和大纛，渡过黄河回到故乡吧！朕要你们世代作为大唐的屏障，长久保卫边塞的安宁。

"伟大的天可汗，非我等不愿归去，只是我族式微，唯恐薛延陀袭击。"

为了让突厥人放心返乡，李世民决定圣人做到底。我中国贵尚礼义，不灭人国，不贪其地，既然答应了人家复国，就要说到做到，于是便派司农卿郭嗣本赐给薛延陀皇帝玺书，原文有云：

> 秋中将遣突厥渡河，复其故国。尔薛延陀受册在前，突厥受册在后，后者为小，前者为大。尔在碛北，突厥在碛南，各守土疆，镇抚部落。其逾分故相抄掠，我则发兵，各问其罪。

有了这层保障，思摩及其族人终于放心北上，再次跟薛延陀成了邻居。奈何好景不长，这段和平关系仅仅维持了两年时间，便被薛延陀单方面打破，真是应了李世民那句"夷狄，禽兽也，畏威而不怀德"的话。

贞观十五年（641）冬天，薛延陀真珠可汗再也压抑不住胸中吞并突厥的心思，旋即派出其子大度设，与同罗、仆骨、回纥、靺鞨、霫等部联兵二十万，跨过漠南（戈壁沙漠以南、阴山以北地区），在如今内蒙古一带袭击突厥。俟利苾可汗，也即李思摩无法招架，只能被迫带领族人撤回长城以内，同时向长安遣使告急：

"伟大的天可汗，请速来救救吾等吧！"

贞观十五年（641）十一月十六，刚刚上任兵部尚书的李世勣就地转任朔州道行军总管，屯兵羽方。朝廷还任命右卫大将军李大亮为灵州道行军总管，屯兵灵武；右屯卫大将军张士贵为庆州道行军总管，屯兵云中。三人共统兵十余万，随时准备从中线与薛延陀正面作战。除此之外，李世民又令营州（唐河北道行政区，治所在今辽宁朝阳）都督张俭帅联合东北的奚、霫、契丹等族，从东线压迫薛延陀边境，同时令凉州都督李袭誉为凉州道行军总管，从西线讨伐薛延陀。

五路大军，三线出击。薛延陀与东突厥之间的公案，天可汗不仅要管，更要亲自裁决之！

"薛延陀大军越过漠南，长途跋涉数千里，想来已是人困马疲。朕已敕令思摩烧掉秋草，不给其任何获得补给的机会，听说他们现在没吃的，马都开始啃树皮了。诸位将军此时出征当能一击制胜。"

"陛下圣明。"

"凡用兵之道，见利速进，不利速退。卿等不必速战，只需与思摩共为掎角之势。待薛延陀将退未退之际，大军全力奋击，必破敌矣！"皇帝虽上不得战场，但在诸位将领辞行前，他还是忍不住亲自教学起来。一时间，李世民仿佛年轻了二十岁，又成了当年的天策上将。

一个月后，薛延陀故技重施，大战当前突然遣使入朝，请求天可汗准许他们与突厥和亲。话，大唐全听了，使者，大唐替你留了，除了这些，大唐无可奉告！天大的事情也得等到打完再说。仅仅五天后，李世勣所部与薛延陀主力正面遭遇，双方在诺真水（今内蒙古达茂草原艾不盖河）展开决战。

战火是如何从长城边烧到诺真水的呢？这还要从大度设与思摩隔着长城对骂的那天说起。当时突厥人迫于薛延陀淫威，被大度设的三万骑兵追着逃了许久，到了长城以内才总算有了块落脚地。不得不说，在跑路方面，突厥人要远胜于薛延陀，后者从始至终都没摸到思摩的尾巴，逼得大度设登城怒骂突厥鼠辈，毫无颉利遗风。

思摩哪管得了这些，骂就骂呗，等到大唐援军拍马赶到，"国姓爷"帮助"国姓爷"（思摩和世勣同被赐予李姓），到时候看你大度设怎么办。不日，李世勣真的来了，身后是数以万计的步骑扬起的尘雾。

大度设一时间无法判断唐军的具体人数，未战先怯的他决定避其锋芒，先由赤柯泺（在今内蒙古呼和浩特市内）向北撤退。这不正是李世民战前所说的"将退未退之际"吗？李世勣立刻抓住战机，先行率领唐、突精锐骑兵抄近道拦截敌军，联军一路疾行，穿过白道川（今内蒙古呼和浩特平原），越过青山（今呼和浩特北之大青山），终于在诺真水追上薛延陀主力。

这场猫鼠游戏是该终结了，交战双方实在都没力气跑了。薛延陀方面，大度设勒马回战，命令手下骑兵排成一字长蛇阵，期望用这条绵延数里的人肉长城抵挡住对方进攻。唐、突联军这边，突厥骑兵先打头阵，然后不出意外地败北了，这使得战势被暂时扭转。

"勇士们！拿起手中的弓箭，全力向唐军射击！"

得胜的大度设开始转守为攻，在薛延陀大军的万箭齐发下，唐、突联军马匹死伤无数，一时间竟难以向前推进。

"将士们！下马执槊，向前直冲！"

马挡不住的战甲挡，马去不了的双腿去，唐军的"骑转步"作战果然奏效，薛延陀的一字长蛇阵迅速被冲破。副总管薛万彻心中忽生一计，论步兵作战，中原文明可完全不怵游牧文明。于是他将消灭对象首先锁定为敌军牵马士兵，等歼灭完这部分人后，薛延陀大军自然无马可骑，届时将只能沦为枪下鬼、剑下魂。

大战过后，唐军共斩首三千余级，俘虏五万余人（除了骑兵，还有其他有生力量），取得了压倒性的胜利。这次轮到大度设逃了，他跑得如此的快，以至于薛万彻想追都追不上。看来在跑路方面，薛延陀虽不如突厥，倒是要强过大唐几分哪，不过天可汗收拾不了的，自有天来收。当大度设远遁漠北（今蒙古国境内）后，又遭遇了一轮强降雪，饥寒交迫之中，薛延陀仅剩的人马也冻死了十之八九。

长城外的消息传至长安，先前阴谋着"挟突厥以令大唐"的薛延陀使者再也坐不住了。攻守之势易也，现在的局面已经不是薛延陀强而突厥弱了，搞不好天可汗震怒之下直接使其灭国。在巨大的压力之下，薛延陀使者请辞归国，此举一是试探天可汗的态度，二是看看自己……还是否有国可回。

"朕已有言在先：你与突厥以大漠为界，谁人胆敢侵扰，我必讨伐之。如今李世勣才带了数千骑而已，汝已经狼狈如此。"李世民冷喝一声，"回去告诉你们的可汗吧，想想这其中的利害，他应当知道该怎么选！"

除了一身狼狈样之外，薛延陀并未讨到任何便宜。这次他们怵了，不过怵的不是天子施德，而是大唐铁拳的威力。对这群畏威不畏德的人而言，挨一顿轻捶还是暴捶并无本质区别，只要没死透，将来缓过劲儿后还得继续来"讨"——要么讨饭，要么讨打！

李世民何尝不知薛延陀是个隐患，但在贞观十五年（641）的岁末，他也只能做成这样了。谁叫他是天可汗呢，欲戴王冠，必承其重，王者的天平上必然要受道德制衡。就再容他一次吧，若真敢再来挑衅，那便是师出有名之日，即为薛延陀灭国之时了。自此，天可汗裁决记告一段落。

第十一章

暗流涌动

一、太子和魏王（下）

太子李承乾成年后，逆反心理愈演愈烈，在父亲巨大的背影笼罩下，他的心神被一遍一遍地冲击震荡，最终彻底走向了自暴自弃。他并非主动走上不归路，其中定然有着深层次的缘由。从时间来看，太子表现出自毁倾向是在长孙皇后去世后，那一时期他不仅缺少母爱，同时还承受着来自父亲的巨大压力。这里并不是说李世民没当好父亲，其实恰恰相反，他对子女是爱之深、责之切，可惜事情恰巧就坏在这里。

望子成龙是父母的本性，对大多数人而言，这是继传宗接代之后的又一人生大事，就连苏轼都有"惟愿孩儿愚且鲁，无灾无难到公卿"的期盼。但是李世民不一样，他不只是太子的父亲，更是大唐的君主，帝王家的孩儿绝不能愚且鲁，否则不知会使天下多少地方有灾、多少人家有难。

君不见嬴政死后胡亥紧跟着出场，不消两年即令强秦分崩离析；君不见司马炎立了"何不食肉糜"的惠帝，终使晋室社稷倾覆；君不见隋文帝被"性矫饰"的杨广所骗，让天下再度陷入分裂。本着对天下人负责的态度，李世民对李承乾开展了高强度的储君教育。

从武德九年（626）登基算起，在接下来十数年时间中，李世民共为李承乾挑选了包括萧瑀、李纲、于志宁、李百药、杜正伦、孔颖达、张玄素、赵弘智、令狐德棻、房玄龄等在内的十多人担任东宫辅臣。

这些人要么是数朝老臣，要么是秦府旧属，要么是当世大儒，皇帝见了也要敬几分。

由于贞观一朝风气相对包容，加之皇帝本人十分推崇纳谏，李承乾的老师们基本都将朝堂上那套带到东宫，在教育和辅佐太子的过程中屡屡犯颜直谏。李承乾起初还颇为恭敬，比如跟李纲相处时能亲拜之，老师死后还为其立碑纪念，这说明东宫师生关系在早期还是相对融洽的。不过随着太子年岁渐长，乖孩子变成野小子，二者间的矛盾便开始变得尖锐，史书上记载了许多类似的事：

于志宁有："志在匡救，撰《谏苑》二十卷讽之。"

张玄素有："叩阁请见，极言切谏。"

李百药有："特作《赞道赋》以讽谏之。"

杜正伦有："显谏无所避。"

孔颖达有："谏诤逾切。"

……

历史已经证明，能像李世民一般虚心纳谏的皇帝，可能几千年都出不了几个。即使真应了"老子英雄儿好汉"那句话，李承乾完美继承了父亲的这一优点，他也才刚刚成年而已，正是年轻气盛的时候。同样一句话，说得委婉点说不定还听得进去，板着脸直说反倒会激起抵触，索性不听了！

刚过易折的道理李世民其实是最该懂的才是，早在武德九年（626），他与兄弟李建成、李元吉二人的矛盾达到最高潮前，陈叔达就向高祖李渊进谏："秦王性格刚烈，若加以贬斥甚至折辱，恐怕会发生让陛下后悔莫及的事。"这句话同样适用于李承乾，真把太子逼急了，说不定也会干出让李世民后悔莫及的事。讲句不好听的话，大唐可能什么都缺，就是不缺会谋反的太子。

可惜李世民选择了将严苛进行到底。他并没有确认东宫辅臣所进谏言的实际作用，只是机械性地逢谏必赏。如对"作《赞道赋》讽谏"的李百药，皇帝大为嘉奖；再如对"每犯颜进谏"的孔颖达，皇帝也赏其黄金布帛，种种行为似乎都未顾及太子当时的心理。

东宫内部，太子乳母遂安夫人心疼李承乾，专门跑去跟孔颖达商量："太子已经长大，怎能屡屡当面驳斥？"不过似乎孔颖达并未听进去。这也难怪，人家孔颖达也可以这样讲："我在做秦王府十八学士时就这么说话，难道当了东宫右庶子就说不得了吗？"

你父亲也是这么过来的。这样的话，李承乾已经听了不知道多少遍。从前长孙皇后说，他还愿意鞭策自己，但现在面对居高临下的老师，面对偏心的父亲，李承乾只想往安乐窝里躲——还是东宫的家臣、奴仆们好。

要说李世民偏心，李泰绝对是撇不开的话题。贞观十六年（642）正月初九，魏王李泰兑现了承诺，他向皇帝献上由他统筹编纂的《括地志》，在父亲那里狠刷了一波好感和存在感。李泰能够完成这部巨著，府上文学馆的学士可谓出了大力，自然也跟着沾了光。李世民对《括地志》很满意，特地下诏重赏魏王及其府臣，一时间，魏王府竟成了长安城的盛景，无数文人骚客慕名而来，都希望能叩开王府大门，从此平步青云。

"魏王府有多热闹？"太子李承乾问家臣。

"可以说是门庭若市。"

"哼！为何人家那里总是奉承之声，我这里却除了谏就是谏呢！"

"因为殿下是储君啊，是未来的天子，所以才不一样吧。"

"我做天子，有谏者，我杀之，杀五百人，岂不……"

"切莫胡说，不然又要被有心之人告诉皇上了。"

"嗯……你说得对。"李承乾略微平复，然后说道，"还是你对我好。"

李世民对李泰好过了头，魏王每月的用度甚至超过了太子，这引来了谏议大夫褚遂良的反对。褚遂良以汉朝的往事举例，说窦太后（汉景帝生母）如何宠爱梁王，甚至希望让梁王这个弟弟来当景帝的继承者。但那又如何？皇位还不是汉武帝刘彻的，永远都不属于梁王。

凡此种种，皆是礼法。被偏爱的只是一时，名正言顺才能长久。李世民宠爱李泰，这本没有错，但如果逾越了礼制，那反倒是害了魏王，更害了太子啊。

"如今魏王新出阁，陛下更应当以礼昭示天下。"

李世民听进去了。然而钱虽减了，但他又在其他地方补了回来。朝臣们发现，皇帝为了跟魏王离得近些，竟然让他搬进了武德殿。这岂不是滑天下之大稽？太子李承乾还在东宫看着呢，不知道的还以为皇帝是要立魏王当太子了。魏徵最看不惯这种事，他上疏道：

"臣知道陛下爱魏王，故而想护其周全。然而武德殿总是处嫌疑之地，难免会给魏王招来非议，这肯定与您的本意不符合。"

要说还是魏徵会进谏，他根本没讲礼法啊、祖制啊这种大道理，出口即往李世民最敏感的地方戳。武德殿是什么地方？天子脚下，东宫之西，长安城的黄金地段。这些当然都对，但最关键的是，武德殿是当年海陵剌王李元吉住过的地方！

魏徵又阴阳怪气地说："当然了，现在的时势早已与当年不同，但臣唯恐魏王之心会因此而不敢安息哪。"

"你说得对，朕差点就犯了错啊。"

魏徵这番话，李世民是不敢不听的。不为别的，他打死也不想李泰跟李元吉扯上关系，于是即刻让魏王返回原先的宅邸居住。魏徵善意的提醒让李世民想起了十多年前的往事，李元吉，这个名字皇帝已许久未听过了，今日再听，好像也没从前那样讨人厌了。看来时间真的会抚平一切，但是历史呢？历史会抚平玄武门发生的事吗？带着这样的疑问，李世民找来先前进谏的褚遂良，问道：

"朕犹记得，卿还负责记录起居注？"

褚遂良答："起居注的确在臣的职责范围之内。"

"朕……可以看看书中都记录了些什么吗？"

"臣从未听过君主能自行翻阅起居注。"

"为何？"

"因为史官负责记录君主言行，不分善恶均秉笔直书，君主因此才不敢胡作非为。"

"那朕若是有不好的事，卿也会记下来吗？"

"不敢不记！"

正在李世民略感尴尬之时，黄门侍郎刘洎又来添了把火："陛下，即便遂良他不记，我想天下人也会记下来的。"

"诚然！"李世民只能赔笑，"诚然！"

起居注里记下的坏事肯定是看不成了，但可以做些好事再记进起居注呀。李世民是这样发挥主观能动性的：六月初六，下诏息隐王李建成可追复皇太子称号。海陵刺王李元吉也跟着"沾了光"，既然李世民不那么讨厌这人，他当然也能被追封巢王了（虽然也不是啥好称呼）。

贞观十六年（642），某日，东宫。

"你可知隐太子的事？"

"不知……"

李承乾也不管家臣懂不懂，接连向对方倒了数句苦水，一会儿"其实我跟他挺像的"，一会儿又"我看我还不如他，人家好歹还能被追封"，最后黯然神伤地说：

"将来我若死了，你觉得李泰会这样吗？"

"在称心眼中，天下只有一个太子，那便是殿下。"

"称心，称心，"李承乾转移话题，"要是真能像你名字一样，事事称心如意倒好了……"

称心是太常寺的乐童，年龄十余岁，不光长相俊美，舞也跳得极美。在沉闷的东宫，称心是少数能让太子感到生活乐趣的人，因此尤其受到李承乾的宠幸。时间久了，二人甚至发展到了同吃、同住、同睡的程度。比起那些只知道挑刺的人，李承乾只喜欢跟称心待在一块儿。就让魏王李泰在外面春风得意去吧，本太子缩在东宫一隅未尝不称心！

就在李承乾还沉湎于称心不能自拔时，已有人将他们二人的事捅给了皇帝。史书记载，李世民"知而大怒"，他罕见地大开杀戒，不光将称心处死，还以蛊惑太子为由连坐斩首了数人，彻底捣毁了李承乾的安乐小窝。

"是谁!?"李承乾疯狂地质问，"是谁要陷害我?!"

"是你吗?"他又一把扯过某个家臣，那人赶紧摇头求饶。见状，李承乾冷喝一声道："我谅你们也不敢!"

"会不会是魏王?"

"除了李泰还能是谁，李泰可是天天盯着我的太子之位呢。"

太子伤心欲绝，已在内心深处将称心之死算到了魏王头上。不过现在，李承乾还没工夫考虑报复的事，他只想用自己的方式纪念逝者。称心的尸首是收不回来了，李承乾只能在东宫筑起一座小坟，修起一间小屋，还偷偷为称心立起一座小像。每天早晚，太子都会来房间祭奠，在里面待很久才会出来。

打了一棒，再给颗糖，或许所有父母都这么做过，李世民自然也不例外。贞观十六年（642）六月二十，皇帝下诏，即日起，皇太子所用府库财物，有关部门不必再加以限制，似乎是在弥补先前魏王用度超过太子等一系列事件。皇帝难得昭示好意，太子承情谢恩即可，但李承乾在六十日之内使用超过七万件器物，好像以后再也没机会用了似的。让人不得不怀疑究竟是有人在替他透支圣宠，还是李承乾本人打算破罐子破摔?

总之，不管怎样，这桩桩件件均被张玄素记录下来，全部呈送到皇帝跟前。疏中先是举了周武帝宇文邕和隋文帝杨坚的例子，讲二人如何勤俭爱民，如何成为一代明主，这是在给李世民上眼药，表示自己没找皇帝的碴儿。紧接着，张玄素笔锋一转，抛出周、隋"有子不肖，卒亡宗祀"的论点，将矛头直指大唐当朝太子，说他"骄奢之极，孰云过此"，就差直接骂李承乾是杨广了。

作为诤臣或是谏臣，张玄素尽职尽责，很好地完成了监督太子的任务，可作为东宫左庶子，上奏只会加深其与李承乾的矛盾，如此一来，他还如何辅佐得好太子。虽然不能苛求朝臣都能像魏徵一样"高情商"，但至少在这件事中，张玄素的话着实是过于不给太子面子，甚至在奏疏中明确提及东宫那些不能见光的事。一句"群邪淫巧，昵近深宫"，算是彻底扯下了李承乾的遮羞布。

东宫，得知此事的太子气疯了。李承乾从前还认为张玄素之流并非目中无人，只是因为他们眼中只有天下，只对皇帝本人负责罢了。现在的他只当老匹夫胳膊肘往外拐，只当这些人全是在为废太子出力。

"狗屁让我居安思危，日慎一日，分明是想给李泰腾地方！"

"太子请息怒。"

"人家连你们都骂了，你还叫我息怒？"李承乾道，"讲什么东宫的正直之士，全都不在我身边！讲什么东宫现在明里已有过失，暗里不知道还隐藏了多少秘密！"

"窃以为，左庶子无非是想成全自家名声罢了。"

"对，老匹夫就不配当我的东宫僚属。魏徵的谏言，不知道比他高到哪里去了，人家当年在东宫也不会拆太子的台。"

"臣等倒是有为殿下出气的法子。"

"讲，这老匹夫，一定要给他一些教训才行！"

上疏事件后，长安城内一切照常。皇帝并未处罚太子，张玄素也如寻常那样上朝。但是，令张玄素想不到的是，太子倒记恨上他了。在他入宫的路上，猛然冲出几个大汉，手拿大马槌，猛地冲向张玄素的马车。张玄素还在闭目思考一些零碎的事儿，就见马车停了下来。还没等他想明白为何突然停了下来，大马槌就砸碎了马车，直勾勾朝他身上抡过来，两三下张玄素就不省人事了。行凶者是东宫守门的人，奉太子之命半路袭击张玄素。此人下手是知轻重的，想必是李承乾事先知会过，否则以他们的手段，当街打死张玄素也不在话下。

当朝重臣被人袭击，凶手也有迹可循，查，还是不查，这是个问题。查的话，定是一桩东宫丑闻，到时候皇帝的老脸也没处搁；不查的话，忠直之人被打得这么惨，如何安得了其他朝臣的心。李世民难办了，只能用和稀泥的方式糊弄过去，但他也清楚，太子已经成年了，做了错事就该对此负责，即便老父亲这次替他擦了屁股，历史依旧会记下太子失德，就像那日黄门侍郎刘洎说的那样："即使史官不记，天下人亦皆记之。"

到了贞观十六年（642）八月，皇帝与大臣议事时，李世民惯常发出了他的疑惑："当今国家，何事最急？"

谏议大夫褚遂良随即接话："方今天下太平，四方无虞，只有确定太子及诸王的位分这件事最急。"

人人都清楚，太子不争气，皇帝又宠爱魏王，因此难免生出疑问：东宫是否要易主？对于这些猜测，李世民很是厌恶。他的确对太子有些不满，这才显得对魏王过分偏爱了，但他当下绝对没有废太子的打算。

"遂良所言极是。现在朝堂诸位中，忠直莫过于魏徵，我看就派他去辅佐太子如何？"

"朕要以此来阻绝天下人的疑心。"

底下人没有想到，只是给太子换个老师而已，皇帝居然给定了这么高的调，因此也无人敢再揶揄了。九月初四，李世民正式下诏任命魏徵为太子太师。那时候魏徵身体已经不大好了，夏天才稍微缓过来一点劲，像往年那样进谏的力气都没了，他表示不是很想接东宫这块烫手山芋。

"朕知公有病在身，可卧床辅佐太子。"

既然皇帝都这么说了，魏徵只好颤颤巍巍伸出双手，勉强接过任命诏书。魏徵虚弱极了，字都看不太清，恍惚中只瞧见"太子"二字。

"陛下……真是自信……真是看得起我……"

"难道不知道我最开始为哪个太子效力吗？"

那一刻，魏徵开始相信历史是个圈，世界在不停地往复循环。太子洗马，那是他在大唐最初的职位，从此卷入旋涡中。二十多年过去，他又要去做太子太师了——而这也可能是他人生中最后一个职务。

很多人都将他视为"太子克星"，对此魏徵不想反驳。从前他跟为臣者辩，跟为君者辩，辩了一生，也不知为天下辩来些什么。如今他阳寿将至，唯愿瞑目之前，东宫不要再现血雨腥风。

二、普天之下　莫非王土

《诗经》有云："普天之下，莫非王土；率土之滨，莫非王臣。"这是虚指，现实中甭说王土，世间万物都有其边界。到7世纪中叶前后，大唐基本扩张至贞观时期的最大版图。

此时担任安西都护的人叫郭孝恪，他是当年虎牢关之战的功臣，当时正因其竭力主战，献上"固守虎牢，军临汜水，随机应变"之策，秦王李世民方能一战擒二王。平定窦建德、王世充后，李世民于洛阳宫设宴庆功，公开表示："此战，孝恪之功，在诸君之上。"

二十年光景，郭孝恪辗转贝州（今河北清河）、赵州（今河北赵县）、江州（今江西九江）、泾州（今甘肃泾川）各处，遍览大唐河北、江南等大好河山，最终于西北落脚。贞观十六年（642），朝廷任命时任凉州都督的郭孝恪代理安西都护、西州刺史之职，负责安抚高昌故人及防备西突厥势力。

自贞观十四年（640）灭高昌之战，并在同年设置安西都护府后，大唐便在这一地区建立直接统治。起初，安西都护府仅有区区数千军马，不仅远离中原腹地，还要时刻提防周边的豺狼。西州形势相当复杂，高昌旧部及流放犯人均杂居于此，管理难度远超内地各州。郭孝恪初来乍到，自知身上的担子很重。思来想去，他决定"攻心为上"，以真心换民心，充分彰显朝廷抚慰的诚意。不消数月，郭孝恪已与当地百姓打成一片，成功完成李世民交给他的任务。

不过，新生的安西都护府还是没度过危险期，内部矛盾虽然得到缓解，但周边依旧是危机四伏，最大的豺狼即是西突厥。两年前，正是在西突厥人的撺掇之下，高昌末代君主麴文泰才敢阻绝西域商路，公然与大唐唱反调。然而在侯君集、薛万均等率大军讨伐高昌国时，西突厥可汗却没有兑现承诺给麴氏撑腰，反而在唐军攻势下"惧而西走千余里"，转手抛弃了高昌这个盟友。

乙毗咄陆可汗是跑了，但其主力并未受损。虽然惹不起大唐，但以西突厥的实力，在更西边称王称霸还是绰绰有余的。事实上乙毗咄陆也是这么做的，他挥动手中的屠刀，铲除了包括沙钵罗叶护在内的各个势力，俨然一副霸王做派。

渐渐地，乙毗咄陆膨胀了，地区内无敌手使他产生了一种错觉——当年要是不跑，肯定能击败唐军。于是乙毗咄陆可汗重操旧业，继续开始挑衅大唐，拿出手的无非还是那三板斧：一是扣押大唐使者，二是侵扰西域各国，三是派兵进犯伊州（今新疆哈密）。

"郭都护，怎么办？"

"跟我打。"

郭孝恪新官上任，正愁无处立威，面对送上门的靶子，岂有不打的道理？他亲自率领两千余名轻骑兵拦截袭扰的西突厥人，并在半途大败敌军。乙毗咄陆可汗想继续杠，又派麾下处罗、处月两大部族围困天山。

"郭都护，怎么办？"

"再跟我打。"

这次仗打得更漂亮，区别于以往遭遇战，郭孝恪直接带兵攻向处月部首领居住的城池，逼得对方只得撤退。唐军又一路追击，直到遏索山（今新疆乌鲁木齐西南）才止步。乙毗咄陆可汗还是不服气，又灭掉米国（古昭武诸国之一，都城在今乌兹别克斯坦境内），想以此向大唐示威。

这次没等郭都护出手，西突厥内部先哗变了。乙毗咄陆可汗有个缺点：抠门。掠夺完财物不愿分给属下，只许自己吃肉，骨头都不给他人，这谁能忍？当初反唐就是为了吃肉，现在变卦了，不让吃了，人家撕也要撕一块肉下来。有个叫泥孰啜的人即是这么做的，然后就被乙毗咄陆斩首示众了。

可汗的做法伤透了下面人的心。泥孰啜被杀后，其手下胡禄屋第一个反了。正所谓我附庸的附庸，不是我的附庸，胡禄屋袭击可汗后，可汗的那群部下，还有部下的部下纷纷逃散，徒留乙毗咄陆一人落寞地退回白水胡城（在今哈萨克斯坦境内）。经过一番权衡，胡禄屋等人做出决定：

"投唐！"

"请大唐废掉乙毗咄陆，为我们再立个新可汗！"

乙毗咄陆后悔极了，早知道分赃不均会酿成大祸，他当初肯定不会那么小气。可现在做什么都晚了，坏消息接二连三传进白水胡城。先是大唐皇帝顺水推舟，带着玺书正式立乙毗射匮为新可汗，而后乙毗射匮投桃报李，将原先被拘禁的唐朝使臣尽数放回。这还不够，乙毗射匮甚至还亲自带兵来攻打白水胡城。乙毗咄陆自知难敌，只能将最后的希望压在旧部族上，他向那些人伸出橄榄枝，不料收到的回复却是：

"即使我千人战死，一人独存，亦不从汝！"

这下，乙毗咄陆彻底成了孤家寡人，走投无路的他只剩一个选择：继续西逃，投奔吐火罗。

大唐在西部边境赢得胜利，这本应是一大喜事才对。然而在此刻的长安城中，贞观群臣却在朝堂展开大辩论，主题就是安西都护府近来发生的事。

褚遂良是第一个上奏疏的。他先算了笔经济账：自打大唐灭高昌后，当地数郡一片萧条，经济几年来都未得到恢复。除此之外，朝廷每年还需征发一千多名士卒驻守当地，无形中又增加了戍边成本。可收获呢？只能说是聊胜于无，仗还是没少打，设想中西域的和平局势依旧没到……

有人反对："账不该那么算。朝廷派人驻守当地，等同于安插了一个前哨站，这难道不有利于西北防务吗？"

"去高昌的要么是些罪犯，要么是些无赖。若是西北生变，朝廷真打算指望去用高昌的一兵一卒一米一粟吗？不还是要征发陇右各州的兵马开赴前线？"

褚遂良继续分析："河西者，乃是中国之心腹，高昌者，不过是他人之手足。何必浪费心腹之力去维护无用之地？"

其实，针对高昌问题展开讨论，把这件事放在历史长河中看，完全是幸福的烦恼嘛！不管往前数几百年，还是往后数几百年，鲜有君臣会有机会讨论这类议题。甚至某些朝代连褚遂良所说的心腹河西都未曾控制，更遑论把经营西域摆上台面了。

值得注意的是，贞观群臣这里辩的只是：直接控制或者羁縻统治。自始至终，人家都坚定支持大唐在此处保持影响力——区别仅在于一方管的是打仗，另一方管的是算账。武将跟文臣不一样，将军手里执的剑，京官手中拿的笏，而二者最根本的差异，在于对战争的认知。

一方面，武将比文臣会打仗，因此在战前，对必要性和可行性有着更理性的认知，可以保证战争的下限不至于太低。纵观历朝历代，任何一场大败，背后几乎都有外行瞎指挥。另一方面，武将的逻辑也更简单，他们仅需要思考如何打胜仗，然后将建功、立业、封侯、拜相变成现实即可，顶多再想一想如何避免功高震主。

文臣不一样，以褚遂良为代表的这些人，他们倒不是完全排斥战争，只不过要时刻把"成本"这两个字放在心上。发动一场战争需要成本，经营一块地方需要成本，还有派人、选官、安抚百姓、协调周边……种种这些都需要国库拨钱，这就不得不勒紧裤腰带过日子了。

当年刚灭高昌时，魏徵就曾劝谏："高昌之错，罪只在麴文泰一人。朝廷诛罚过后，应当再立其子为王，将恩德远施于蛮荒之地，如此四夷必然臣服。如果把高昌改置为州县，十年左右，恐使陇右一带消耗殆尽。"话里话外说的还是成本。

贞观十六年（642）以来，西域屡屡有人挑衅，这让李世民不禁怀疑，是否真走了一步错棋。皇帝并不是担心大唐控制不住局势，毕竟郭孝恪只需数千人便能压制住西突厥。李世民真正愁的是民生，两年前灭高昌置州县，纯是为了稳定地区局势，怎的战前是这样，战后还是这样，那这仗不是白打了吗？

听完褚遂良的话，再结合魏徵的话，皇帝动摇了，他后悔地表示："魏、褚二公均劝朕重立高昌国王，可朕没有采纳他们的中肯之言，如今麻烦不绝，都是朕咎由自取啊！"

其实李世民大可不必后悔，大唐立国不过才二十余年，正是茁壮发育的上升期。西域隐约触到的边界，并非是国家已经发展到了极限，而是大唐这棵巨树的根须尚未长到那里。时间还久，日子还长，在西边，安西都护府将来会变成安西大都护府，庭州（天山以北）亦会成为北庭都护府；在北边，自天可汗裁决记后，安北都护府等的雏形也已出现；在南边，岭南全境已定，安南都护府还会远吗？

三、巡猎那些事

贞观十六年（642）十一月初五，李世民刚刚结束游猎，准备回行宫休息。在回去路上，李世民猛地想起一些前隋旧事。当然了，他记起的并不是被宇文化及弑杀的隋炀帝，而是就葬在附近的隋文帝。初九这天，李世民派人去隋文帝陵祭拜，完成仪式后就径直往庆善宫去了。

人上了年纪似乎就变得多愁善感，总喜欢谈一些死啊、生啊之类的东西。李世民前脚还在文帝陵凭吊死人，后脚便在庆善宫追忆出生时的事了。犹记得十年前，贞观六年（632）九月，正是在这庆善宫内，回到旧宅的皇帝与朝臣饮酒赋诗，还命人将作品谱成《九功舞》，想想那时还真是风光无限。李世民突然记起，当年那场庆善宫酒宴，尉迟敬德好像还酒后打人呢！这段回忆让他不禁笑出声来。

"陛下在笑什么呢？"武功当地的父老问道。

"想起了一些过去的事。"

"毕竟这里是您出生的地方呀。"

如果尉迟敬德在这里，李世民肯定会拿这件事好好打趣。只可惜自那次打人事件后，尉迟敬德就像变了个人似的，终日深居简出，不肯抛头露面。诚然，李世民乐意看见功臣这般低调，但有时候还是希望谁能同他聊聊共同的记忆。唉，十年过去了，故人陆续凋零，徒留自己在此追忆往事。李世民掐指一算，连长孙皇后去世都已是六年前的事了，这让他又不禁感到一阵悲伤。

近来皇帝真奇怪，前几日设宴还"极欢而罢"，今日怎的"泣论旧事"起来。一些有眼力见的人站起来，试图用舞蹈的方式活跃气氛，那些嘴皮子利索的人也端起酒，恭敬地祝愿皇帝万寿无疆、与天同寿，他们共同组成了贞观十六年（642）十一月中旬的数次庆善宫宴的图景。返回京师长安后，李世民仍意犹未尽，他感性地表示：

"朕为天下之主，想使百姓富贵。朕时常想，若能教以礼义，使其互敬互爱，则能富贵；若能轻徭薄税，使其安居乐业，则能富贵；若能……如果全天下都家给人足，那朕即便不听管弦丝竹之乐，也能称得上是'乐在其中'了啊！"

这句话该怎么听？李世民已经登基十六年了，头些年讲这话还能当作鞭策，现在讲绝对称得上是一种阶段性总结了。试想一下，一个想使百姓富贵的天下之主，倘若没有落实"教以礼义""轻徭薄税"等措施，那还好意思讲"乐"这个字吗？所以当下李世民必是志得意满的，大唐在他的掌舵之下安稳航行了十六载，那些曾戳他脊梁骨的人应该闭嘴了：他不是杨广，也不会像杨广一样志大才疏；大唐不是大隋，也不会像大隋一样二世而亡。

是什么给了李世民底气？一定是近年来的安稳局势。贞观群臣虽然"廉颇老矣"，但问及"尚能饭否"，还是能给出肯定的答复，他们熬过了开皇、大业，又从武德跟朕走进贞观，想必还能为大唐支撑不少时日；再瞧瞧朕的继承人，太子承乾虽然有问题，却也无伤大雅，朕虽宠爱魏王李泰，但绝不会让他们再现兄弟阋墙的惨剧。一代人有一代人的事，我们这代能让山东各州县恢复到有隋一朝已属不易，就让下一代去解决这道几十年的难题吧。

贞观十六年十二月二十三（643），李世民前往骊山打猎。这日的天气状况不太好，为了确认周边环境，皇帝与侍卫登上骊山，希望从高处俯瞰猎场。不过情况似乎跟想象的不一样，他们所处的位置阴冷晦暗不说，山下的"风景"也一点都不好看——保卫猎场的士兵处出现了一个缺口。往严重说，这叫护驾不力，万一把刺客放进来，谁也担不起那个责任；即便往轻说，也称得上是军纪不整，要是赶上战时就等着受罚吧。

"陛下，要处罚他们吗？"

"如果被我看见了却不处罚，那就是在败坏军法。"李世民分析，"可我要是加以处罚，又像是登高临下只为苛求他人之过了。"

"那该如何是好？"

"既然军士们没看见我们，那就当这件事没发生过吧。"

"游猎还继续吗？"

"牵马回去吧，突然没兴致了。本以为一切都在平稳进行，站得高了才发现处处是问题。"

许多事情都这样，不换换角度根本看不清。隐患往往就埋藏在那些习以为常的地方，那里，冷不丁地给人一记重拳。

第十二章

告别的年代

一、古之遗直

近年来李世民的身体常有些问题，许是年轻时候冲阵太多了，那些没能刺穿年轻时的他的箭矢，扎在了他中年的身体上，星星点点地噬着他的血，嚼着他的魂。自打长孙皇后去世，李世民只觉得他的身体竟是一日不如一日，原先几十年从没感受过的痛苦齐刷刷地在他身上来回折返。

他再也没个体己人了，连这太极宫都比往日阴湿了些。得亏还有儿子陪着他，伴着他。小孩子长大像抽条一样，儿子五岁的时候想阿娘，李世民给她讲了长孙皇后的故事后，儿子一出宫经过秦王府便常常哭。李世民露出了一丝笑意，他想起了带着儿子去看大明宫，儿子吵着问他那个镜子是什么。镜子是修大明宫时工地里挖出来的，魏徵说是秦镜，可以看王朝的兴衰，看群臣心肠的好坏。

其实也才十余年，竟然像过了半生一样。李世民想起那时候他对魏徵说：“朕要这秦镜有什么用呢？天下各种机要的事都听任朕一人判断，朕就是再精明能干，也不能尽善尽美。秦镜一死物耳，能帮到朕什么呢？还得是您，事事斧正朕的过错，比秦镜照得朕清楚太多了。”

阿耶感染了风疾后，观音婢经常去照顾他。有次回来后观音婢就对李世民说，阿耶老是回忆这个回忆那个，还让帮他把裴寂找来。

“朕那时候还安慰观音婢，人老念旧，常情。但朕如今才刚刚不惑，却怎的也喜欢回忆起过去了。”李世民摇摇头，走下车舆，原来是魏徵家到了。

贞观十七年（643），魏徵病重到门也出不了了，李世民怕见不到这位"人镜"最后一面，特地上门来看他。

魏徵是直臣，也是清官。在亲自来魏徵家里前，李世民早就有所耳闻他生活很俭朴。去年底魏徵生病后，李世民天天给魏徵变着法上皇宫里的名贵药材，还让皇宫里的中郎将留宿在魏徵家里随时奏报魏徵病情。结果那时他才知道，魏徵这位太子太师、位极人臣的大人物，家里连个正堂都没有。

俸禄都去哪了？捐给一些老无所依，幼无所养，身有残缺，社会底层而已了。中郎将没地方住，李世民用太极宫准备修小殿的材料，给魏徵家里修了个正堂。在李世民反复催促下，花了五天的时间修好了正堂，魏徵这个大员的家里才看起来稍微像话些。

李世民撇过这些物欲的事，迈进魏徵的卧室。魏徵爱俭朴，也不屑用那些花里胡哨的东西，就见整个房间一点喜庆的颜色都没有，魏徵躺在榻上，他妻子向李世民行着礼。李世民胡乱答应了下，就让他们都出去，要和魏徵私下聊聊。

"魏公啊……"

"陛下……您来啦……"魏徵的声音完全变样了，这些年来魏徵在朝堂上那是多么意气风发，每次发言都比他这个皇帝的声音还大。人总归会生病的，也总归会老的，这么个英姿勃发的魏徵，皱巴巴地缩在白色的布被子里，李世民使劲抓了下褥子，咽了咽嗓子。

"魏公，好好养病，朕与大唐都仰仗你的紧。"

"陛下……咳咳……臣……怕是再难为陛下……谏言……"魏徵咳嗽个不停，嘴角有猩红沁出。李世民看得难过，赶忙握住了魏徵的手，不许他做些动作。

"魏公，休得胡言。您的话我都记得的，偃革兴文、布德施恩，中国既安、远人自服。魏公，朕都晓得的，您且安心养病，等您病愈了，再来为朕做镜子，切莫胡思乱想，说些不吉利的话了。"

魏徵还想说话，李世民按了按他的手，他便心领神会，眨了眨眼以代替点头。

李世民再盯着魏徵瞧了瞧，要给他画像似的仔细。然后李世民站起身来，离开了魏徵家里。李世民心里清楚，魏徵很难好了，这次见面可能就是最后一次了。

魏徵是他的臣子，但魏徵也是他的老师。李世民二十来岁执政，年少轻狂，性格又鲜明，没有魏徵一路跟着不停地谏言，他都不知道这十几年来，这十几年后，贞观会是个什么样子。

不可失信于民，是魏徵教给他的第一课。贞观三年（629），他下令给关中免二年租子，潼关以东免徭役一年。不久后又下令说今年先不免，明年再免。魏徵跳出来说什么这样会让天下人失望，臣真是为陛下可惜之类的话。后来要征讨北突厥，兵丁不够，他想点些未成年男丁服役，也被魏徵驳回。魏徵说他这种做法是竭泽而渔，租役兵役这种事是取信天下人的，他三番五次这么做，他的话在天下人的心中就会失去分量。

对臣子公平，是魏徵教给他的第二课。贞观三年（629），濮州刺史庞相寿因贪污获罪，向他求情。他看在庞相寿是秦府旧臣的分上，网开一面想给庞相寿复官。魏徵非常反对。魏徵说秦王府左右多了去了，要是人人都有陛下的私人恩宠，那么不是秦王府旧部却好好做事的人就该害怕了。因为庞相寿品德败坏尚且可以功过相抵，那么其他旧部就更可能倚仗旧情违法乱纪。

教化百姓，劝善惩恶，是魏徵教给他的第三课。贞观十一年（637），魏徵专以"刑罚"为要上疏给他，"刑赏之本，在乎劝善而惩恶，帝王之所以与天下为画一，不以亲疏贵贱而轻重者也"。这些话，他登基的时候就给群臣们说过。但是皇帝做久了，有时候很难把旧志向记得清楚，魏徵就是那个反复提醒、反复让他想起自身誓言的人。

……

太多了，太多了。主政至今十七年，魏徵给李世民的谏言奏章比十七本书还厚。李世民有时被逼着生气，有时又嫌弃魏徵太烦。然而现在朝堂上没了魏徵，他才发现太极殿空荡荡的。贞观初年的老臣们要么凋零，要么沉默，能说得上贴心话的人一年比一年少了。

李世民决定再去看看魏徵，并且，他还要把和观音婢最疼爱的小女儿衡山公主嫁给魏徵的长子魏叔玉，给魏徵打支强心针，让魏徵好起来。再者，魏徵是太子太师。虽然任命之后不久魏徵就病倒了，真正辅佐太子也没几天，但一日为师终身为父，李世民这次要把儿女都带上，让魏徵家里亮堂亮堂。

许是上次打了个突袭，魏徵没能穿上朝服。这次要带儿女慢了些，等到了魏徵家里后，李世民发现魏徵居然颤巍巍地坐在圈椅上，穿着朝服拖着带子。连眼睛都睁不开了，还努力坐正，践行着他信奉一生的"礼"。

"魏公！这是何必！"李世民悲从中来，扶着魏徵，泪水就滑了出来，"您有什么要说的，通报便是，何必非要操劳呢！"

"嫠不恤纬，而忧宗周之亡。"大约是在腹中沉吟了很多次，魏徵没有停顿，一字一句地，缓慢地，把他的话说了出来。

"嫠不恤纬，而忧宗周之亡。"这句话是《左传》中的，本意是："寡妇不担心自己纺织的纬纱少，反而担心周王朝的宗庙社稷。"这个操心的寡妇，可不就是魏徵吗？家国家国，他这一生先国后家，呕心沥血，殚精竭虑，一句话道尽了他的理想抱负。

大圆满的结局只是孩童时的歌谣，物质世界的当下从来没有过真正的大圆满。过了几天后，李世民梦见了魏徵。梦里的他还是那样年轻，还是"人言魏徵举动疏慢，我但见其妩媚耳"的铮铮男儿。梦里的魏徵照旧穿着他的朝服，一丝不苟地戴着发冠，手里拿着笏板。

他说："陛下，君臣一场，魏徵之幸也。"

他说："陛下，贞观之治，魏徵之幸也。"

他一点都没笑，还是和平常一样的古板，他说："陛下，您的镜子碎了，以后请再多些思量。"

贞观十七年（643）正月十七，魏徵去世。李世民废朝五日，亲临丧礼，痛哭流涕，哽咽不能言。又诏全长安百官，举京同丧。

李世民赐魏徵谥号"文贞"，文乃至高美谥，不必多说。贞者，大虑克就曰贞、外内用情曰贞、清白守节曰贞、图国忘死曰贞、内外无怀曰贞、直道不挠曰贞。

图国忘死矣，直道不挠哉！初心易得，始终难守，没有魏徵，就没有如此令人瞩目的贞观。

"卿前后所谏二百余事，皆称朕意，非卿忠诚报国，何能若是？"

魏徵下葬时，遵他生前与妻子的意愿，一件多余的物品都不用，仅一口灵柩、一辆素车。大唐朝廷百官受诏送灵柩出长安城至郊外，晋王李治奉诏致祭，李世民亲写碑文，陪葬昭陵。又登上御苑（汉未央宫）西楼，遥送灵柩出长安，涕零号恸，哀声凄切，世人皆怆。

闾阖总金鞍，上林移玉辇。野郊怆新别，河桥非旧饯。
惨日映峰沉，愁云随盖转。哀笳时断续，悲旌乍舒卷。
望望情何极，浪浪泪空法。无复昔时人，芳春共谁遣。

魏徵与李世民，与所有的贞观君臣一道，在文明岌岌可危、世间满是疮痍之时，以补天之志，成补天之事。在此之前，"古之遗直"这四个字，人们仅在史书上看过。正直之士已是凤毛麟角，有古之遗风者，更不知要去何处寻了。直到魏徵和贞观一出，人们终于能一睹古之遗直的风采。

从此以后，圣贤不再藏身于三代的上古传说中，大唐及后世千载，凡知魏徵者，必会思其贤，念其能，感叹一句："古之遗直，复见于卿！"正所谓，伟大的时代成就伟大的人物，伟大的人物塑造伟大的时代。伟大的贞观君臣们，与他们伟大的国家一起万古流芳。

二、请君暂上凌烟阁

魏徵走了，李世民发现自己的记忆逐渐变得不可靠了。就像魏徵的灵柩出长安那一瞬间，魏徵的模样一下子变得不清晰了。贞观元年（627）时他与这些臣子说好要行尧舜之治，要为万世开表率，他们一同以莫大的历史使命感督促着自身、督促着彼此，这才有了今天的太平天下。可是，哪怕名可垂于竹帛，这些万世之楷模，该有些别的东西，让后人去纪念他们，让后人在艰难险阻的时候能重新燃起意志。

贞观十七年（643）二月，魏徵走后不到一个月，李世民诏令，要在太极宫的凌烟阁中树二十四功臣像，应二十四节气，面朝三清祖师，记录他们每个人的行迹。

"自古以来，贤王皇帝们敬重功臣们，既在钟鼎上刻铸铭文，还要为他们绘制肖像。"李世民诏曰朝堂，"西汉宣帝甘露三年为霍光等十一位功臣绘制肖像，陈列在麒麟阁表彰他们的美德；东汉明帝为光武帝建武年间的三十二位中兴功臣绘制肖像，陈列在云台广德殿纪念他们的业绩。朕参照前代的典章制度，将为我朝功臣绘制肖像陈列在凌烟阁。我朝怀念功臣的心意，于青史流传，不逊色于前朝旧事；也是为了表彰贤良，把他们的贤良永远遗留给后代。"

说来也巧，当年秦王府的十八学士，李世民就请阎立本为他们画过像。这些年来，李世民主持着国家的朝政，阎立本主持修筑过大唐的很多建筑，两人都苍老了很多。不过起码对于李世民来说，阎立本还算是个熟悉的故人。于是，二十四功臣的肖像也还由大师阎立本负责绘制。

二十四功臣座次排序井然，遵循了官职、爵位、是否已故的权重，条条框框，尽在礼法上。从首到尾，李世民一个个看过去，大多数人都故去许久，脸都陌生了。但是一看到他们的肖像，就像是晴空中闪过的雷霆，李世民便能陡然想起他们的故事。雷霆闪过，照亮的是李世民的白发，也是凌烟阁二十四人与他们的君主共同的回忆。

第一位，司徒赵国公长孙无忌。观音婢的兄长，年龄虽比自己大些，身体却好得很，估计日后的太子继位，顾命大臣就是他了。李世民哂笑，还活着的人，没什么可追忆的，只是觉得亲切。

第二位，司空扬州都督河间郡王李孝恭。是有多久没听到过这位堂兄的名字了呢？飞鸟尽，良弓藏。这位堂兄还没到藏良弓的时候，就不去射飞鸟了。李世民记得清楚，当年堂兄挂帅，李靖辅佐，为大唐招降巴蜀，灭萧铣，平江南，何等气吞山河。后来李世民继了位，堂兄在他的王府日夜笙歌，尽是欢快。好些年前阿耶有次唤在京的宗室们纵情欢宴，席间问堂兄近来如何，堂兄居然潸然泪下："叔父，我的郡王府着实太大了些，歌姬舞女养了上百人都着实空旷。这么大的郡王府，我那群孩子得有多大本事，才能守得住啊。"可也着实是顺了李孝恭的话，打从李孝恭贞观十四年（640）急病去世后，河间郡王府一下子不复往日熙攘了。

第三位，司空莱国成公杜如晦。快十五年了吧，杜公走的时候李世民仅仅而立，今时今日都近知晓天命了。斯人犹是当年清癯面容，风采依旧，秦王不再丰神俊朗喽。

第四位，司空相州都督太子太师郑国文贞公魏徵。李世民看了一眼，又看了一眼，他决定等会儿与阎立本商量一下。这肖像太胖了，魏徵明明没这么胖嘛！

第五位，司空梁国公房玄龄。世人皆知"房谋杜断"，但世人不知，房不仅是谋士，更是能臣。回想起来，贞观年间件件大事，哪个不是由房玄龄统筹设计的？"礼"，国史，法律，行政，哪个没有房玄龄做得成？话又说回来，李世民想到女儿高阳公主与房玄龄次子房遗爱成婚有些年了，也没个子嗣，就有些头疼。该是朕太溺爱她了，回头还得督促督促高阳，让她收收性子。

第六位，开府仪同三司尚书右仆射申国公高士廉。高士廉，高舅父，这是朕唯一尚存的亲近长辈了。君臣父子，"长辈"二字只有私下说说，可事实是绕不过去的。高士廉是长孙皇后亲舅父，观音婢八岁时长孙晟去世，便是高士廉把长孙无忌与观音婢二人与他们的母亲接到高家养大成人。舅父之名，阿耶之实，李世民与观音婢的婚礼也是高舅父一手促成的。贞观九年（635），高士廉顶着山东士族的压力，编撰了《氏族志》。此事利在千秋，难度也是前所未有。得亏是自家舅父，才能挺着被士族们抹黑羞辱的窘迫，打破以往纯以郡姓作为门第等级的传统。

第七位，开府仪同三司鄂国公尉迟敬德。李世民一见尉迟敬德画像，便是一阵大笑，这厮不知近来在做甚，倒是很久没来拜见朕了！渐渐地，李世民收了笑声，看着尉迟敬德的画像，思绪飘到了十几年前，飘到了一个他绝不会主动回想的人——李元吉。李元吉凶狂蠢笨，单单好武艺。那时宋金刚败亡，大唐的军队正准备进军洛阳，李元吉不知从何处听闻他收了个降将善用马槊，就非得和尉迟敬德比个高下。为了避免受伤，李元吉要把马槊上的刀刃取下来，只用槊柄比试，那时候尉迟敬德比李元吉还狂，说什么反正您也刺不到我，我取了就行。结局也是，李元吉带着刀刃也伤不到尉迟敬德，被尉迟敬德连夺了三次马槊。唉，李元吉啊！朕的这个弟弟，还想杀了朕，最终被鄂国公一箭射死。还不如早些死去，免得生出后来许多事！

李世民哼了一声，看向了第八位，特进卫国公李靖。不知卫公足疾如何，尚能饭否？吐谷浑一役后高甑生和人串通诬告李卫公谋反，虽然朕流放了高甑生，然而卫公自那以后更是深居简出了。朝中的人们都说，卫公家里现今连亲戚都不可随便拜访了，应是在潜心写他的兵法吧。罢了罢了，日后朕去他府上瞧瞧他罢了。

第九位，特进宋国公萧瑀。这老东西，成天不喜这个不喜那个，和谁都处不好关系。当年就和封德彝御前搏斗，后来得罪了一圈同僚，使得朕不得不把他罢相。该是四次了吧？"疾风知劲草，板荡识诚臣。"没错，可与人同僚，总不肯容人之短哪行呢？李世民很是烦恼，同时也觉得好笑。萧瑀从年轻时顽固刻薄到现在，真乃大唐一大中流"磐石"。所幸卫国公灭了突厥，将萧瑀的胞姐萧皇后接了回来。不然萧瑀总是气愤非常，老家伙的寿命都得减个几年。

第十位辅国大将军扬州都督褒忠壮公段志玄、第十一位辅国大将军夔国公刘弘基、第十三位陕东道行台右仆射郧节公殷开山、第十四位荆州都督谯襄公柴绍、第十五位荆州都督邳襄公长孙顺德、第二十一位户部尚书渝襄公刘政会。这六位大将军都是从晋阳起兵就随从阿耶的人，硕果仅存夔国公刘弘基。难得感慨，二十年前在高壁岭振呼要战死沙场的夔国公，此生是难以圆梦喽。

第十二位，尚书左仆射蒋忠公屈突通。屈突将军去世也有十数年了，若没有他的帮助，晋阳起兵到大兴定不可能一举功成。朕记得，还是刘文静说服的屈突将军。刘公走得太早，功勋不显矣。

第十六位，洛州都督郧国公张亮。郧国公起家于瓦岗，随着李世勣入的唐。玄武门事前，郧国公在洛阳为朕打点天下英雄。李元吉知晓郧国公入了洛阳后，三次伪报诬告其谋反，阿耶将他召回来严刑拷打。幸得郧国公咬牙坚持，只字未提，才有了玄武门事后未出大差错。郧国公之前在东宫做太子詹事，现在去了洛阳都督，希望他不要懈怠政事啊。

第十七位，光禄大夫吏部尚书潞国公侯君集。玄武门之变有五人位列功劳第一等，赵国公、房公、杜公、敬德，还有一位，就是侯君集。那一日，控制宿卫与太极宫众臣者，即是他。贞观九年（635），侯君集助李靖平吐谷浑，诛吐谷浑可汗伏允。贞观十三年（639），侯君集远征高昌，吓死高昌王麴文泰，后又灭高昌国。但是，李世民想起了件事，皱起了眉头。正月时候张亮去洛阳都督，说侯君集认为他被排挤了，还说如果张亮要反，侯君集也跟着反。只是，李世民思忖着，未发生，又是臣子间的谈话，要以此治罪，怕遗祸千古。再说吧，李世民没做打算，反了也不怕他侯君集。

第十八位，左骁卫大将军郯襄公张公谨。平突厥六策仍在，张公谨何在也！英才多早逝，公谨平了突厥后两年不到就病逝于任上，年仅三十九岁，公谨何辜？

李世民扭了扭脖子，感到旧伤有些隐隐作痛。他瞟了一眼第十九位，左领军大将军卢国公程知节。嚯，李世民感叹一声，卢国公还在外领兵呢。贞观十一年（637），程知节为使持节都督幽、易、檀、平、燕、妫六州诸军事、幽州刺史，程知节身体健壮，正是职事险要的时候。不过也正因为此，卢国公品阶低些，位次低些，也无妨。李世民猛然发觉，他已经很多年没有带兵打过仗了，他回忆里那些卢国公次次举旗先登的景象，早就泛了灰了。

第二十位，礼部尚书永兴文懿公虞世南。虞世基的这位弟弟，远不像他哥哥。许是杨广和虞世基的最后遭遇刺激了他，或者就是一母同胞两类人，虞世南不只才华横溢，还多次犯颜直谏。世南一人，有出世之才，遂兼五绝。一曰忠谠，二曰友悌，三曰博文，四曰词藻，五曰书翰。贞观十二年（638），虞世南在长安逝世，其时已耄耋，举世闻名。

第二十二位，光禄大夫户部尚书莒国公唐俭。莒国公实在是位外交天才，阿耶以身受幽禁折辱而不忘朝廷嘉奖唐俭，哪知道唐俭之后又身受幽禁折辱而不忘朝廷了一次。李世民哈哈大笑，想起了和唐俭的一件趣事。唐俭这人有趣得很，有次与他下围棋，布局时，抢先占据了有利位置。抢就抢了吧，还多次悔棋，最终赖赢了一盘，实在给他气坏了。他那时在气头上，就对尉迟敬德说要杀了唐俭。彼时"三复奏"的制度已出，他第二天和唐俭对质下棋的事，尉迟敬德说不知道，怎么问这事就当没发生过。李世民笑着笑着，露出了怀念的神情，这都是年轻时候的事了啊！不过时间对唐俭似乎没什么意义，唐俭还是一贯地上值不当心，这会儿估计又去哪里喝酒了。

第二十三位，光禄大夫兵部尚书英国公李世勣。李世勣就没什么好说的了，每天上朝都能见到。不知道李密能不能想到，他当年要给朕介绍的徐懋功，不单单打仗是把好手，行政也同样是把好手。

李世勣是倒数第二次序的原因很简单，他担任兵部尚书，掌天下武官选授及地图与甲仗之政令，权力很大。但是，按照《贞观令》规定，六部尚书排序时，兵部尚书排在吏部、礼部、民部尚书的后面，所以他只能排在末尾，也是符合"礼"的。

第二十四位，徐州都督胡壮公秦叔宝。贞观年间，秦叔宝常常生病，他的身体那时候已经很不好了，按照他的说法，就是他一生大小战斗二百余次，流过的血都有几斛多，生病是正常的。几斛，得几百斤了，虽然夸张了些，但也未必言过其实。秦叔宝去世的时候才堪堪履任到左武卫大将军，李世民给他赠的都督，相对来说也品阶太低了些，这才排到了末尾。

借用唐人对凌烟阁的盛赞——"倬哉群彦，丹青彪炳；列盛服之晖华，俨高居之秘静。斜月在壁，疑假寐以将朝；颓阳半轩，同处阴而休影。胡像设之既固，将山河而惟永？则知我唐大赉，光掩前载。功高赐履，追吕望于周年；鸟尽藏弓，异韩信于汉代。盛矣哉！容貌方崇，光灵不昧。"

昭昭有唐，威哉大唐！

三、太子谋反案

贞观十七年（643），太子李承乾行事越发乖戾。他招来一群宵小之辈偷盗民间牲畜，又在东宫铸以八尺铜炉和六隔大鼎，专门用来烹羊宰牛，然后与亲信分食。这还不算什么，李承乾还穿上突厥服饰，用现学的突厥语玩起了角色扮演：堂堂大唐储君，竟打扮成刚死的可汗，让众人围绕在他身边号啕大哭，在东宫上演了一出活出丧。

猛地一下，"可汗"突然活了，他疯疯癫癫地说："将来我若拥有天下，当亲率骑兵狩猎于边境，然后解开头发做个突厥人。"

"那才是真的自由！"

人越是缺乏什么，才越强调什么。李承乾贵为太子，却毫无自由可言，他仍困在一群老头子的谏言之中，惶惶不可终日。朝堂之人中，李承乾只和汉王李元昌玩得好。按辈分，李元昌是他的叔辈，但二人年龄相仿，又都喜欢作战游戏，因此平时甚为亲昵。

某日，李承乾和李元昌玩得相当尽兴。然而欢乐的时光总有尽头，分别时刻很快便到了，一想到回东宫后，又免不了要受一番唠叨，太子就心生烦闷，由是悻悻地说："将来我若为天子，当纵情欢乐，敢有劝谏者，统统杀之。杀他个几十几百人，到时候看谁还敢忤逆我、中伤我。"

"那才是真的清净！"

李承乾的心性早就变了。或许是变在那日，他偏爱的乐童称心为皇帝所杀后；或许是变在那年，母亲去世，而父亲专宠李泰后；抑或许变得更早……总之，他与父亲越发疏远，尤其是在魏王的衬托下，皇帝与太子的隔阂已如星河之遥。

父不知子，子不知父。先前数代帝王没能逃过的八个字，李世民和李承乾终究还是没能幸免。这几年，皇帝越来越不喜欢太子，太子自然也知道，因此动辄称病数月，躲在东宫不肯上朝。

李承乾的逻辑很简单，既然两看生厌，那就索性眼不见为净嘛。不过作为大唐太子，李承乾也绝不甘心就这样坐等被人赶出东宫。他要主动出击，不为搏个天子之位，只求用他的方式报复父亲的偏爱。且看着吧，即便是我输了，也绝不让某些人如愿，李承乾心想。

太子刚刚萌生出这一想法，汉王李元昌、李渊的女婿赵慈景之子赵节、杜如晦之子杜荷等人即参与进来，为李承乾的谋反大业出谋划策。他们的计划是这样的：太子诈称暴病，引皇帝前来探视，然后乘机动手。

好巧不巧，谋反都有赶趟的。贞观十七年（643）三月，齐王李祐率先扛起了"反抗"父权的大旗，然后迅速被李世勣平定，李祐及其同党被押送至长安受审。按说这时候太子应当暂缓行动才对，可他此时偏偏上了头，非要一条道走到黑。李承乾甚至嘲讽齐王："我住的东宫，离大内只有二十步而已，齐王跟我相比，岂能成事？"

说者无意，听者有心，这话刚好进了东宫侍卫纥干承基耳中。更巧的是，这个纥干承基恰好牵扯进了齐王李祐谋反案中。为了保命，他果断出卖了东宫，将太子企图谋反的事上报给了皇帝。贞观十七年（643）四月初一，李承乾的计划败落，涉案人员尽数被捕等候发落。

李世民不想担上杀太子之名，尤其承乾还是他与文德皇后的嫡长子，他怕妻子泉下之灵会为此难过。最终，他只下诏废黜太子为庶人，比起李祐和李元昌的赐自尽，李承乾好歹保全了一条命。太子的老师中，左庶子张玄素、右庶子赵弘智、令狐德棻皆因没能劝谏太子而获罪被贬为庶人，只有东宫詹事于志宁因多次劝谏而受到了嘉奖。

唉，可惜到了这时候，李世民还是一厢情愿地认为太子谋反是因为劝谏太少，丝毫没有意识到过度的劝谏才是压死李承乾的最后一根稻草，也不知李承乾听说后会做何反应呢？不过他的最低目标算是达成了。那些劝谏他的，大多被问了罪。只可惜了侯君集，堂堂凌烟阁二十四功臣之一，也卷进谋反案，可谓机关算尽，反倒蹉跎至此，误了卿卿性命。

皇宫之内，李承乾迈着沉重的步伐，缓缓向皇帝所在走去。今天是面圣的日子，不过他已不再是太子，而是一介罪臣。光是想想一会儿皇帝斥责的嘴脸，李承乾就觉得可笑。

"罪人李承乾，拜见陛下。"

"逆子！朕实在想不通，你为何要谋反，难道是觉得朕给你的不够多吗？"

"臣为太子，还能有何求？"

"你就这么想坐上朕的位置吗？"

"陛下难道还不明白吗？臣做这些，只是为了保全自身罢了。"

"保全自身？有朕护着你，谁又能害你？"

"哈哈，事已至此，陛下居然还在说这种话。"李承乾果真笑出了声，

"陛下怎会害臣？陛下不过是专宠魏王，让李泰有机会算计臣罢了。"

李世民自然听出了承乾言语中的反讽之意，一时被噎得说不出话来。

"魏王李泰，受尽了陛下的宠爱，让臣从此再无宁日，否则怎敢听信他人之言图谋不轨？"

"他只是魏王……你可是太子啊！"

"天下哪有臣这般窝囊的太子！"李承乾起身行礼道，"陛下，臣走之后，便是要立魏王为太子了吧？"

李世民没有答复。

"陛下总喜欢让人给臣进谏，今日，就让臣为陛下进这最后一谏吧。"李承乾一边后退，一边说，"如今若立李泰为太子，恐怕您也要落入他的算计之中了。"

言语间，李承乾已退至殿门，离退场仅有一步之遥。他闭上眼睛，咽了口唾沫道："阿耶。"

"嗯？"

"没想到此生最后一面，我们竟然只说了这些话……还真是叫人失望啊。"

李承乾走了，再也不会回来了，而他最在意的那个人——魏王，恐怕正在府中笑出了声。李泰应当不知道，太子虽已被废，但他射出的那支无形的箭，此刻仍躲藏在时间中，准备对这个受尽宠爱，二十多年甜如蜜，从未尝过人生酸、苦、辣之味的好弟弟，给予最后一击。

魏王等待数年，太子终于倒台，李泰以为尘埃落定，更进一步的时机总算是到了。李承乾获罪被废后，李泰几乎天天都往宫里跑，一来是为了当面侍奉父亲，期望能稍稍解其烦忧；二来是到皇帝面前多来几次，盼他多想着点自己。

"阿耶，您还是要多保重身体啊……"魏王李泰如是吹着耳旁风，"这也是为了祖宗的江山社稷考虑。眼下的当务之急……"

"什么？莫吞吞吐吐的。"

"眼下，好些人可都盯着东宫呢。"

"哼，东宫的位置，承乾坐不得，别人更坐不得。"李世民说，"能保全你们兄弟数人的，才有资格入主东宫。"

"阿耶心中可是已有人选？"

"那里早晚是青雀（李泰小名）你们的！"

天子说话，一言既出，六匹马也难追。得到李世民的允诺后，李泰开心地扑进了父亲怀里，感激道："臣今日才算真正做了陛下之子，今天当是臣的再生之日！"

"你这是何意？"

"我愿立誓，为您保全诸位弟兄。"李泰也开始许诺，他言辞恳切，一副驷马难追的样子，"臣有一子，臣死之日，当为陛下杀之，好传位给晋王。"

在这个时间，用这样的身份，说出这种话，无疑向李世民打出了最受用的亲情牌，很难说李泰背后是否有高人在指点。第二天，皇帝当着近臣的面复述此事，言语中仍有感动之意。

"试问世上之人谁不爱子？朕见青雀以子立誓，着实是心疼哪。"李世民道，"把天下交到他手里，朕就放心了，否则百年之后还有何颜面见列祖列宗。"

皇帝仍在自顾自说着："等过了千余载，后之视今，也不会戳着朕的脊梁骨，笑朕的孩子也兄弟阋墙。"

谏议大夫褚遂良听罢，立刻站出来反驳："陛下此言大为不妥，臣唯愿您三思而行，万万不可在立储之事上有所闪失，否则必将动摇大唐国本。"

"请褚卿明言。"

"且容臣做个大不敬的假设。陛下百年之后，倘若是魏王承了天下，他又怎舍得替父杀子，而将大位传给兄弟晋王呢？而且……"

"但说无妨。"

"陛下且再容臣说句大不敬的话。从前陛下既已立承乾为太子，却又偏偏专宠魏王，光是礼遇便超过太子，以致造成今日的祸端。"褚遂良继续分析，"常言道，'前事不忘，后事之师'。依臣之见，如果陛下执意要立魏王，还请您先妥善安置好晋王。唯有如此，才可安定。"

褚遂良一番话戳中了李世民的痛处，他悲伤地说："我不能尔！"

"陛下！"

"诸位先退下吧，朕的头又有些不舒服了。"说罢便站起身子，快步返回内宫。

李世民在苦恼什么？只有天知道。他不是不知道李泰那番话只是逢场作戏，可他偏偏爱听这些，就权当是孩子在哄父亲开心嘛。不过，褚遂良的话还是挑起了李世民的怀疑。的确，全天下最了解李泰的人，莫过于李世民了。这孩子像他，又处处学他，将来指不定会做出什么事呢！

他又想起宣废太子李承乾进宫的那一日。当时承乾的话字字诛心，就差明说"太子谋反案"的根源在天子身上了：如果不是父亲偏爱，承乾怎会如此惶恐和不安，李泰又怎会有取而代之的机会？如果不是皇帝失察，太子和魏王两大集团怎能明争暗斗，酿成贞观一朝最大的谋反案？退一万步讲，如果确实如承乾所言，李泰真有那般算计，那他这个皇帝又何尝不是夺储计划的其中一环呢？

人人都爱主角亲力亲为，没人喜欢虚伪的故事。李世民当然也是如此，但他好像没得选了。站在当下这个时间节点，单单作为继承人来看，魏王李泰确实要比晋王李治优秀得多。相信假以时日，李治也能成为功德盛大的英才，但自己怕是看不到那天了。

现在李世民能做的，唯有保全他与文德皇后所生诸子这一件事了。其余诸子自不必多说，嫡出三子中，承乾的羽翼已被剪除，李治暗懦，敢行也能行万难之事的，唯李泰一人。

因此，李世民决定再观察一段时间。在决议东宫之主的风口浪尖上，不求李泰能效仿孔融让梨，只看他能否保持克制与和睦。如果魏王连做戏都不肯，甚至对晋王下手，那就休怪皇帝食言了！

又过了数日，眼看父亲迟迟不肯兑现诺言，魏王急了。人一急，马脚可不就露出来了。李泰唯恐他与太子鹬蚌相争，晋王李治渔翁得利，竟悄悄来到李治跟前，用太子谋反案开启了他的"恶魔低语"："犹记得你和李元昌关系要好，如今他已败亡，你难道不感到担忧吗？"

李治显然被兄长的低语吓坏了，从此之后茶饭不思，甚至在父亲跟前都满面愁容，一副要死的样子。雉奴的行为也吓坏了老父亲，李世民急忙询问："雉奴怎么了？"雉奴不回答。"雉奴身体还好吗？"雉奴也不回答。"难道是谁找雉奴的不痛快了吗？"雉奴终于开口了。

"是……魏王。"

随后李治将李泰的话全盘托出。听罢，李世民怅然若失，不禁心想——文德皇后的遗愿，李唐皇族的基业，终究是难以两全了。某天退朝之后，皇帝只留下长孙无忌、房玄龄、李世勣、褚遂良四人。东宫之事悬而未决，他打算今日彻底做个了结。

"近来，朕的三个儿子、一个弟弟做了这么多事，我的内心实在是苦闷难堪！"说罢便朝床头撞去。这一出吓坏了长孙无忌等人，他们赶忙冲上前去，争相抱住皇帝。李世民随后挣脱四人，接着抽刀想要自残。还好褚遂良眼疾手快，一把夺过佩刀，将其交到这场戏的主角——李治的手中。

"陛下！"长孙无忌道，"有什么话您就直说吧，何必如此呢？"

"朕要立他。"李世民指向李治，"朕要立晋王为太子。"

"我等谨遵诏命！如有异议者……"长孙无忌瞟到太子手中的刀，然后说，"臣等请斩之！"

"雉奴，过来。朕要你记住，今日是你的舅父许你做太子，你知道该怎么做了吧？"

李治听完匍匐在地，向长孙无忌行大礼。

"诸位是朕最信任的近臣，公等虽已同我意，但不知外朝会如何议论呢？"

四人回答："晋王仁孝，天下归心久矣。至于文武百官，陛下一问便知，如有不同意者，那就真是辜负陛下，罪该万死了。"

得到满意的答复后，李世民将朝中六品以上文武官员召集至太极殿中，向全天下宣布了立储决定："承乾悖逆，泰亦凶险，此二子皆不可立。"

在百官高呼"晋王仁孝，当为嗣"的阵阵声浪中，魏王李泰和百余名亲骑抵达永安门，尚不知前面等待他们的将会是什么。

"什么声音？"李泰问。

"好像是什么当，什么嗣的。"一名侍卫回答。

"且随我去看看。"

李泰刚欲动身，守门官员即现身拦住他们。

"臣奉陛下敕令，宣魏王入宫。"守门官员继续对侍卫道，"陛下有令，遣散汝等。"

只魏王一人被带入肃章门，李泰有些许不安。他遥望太极殿方向，心中大概明了，那里的热闹，他怕是见不到了。于是又转身瞧了眼亲卫，心中大概明了，从前的风光，他怕是也回不去了。

贞观十七年（643）四月初七，大唐皇帝正式下诏立晋王李治为皇太子。李世民亲自登上长安承天门，宣布大赦天下，全国宴饮三日。七日之后，皇帝又下诏解除魏王李泰一切实权职务，降爵位为东莱郡王（后改封顺阳王）。当年九月，将李泰与李承乾分别流放至均州（在湖北丹江口）、黔州（今重庆彭水）。

当提到废承乾、弃李泰时，他以皇帝身份说，也是跟天下人说："朕如果立魏王李泰为太子，那就是告诉后人，太子之位是可以靠经营人心来谋取的，这势必激起后世藩王窥伺太子之位的野心。你们记住，朕今日之举，要传给子孙，永为后代效法。"

当提到废承乾、弃李泰时，他以父亲身份说，也是跟天下人说："如果立李泰为太子，则承乾和李治皆不能保全性命。只有立李治为太子，则承乾和李泰皆能安然无恙。你们记住，我今日之举，相信古往今来，所有为人父者，都能理解其中的苦心。"

四、为妻子自强

说起苦心，李世民恨不得拔光帝王权柄之上的所有突刺，等到将来把它交到太子李治手中的时候，后者能安安稳稳做个守成之主。李世民决心"为妻子自强"，他要奋起这老躯东征！

出兵的准备工作持续了一年多的时间，其间还发生了一件事，那就是李承乾到了黔州（今重庆市）后一病不起，很快便撒手人寰了。直到贞观十九年（645）二月，春暖化冻，出征之时终于到了。李世民与太子出京到了洛阳宫，房玄龄坐镇长安。李世民这次要御驾亲征，他不仅要为太子李治留一段独当一面的时间，也得为太子李治做好打算。

他近年来身体越发不佳，李治从小怯懦，没经历过大风大浪，恐怕到时被人裹挟着走。杨广的大业是基于杨广独断专行，但杨广如果是刘奭（汉元帝）那种性子，大业就不会毁于一旦吗？李世民不想猜，更不敢赌，因此只能御驾亲征。

出征前，李世民还找李靖问策，李靖说："臣往日凭借陛下的威风做了些微小的贡献，要是让臣跟随陛下出征，臣的病就好了。"这是什么话，李靖时年已经七十有三，李世民哪肯让李靖跟着舟车劳顿。不过，不管李靖在不在，李世民都要在他人生中的最后一战里肆无忌惮一回，扬我大唐威风。

辽东之事姑且落幕，大唐军队打了个没彻底胜利的仗，受了天寒地冻的险，只得班师回朝去。得亏启程早，哪怕这样，大唐军士们还是吃了暴风雪。将士们衣服被打湿，好些人都被冻死了。到了营州后，李世民下诏，将阵亡士兵的尸骨收集起来，以太牢的礼仪祭祀将士们。

李世民又亲自到灵堂痛哭，还亲自写了祷文来祭奠亡灵。他对薛仁贵感叹："朕诸将都老了，新进的骁勇将军没有比得上你的。朕不喜得辽东，喜得卿也。"一如李世民所言，贞观的时代终会老去，薛仁贵就是他为他的太子留下的星火。

不光是士兵遗骨辽东，还有几位朝堂股肱，把生命也奉献给了大唐的事业。比如大唐相爷之一的中书令岑文本。他随李世民一起出征，却再也没能回到长安。岑文本一开始是萧铣的人，李孝恭平了萧铣荆州，岑文本才事了大唐。他在贞观年间给李世民做秘书，后来任中书侍郎的那位大才子颜师古，因为多次任用勋贵世家子，被人举报，岑文本便踩着颜师古的足迹做了中书侍郎。

李世民对岑文本熟悉得紧，也信任得紧，所谓弘厚忠谨，吾亲之信之，就是李世民的态度了。或许就是因为太认真了些，才升任中书令一年的岑文本接手大唐东征的大小事务，李世民见了岑文本的状态都为他感到担忧。这么一个谦谨孝悌的朝堂股肱，却也挡不过身心俱疲，舟车劳顿，在征途中一病不起，就此死了。他的前任颜师古也在大军之中，和他一样，也没挡得住一路的磋磨，途中病故了。

减员十有八九就是在路上，哪怕有人侍奉的大员也难以避免。文员们许是体弱，武将们拼杀多了，箭矢无眼，也难以避免受伤，那位李思摩就是这个情况。李世民为他吮吸毒血，然而药石无医，李世民也没能救得了他。在李思摩死后，李世民把他的墓冢修建成白道山的形象。白道山是连结突厥与大唐的地方，李思摩生前没能回到家乡，死后一面望着家乡，一面守着大唐，算得上是李世民对这位被赐姓的突厥人的哀怜。

除了岑文本，还有一位大唐相爷刘洎。虽然没能跟随出征，只是在定州与太子处理事务，但他也回不了长安了。与岑文本一样，刘洎亦是贞观十八年（644）升任的相爷。他是侍中，岑文本是中书令。岑文本死的时候李世民流着眼泪，刘洎却是李世民下令让他自尽的。这其中的原因，就和"太子"这两个字有着莫大的关联。

李承乾和魏王李泰夺嫡的时候，二人各施本领，各显神通，最后二人都落了个废黜的下场。但是二人废黜了，二人的旧党可还在朝堂里面任着职。柴绍的幼子柴令武、房玄龄的幼子房遗爱、杜如晦的弟弟杜楚客，这些人都与魏王李泰私交甚好。然而这些只是明面上的，当年李世民想立李泰为太子时，刘洎曾经请李世民"遂立之"。李世民带着半个朝廷出征，把刘洎留在了定州辅佐太子李治，也是有让李治考察刘洎的心意在的。

结果，就在这个时候，刘洎没有做他该做的事，他还是照往常一样工作，没有向太子展示他的忠诚。李世民回定州后生了病，中书令马周与刘洎一起去探望。探望完后黄门侍郎褚遂良问陛下身体怎样，刘洎说了一句"极可忧惧"。

刘洎或许以为立储的事仅仅是上奏一次，过了后就权当没事发生过。但褚遂良是谁？他是秦王府十八学士之一褚亮的嫡子，是李世民看着长大的，真正心腹的那圈人。而这圈人是秉持着李世民那日"泰立，承乾、晋王皆不存；晋王立，泰共承乾皆可无恙"的诚言，要为李治的上位扫平障碍的人。

因此，褚遂良以"刘洎说朝廷大事不足忧虑，只是应当依循伊尹、霍光的故事，辅佐年幼的太子，大臣中有二心的杀掉他"这样简陋的谗言，给了李世民一个不能不杀刘洎的理由。就算马周也为刘洎作证，称刘洎绝没说这种话，李世民一样赐死了刘洎。

李世民再怎么听谏言，首先他是一个皇帝，要为权力的继承负责。刘洎没有表现出来对太子李治的忠诚，李世民就容不下一个相爷不接受储君。褚遂良在其中不过是行着李世民、长孙无忌的意志，做着推动事态进展的那把刀而已。只可怜刘洎，没有长孙皇后，没有监督与协调，皇帝的权力成了把无限制的刀，砍在了他的脖子上。

李世民想给李治一个足够安定的天下。可他太过于强悍，也太过于担心这位体弱多病的孩子了，着实接受不了将心怀鬼胎的异族留给后人。不求万世功绩，只求在他下榻昭陵后，李治能更加容易地接收未竟的事业，为此，他就算是犯错也不在乎。

贞观二十年（646），张亮死了。他被推到长安西市斩首示众，原因是收养义子五百人，意图谋反。作为秦王府出身的心腹，若是在贞观初年，李世民最多不过问责、流放，李世民多念旧情哪！五百义子就算是要谋反，没有同等数量的甲胄弓弩，只是宿卫的靶子，又有何忌呢？更何况侯君集谋反也是张亮打的报告，张亮又有何必去犯这个忌讳呢？

时人记录时言之凿凿，张亮交好方士，谶语中有张亮当王的言语，于是张亮亦跟着积累行事。其实经不得推敲，孟尝君有门客三千，张亮有义子五百，算不得异常，张亮之所以不得不死，关键点还是在魏王李泰身上。

韦挺当年是魏王李泰的支持者，在河北做转运使时办事不力贬了，韦挺与一个方士来往密切，而这个方士正是张亮交好的那个方士。李承乾做太子的时候张亮去东宫做过太子詹事，后来被东宫的人排挤出去做洛州都督，侯君集那时就以此为由对张亮说过大不敬的话。千针万线，最终还是储君之争。韦挺可以不死，但张亮是凌烟阁功臣，掌握兵权，领着五百义子，所以张亮不得不死。

李世民痛恨自己成了玩弄心计的帝王，亦悲伤故友老臣背着罪名死去。张亮死后一年，他"至今追悔"，未曾挪动张亮在凌烟阁中的画像。与君相别离，此后仅画像见耳。后顾之忧解了，李世民的身体却越发差了。一趟辽东伤筋动骨，铁人一样的天策上将败给了岁月。他索性仍按照对太子李治在定州时的要求，不再过问大唐朝堂的琐碎政事，自己只把握重要大事。

身体好些了，李世民就会去见见老友们，把前隋时的那些行宫修修，看看他治下的江山子民。他总是难过，与房玄龄坐着车就流下泪来。

"房公又添皱纹了，还请保重身体啊。"

"二郎，陛下，也请您保重身体啊。"

两人都鬓发斑白了，李世民年龄小些，身体衰老竟比房玄龄还快。秦王府的旧人一个接着一个地去了，"房谋杜断"，房谋二十年，杜断已去十六年也。李世民流着泪，房玄龄的白须染上了水渍，生命是一条不能回头的路，同行者们陆陆续续到了家，记忆成了还在路上的人最后的养料。

天地不仁，以万物为刍狗，最受宠爱的公主亦是一样。接二连三，李世民再一次遭遇了重大打击，晋阳公主兕子（乳名）生病去世了。长孙皇后放心不下幼子李治和兕子，李世民便亲自抚养两兄妹，带在身边言传身教。

武德、贞观时，公主们封邑的实封只有在出嫁后才能拿到，兕子在几岁的时候就拿到了封号和实封。兕子的封地在晋阳，晋阳是大唐的龙兴之地，晋阳公主亦是李世民心上的珍宝。兕子性格好，和阿耶李世民朝夕相伴，还学了一手李世民的飞白字体。

须知李世民的飞白龙腾虎跃，很难模仿，当年在宴会上，刘洎为了抢夺李世民亲笔飞白，不惜踩踏过李世民的椅子。那时李世民很得意，刘洎抢到书帖之后他又拿出一张书帖，看众人又想抢夺，笑着对众臣们说这张是晋阳公主李明达写的，夸奖女儿的时候与有荣焉，比颉利可汗给他跳舞还开心些。

兕子才十二岁就病逝了，李世民白发人送黑发人。他想着兕子的音容笑貌，一颦一笑都与观音婢十三岁嫁给他时一模一样。李治十四岁成人，需要与他一块去上朝参政，那时候兕子眼巴巴看着父兄穿戴整齐，跟着父兄走来走去，把父兄送到了门口才开了口。

"阿耶，阿兄"，兕子皱着脸，哭唧唧地，"阿兄也要去站班，不能再留在我身边了吗？"

"兕子，阿耶再也不会走了。"李世民脑海中兕子的面容活灵活现，可现在他只能对着棺椁大哭。李治在旁边哭得断气，旁边的医官忙给太子顺气。太多的哀痛击垮了李世民，他连着一个月都没怎么吃得下饭。

房玄龄与长孙无忌都劝李世民振作，李世民苦着脸。他说："朕晓得，朕都晓得。人死不能复生，可朕悲伤难自抑，泪难自终矣。"

长孙皇后与李世民共育有三子四女，三子李承乾、李泰、李治，四女长乐、城阳、晋阳、新城。李承乾、李泰不必多说，长乐公主当初出嫁时礼数极高，被魏征劝了下来；城阳公主嫁给了杜如晦次子杜荷，后来杜荷牵扯李承乾谋反，李世民又为她挑选了良婿薛瓘。新城比晋阳还小一岁，长孙皇后去世时才在襁褓中，长大了些后李世民就把她也带在了身边。

对李治，李世民一样是扯不断的担忧怜爱。李治打小体弱多病，出征时李治不得不坐镇定州，李世民对他很担心，就约定经常做一些书信的往来。其中有一封李世民给李治的信，恳恳切切，与民间百姓父母更无异同。

两度得大内书，不见奴表，耶耶忌欲恒死，少时间忽得奴手书，报娘子患，忧惶一时顿解，欲似死而更生，今日已后，但头风发，信便即报。耶耶若少有疾患，即一一具报。今得辽东消息，录状送，忆奴欲死，不知何计使还，具。耶耶，敕。

拳拳之心，溢于言表，所谓知之深，爱之切矣。

第十三章

贞观之风 至今歌咏

一、灵州会盟

时岁无情，旧友去了，兕子走了，大唐还在。李世民稍稍度过了难熬的时间，把目光投向了北边那只噬主的鬣狗薛延陀。

慑于大唐的威风，高句丽莫离支与薛延陀真珠可汗保持了一种近乎唇亡齿寒的关系。唐军东征高句丽时李世民效诸葛卧龙"空城计"，故意给真珠可汗写信，言称大唐父子征高句丽去了，要想再来行寇之事，就尽管前来。

与卧龙先生不一样，大唐在边境有着执失思力与阿史那忠等边军大将，领着以府兵为主、羁縻部落为辅的大军镇守，薛延陀清楚大唐的威风，没有行一时之快，静待唐军东征的结果。驻跸山大战惊得平壤震动，莫离支怕唐军真要一鼓作气推平高句丽，派了使者带着大量的财物求见真珠可汗，希望薛延陀能在背后出兵，给大唐以迅猛一击，迫使东征军回援。

然而莫离支是不幸运的，因为真珠可汗这时得了重病，九月就死掉了；莫离支也是幸运的，因为继承薛延陀汗位的不是真珠此前求大唐册封的长子，而是另一位管理薛延陀本族的次子。真珠死得突然，他长子回去奔丧，被次子追着杀死。继位不名正言顺，次子就须出兵来展示自己的武力，慑服长子麾下的其他部族，也正是这个原因，莫离支的请求达成了。

贞观十九年（645），东征的唐军在班师回朝的路上。真珠可汗次子不顾真珠可汗遗愿，自号称多弥可汗，率他死去兄长的原部下攻向了大唐夏州。这种仗是不可能打赢的，况且大唐东征军凯旋的消息，业已传到了守在夏州的都督乔师望耳里。乔师望、执失思力、阿史那忠一并长笑，唐军士气冲天，多弥可汗的败仗早已注定。不但如此，东征军一回到定州，李世民很快派出了大军，筹谋对薛延陀不听话的触手进行狠绝打击。

江夏王李道宗领朔、并、汾、箕、岚、代、忻、蔚、云九州兵镇朔州；右卫大将军代州都督薛万彻，左骁卫大将军阿史那社尔，领胜、夏、银、绥、丹、延、鄜、坊、石、隰十州兵镇胜州；胜州都督宋君明，左武候将军薛孤吴，发灵、原、宁、盐、庆五州兵镇灵州。守边只是其一，更重要的是为日后的平乱做准备。

唐军既已动员，乔师望与执失思力再无后顾之忧，赶在贞观二十年（646）的正月，由着乔师望当年分封夷男为真珠可汗时记的路，刺向了多弥可汗的牙帐，光俘虏就捉了两千余人。

贞观二十年正值丙午赤马年，中国民间古老传说赤马红羊，多有灾殃。李世民不信这些，大唐也未曾听说有什么天灾。但悄然过去半年，故友们的面容越发少了，李世民不得不为未来做考虑了。他还年轻，可他也老了，太平本是将军定，不许将军见太平。李世民很是平静，他见了太平，犯了弑兄的错，这灾殃许是落到他头上了。

从病榻上缓了过来，高句丽派来谢罪的使者到了。时已五月，唐军虽未动，朝堂之上也没闲着。大唐的府兵出征需要辎重钱粮，大唐的羁縻可没那么费劲——他们就在需要被出征的地方。借着多弥可汗继位不稳定，被夏州军主动出征杀得大败的空当，李世民遣使者去回纥、仆骨等铁勒部族，要求他们去攻打多弥可汗。所谓上者伐心，回纥得了能与薛延陀争高下的时机，纵然深知是为大唐做铺衬，也没有半点不甘心。能做大唐的一把刀，何尝不是一种荣幸呢？温彦博的爱仁谋略将会无数次发光发亮，这只是其中微小的一次。

言归正传，铁勒诸部以逸待劳，薛延陀抵抗不了，在外力轻轻的触碰下，轰然散成了一盘沙。李世民知道，时机到了。六月十五日，李世民点兵点将。

江夏王李道宗在高句丽有过，他主动请缨，李世民也遂了他的心意。便由李道宗与阿史那社尔为瀚海道安抚大使，统辖北征事宜；执失思力率突厥兵、契苾何力领凉州与胡族兵；薛万彻、张俭各统率本部兵马，分兵几路，齐头并进。其中李道宗与阿史那社尔是主帅不必多说，北伐主力正是执失思力与契苾何力领的异族边兵。薛万彻、张俭等人主要镇守边境，以备不时之需。

草原上的狼群没了团结，比走失的羊羔还软弱。薛延陀其兴也勃焉，其亡也忽焉。仰中原王朝的鼻息的汗国，被中原王朝直视后就走向了瓦解的末路。他们惊恐地喊叫着，蒙着头赶着羊只知道一路朝着漠北逃窜："唐军来了！唐军来了！"

多弥可汗的可汗梦到此为止了，他孤身逃到了亲友的部族，被回纥人整个吞了下去，剩下了做梦的脑袋插在旗杆上，与身体分别独自前往长安赔罪。薛延陀的可汗死了，部落还未彻底崩解，薛延陀剩余的七万余口人向西溃逃，拥立夷男之侄咄摩支为汗。咄摩支随即上书朝廷，求大唐允许他们在郁督军山（今蒙古国杭爱山）北麓放牧。

与阿史那咄苾上书一样，李世民依旧是允许了咄摩支的请求；也与阿史那咄苾投降一样，李世民一样派了人去接受咄摩支的投降。不一样的是唐俭老了，使臣换了人，为英国公李世勣与任兵部尚书的崔敦礼。崔敦礼便是当年去刺探李瑗的中书舍人，他这些年来多次出使突厥，通晓各路番族的情势，立过不少功劳。

"崔公，吾以为，薛延陀之事，须得小心行事。"

"是矣！"崔敦礼一拍大腿，"薛延陀部反复无常，敕勒诸部无一认同，所谓降服，恐是咄苾旧事！"

李世勣与李道宗对视一眼，心里已经有了打算。李卫公李靖当年给他们打好了底子，他们只需照抄即可。北上安抚薛延陀的唐军人数不多，声势浩大得紧。李世勣和崔敦礼一边让部队慢悠悠地北行，一边沿路寻找铁勒的部落，探查着薛延陀残部情况。

果不其然，在牧民你一言我一语的拼凑中，李世勣摸清了真相。今日的薛延陀残部中大体有两股意志在搏斗，一股是真切想做大唐子民的，一股是还想做逍遥游牧贵族的。李世勣的部队逐日迫近，在大唐的巨大压迫下，薛延陀残部中的后一股意志也逐渐占了上风。他们想做大唐子民，更惧怕自由劫掠的生活不复存在。

　　咚咚咚，战马的铁蹄踩在咄摩支心跳的频率上，他脸煞白，不知如何是好。那一股桀骜的势力胁迫着咄摩支，抖擞着精神，列好了阵，试图将李世勣这一支唐军一口吃下，再北上逃窜。

　　真想投降的那群薛延陀族人，便与薛延陀残部分散开来，主动向着北上的唐军投了过去。李道宗巴不得薛延陀口是心非，他心里憋了口气，要为大唐立下破国之功，弥补高句丽灭国之误。

　　李道宗又是一阵冲杀，他效仿着秦王的英姿，更有尉迟敬德般的武功。薛延陀残部的列阵如同儿戏被他猛烈刺破，李道宗一路赶，一路追，朝着燕然山奔了三百里，才转了头，驱着俘虏回了唐军阵中。

　　北征薛延陀大胜，俘虏男女三万余人，斩首五千余，薛延陀灭国。多弥可汗的首级不用担心路上孤独了，咄摩支自会陪着他一同前往长安。

　　北境一时间没了大部族，西突厥远且羸弱，越不过郭孝恪守的安西都护府。安西都护府以内的北境诸部，回纥、拔野古、同罗、仆骨、多滥葛、思结、阿跌、契苾结、浑、斛薛都齐齐遣使到长安。单单给他们颁赏拜官赐书还不够，李世民认为对于这些草原人，他有必要进行一次彻底的安抚，把这群草原上的狼全数笼罩在大唐的治下。

　　李世民在朝堂宣布了他的旨意："薛延陀被消灭后，铁勒诸部有的归降，有的没有。如今是最好的时机，必当乘机图谋。朕将亲自去灵州（今宁夏吴忠）招抚各部落。另外，去年出征辽东的士兵，此次都不做征调。"

　　一言激起千层浪，但诸公皆知，此乃数百年未有之局，天时地利人和全在大唐，灵州招抚铁勒诸部是必需之行，没有人跳出来提出反对。而当李世民说他想带李治一起去灵州时，就有人反对了。

"皇太子跟陛下巡幸灵州，不如留下来监国，接待百官商议朝政，熟习朝廷事务。这样既可安定京师重镇，又可向四方显示太子的圣德。望陛下割舍私情，依从朝廷公道。"

无奈，又见不到雉奴了，李世民心里叹了口气，面上不动声色："卿所言极是，应晋官封赏，朕允矣。"

灵州，灵州，又是灵州！东汉末年后，因气候影响，环境适宜，草原与西域的力量大得惊人。灵州地势平坦且濒临黄河，地处河套，所谓黄河百害，唯富一套，灵州有着天然的优势，北魏太武帝遂在灵州设了镇。不仅如此，灵州位于中原与漠北、西域交会处，东南驿道可通长安，东渡黄河可达太原府，西南可至兰州，向西或西北可到西域，向北可抵铁勒诸部。因为交通发达，灵州这个"塞北江南"亦成了西北交通枢纽，中原与外族的经济文化交汇地。

是故，与诸部会盟一事只能落在灵州。既是巡幸会盟，自要广而宣之。贞观二十年（646）八月初十，大唐皇帝车辇浩大，声势威武，从长安出发，一路经过汉武帝改建的甘泉宫（在今陕西淳化）、前汉牛邯平定陇右驻扎的瓦亭（在今宁夏隆德）。一路翻山越岭，土地阡陌有序，农人怡然自得，大业、武德年的破败相终于一扫而空了。

皇帝满腹豪情，他站在甘泉宫遗址，似是与汉武帝遥遥点头示意。所谓夷狄，反倒成了束缚中原的壁垒，一路过来常见异族，又有何妨？无一不行唐事，遵唐礼！李世民胸中酝酿了几十年的韬略刹那迸发，他亲手写下了诏书，这封诏书将开万世先河：

戎、狄等族与天地一同生存，与上古帝王伏羲并列称雄。他们与我华夏共存和睦千万年，制造祸端只是一时之事。朕随意命偏师进击，就生擒罪魁祸首颉利；简单施展朝迁谋略，就轻松灭掉了薛延陀。铁勒诸部一百多万户，散处在北部，万里迢迢派遣使者来长安，请求归附于内地，请求为大唐编户齐民，请求一并改其为州郡建置。这是开天辟地以来，闻所未闻之事。朕认为，应当预备礼仪上告祖庙，并且颁示给普天之下的百姓。

这封诏书也随着李世民派去漠北的官员与各部落使者，为灵州会盟做了排头兵。外交是内政的一部分，李世民所作所为，清晰可见，在与铁勒诸部会盟之际，他是毋庸置疑的主导，亦要为铁勒诸部吃一颗定心丸。

还未到灵州，铁勒诸部的俟斤与使者们便早早在盟约地候着大唐的天子。人聚集得越来越多，大多操着一口草原味的大唐雅音。他们互相攀谈，极目远眺，在九月约定之时于天边见到了大唐皇帝的大纛。

"天可汗！"

李世民还在车辇上闭目休息，就听见远方细细密密的声线，越来越大，越来越亮。他喊停了车驾，亲自骑上爱马，行在了队伍的最前面。

"天可汗！万岁！"

远方的人似是认出了皇帝，一排接一排地跪倒在地。李世民兴致高涨，一挥手，秦王破阵乐的鼓点响了起来。

皇帝走到了跟前，密密麻麻数千人，草原诸部全都到了吧。破阵乐也到了尾声，他虚抬起了手，众位亲卫高声呼喊：

"陛下有言，免礼！"

草原上的人们这才站了起来，也跟着高声呼喊：

"陛下！天可汗！"

他们请求中原皇帝的恩赐，高声呼喊着：

"愿得天至尊为奴等天可汗，子子孙孙常为天至尊奴，死无所恨！"

会盟数日，宾主尽欢，李世民以诗勒石，其中有言"雪耻酬百王，除凶报千古"。自此以后，灵州成为大唐官员士子的应许之地，无数人以灵州写下了旷古的诗词。

灵州一行，李世民完成了他的使命，他说，"自古皆贵中华贱夷狄。朕独爱之如一，故其种落皆依朕如父母"。也因为李世民超越历史局限性的民族政策，大唐得以在漠北地区建立了六府七州，将郡县制推行到了北部边疆地区。在李世民回长安后，诸部明显地产生了对大唐的认同，乃至求大唐于回纥以南、突厥以北开一道，谓"参天可汗道"，置六十八驿，方便诸部对长安的朝贡，皇帝一概应允。

从历史上看，灵州会盟唐王"灵州之行"使漠北地区保持了长时间的安定，并实质性地将漠北地区纳入了中原的行政区划管理。这一切百利无一害，在历史长河中，在血缘、地缘、政治、经济以及文化上，使漠北与中原紧密拥抱在了一起，形成了"你中有我、我中有你"的交融状态。

房玄龄也为之感慨，他说："详观今古，为中国患害者，无如突厥。……铁勒慕义，请置州县，沙漠以北，万里无尘。"除却遥远西域发生的些许不快，李世民的贞观达成了历代帝王最期望之境界——强、盛、和、平。平者，天下平也！

二、哀哀父母 生我劬劳

回到长安，李世民有一个头疼的事得处理了。贞观年间人人都以直言正谏李世民为荣，李世民乐见其成，也由之任之。但是直臣们不仅有以魏徵为代表的大多数，还有一少部分尤其讨人嫌，这其中最为突出的就是那位宋国公萧瑀。亏得是萧皇后被李靖接了回来，萧瑀这些年来任相几年歇几年，精神倒是一如既往的好。

这次做仆射好几年，刚开始稳健多了，不再搞当年那种因义成公主被李靖杀，胞姐萧皇后难过，赶着来给李靖告黑状的勾当。不承想这个板荡诚臣好似一块顽石，最近这两年又旧病复发，同僚中就没有与他能相处好的，背后告他黑状的更是如过江之鲫。

念在年龄大了的分儿上，李世民给提点了几次，只要不出乱子，也算听之任之。可是再看看这老头，牛脾气犯了，杵在太极殿当着满朝大臣的面，非要告房玄龄。活像封德彝转世在了房玄龄身上，定要给其一个教训才行。

李世民一手捂着头，一手抓紧了扶手，听着萧瑀的叨叨，他是真想堵住耳朵。

"陛下！房玄龄这厮与中书门下众臣朋党，不忠！房玄龄操持权柄，以他自己的意见为中心，陛下不知道详情，他只差谋反了！"

李世民哑然，心想萧公都告了二十年的房公了，这罪名是越来越大，造反都罗织上了。他按住萧瑀越说越来劲的势头，制止住了萧瑀："萧公，此话言重了！君王选择有才能的作为股肱，就该是推心置腹予以重任。萧公，人不可以求全责备，朕做的，便是舍弃掉他人那些不重要的短处，取他们的长处。朕虽然没能做到耳聪目明，但不至于一下子糊涂到好坏不分！此事无须再议！"

萧瑀是南梁那位出名的老和尚萧衍的后代，沾染了桑门气息，一样信奉佛教。许是被皇帝折损了颜面，萧瑀向着李世民虚虚唱了声喏，说道："臣请辞出家，不问红尘事！"

李世民沉思片刻，萧瑀的确也老了。圣人云"七十而从心所欲，不逾矩"，让他和他的阿姊过个晚年吧。李世民点点头："朕知晓你家素来喜好佛门，便不违背萧公意愿了。"

到了快退朝的时候，萧瑀又说话了："我刚刚考虑过了，现在还不能出家。"

李世民气得一佛出世、二佛升天，他对这个老东西无可奈何，只得冷哼一声，以此回敬。

皇帝有怨气，萧瑀比皇帝怨气更大。这么一场闹剧之后一两个月，萧瑀一会儿声称脚病不能上朝，一会儿到了朝堂而不进去面见李世民。

李世民本不欲与他计较，无非令他回家颐养天年罢了。但李世民又转念一想，如今玄奘法师取经回国，佛教以其为主，算是达成了约束。萧瑀在佛教教众中地位尊崇，借着萧瑀一事，或可为佛教敲敲警钟，将大好的局面平稳下来。

于是，李世民有主意了，他诏书曰："朕对佛教，无意遵从。求佛的人妄图未来的福祉，但他们不仅不能验证将来福祉，反而在过去受尽苦罪。像梁武帝潜心于佛教，梁简文帝执意于法门，倾尽府库所藏财物供给僧寺，耗费人力修筑塔庙，直至造成三淮、五岭到处发生变乱，最终结局像战国时楚成王和赵武灵王那样悲惨，子孙灭亡而无暇顾及，江山社稷顷刻间化为废墟。这其中所谓佛教的报答施恩，何等的荒谬！萧瑀重蹈梁朝的覆辙，承袭亡国者的遗风；抛弃公义曲就私情，不懂得扬名隐世的道理；身在俗世口诵佛语，不能分辨邪恶正义。萧瑀想修去累世孽缘，祈求一己的福根，对上违犯君王，对下煽动浮华风气。他请求出家，不久又有反复。在天子与群臣议政之处，瞬息之间反复变化无常。这难道是国家栋梁的体面，难道是宰相之才的度量吗？朕隐忍到今天，不见萧瑀有半点悔改之意！朕将他降为商州（今陕西商洛）刺史，免除他的封爵。"

其实有心人便能看得出，萧瑀这番降职不过是给世人上的眼药，商州更是在长安京畿，往来不过几日工夫。李世民的重点还是为了削一削佛教的锐气，这大唐首先得是朝廷，不能是任何其他势力。

堪堪回朝解决了铁勒诸部朝贡事宜，李世民的生辰又到了。普天同庆不必多说，李世民虽处于病痛中，心思却想到了更多。他听着每年大同小异的贺寿词，心里居然凄苦了起来。他想起了他的阿娘、他的阿耶、他的观音婢、他的高明（李承乾字）、他的青雀（李泰乳名）、他的雉奴（李治乳名）、他的儿子（李明达乳名）、他可怜的李恪。

他看着长孙无忌、看着房玄龄，情不自禁老泪纵横："如今治理天下，四海之内皆为大唐所有。然而承欢在父母膝下，永远不可得到了。子路遗憾双亲死后无法再为他们背米，《诗经》说：'哀哀父母，生我劬劳。'唉！缘何在父母辛劳的日子里饮宴作乐呢？"说到这里，他问长孙无忌："高舅父身体好些了吗？"

高士廉也老了，近年来常流连病榻。长孙无忌捂住脸，声音似有些郁郁："二郎，舅父许是挨不过年关了。"

贞观二十一年（647）正月初五，高士廉离开了大唐。李世民身体不见好转，强拖着病体要去高士廉府中吊唁。春寒料峭，房玄龄劝李世民在宫中养身子，莫要加重了病情，李世民不愿听。

皇帝的车辇刚出皇宫东北处的兴安门，长孙无忌得了房玄龄的知会，拦住了李世民的车队："陛下！您正在服药，不能哭丧，为什么不为宗庙社稷考虑而自珍自重呢！舅父临终遗言不愿让陛下屈驾前来，请陛下回宫！"李世民还是不依，长孙无忌径直躺在了路中间，他流着泪，瞅见李世民的脸上也尽是泪水。

不能亲自哭灵，李世民登上长安旧城的西北楼，远远看着高士廉的灵柩走出了长安，跨过了北门的横桥，泪如雨下。李渊去世的时候他都没有哭得如此猛烈，李世民从来没有如此深刻地认识到，除了那个没见过几次的萧后，在人世间他已经没有长辈了。连带着近年来衰老的躯体，李世民意识到他的人生亦只剩下了归途。

古代嫡庶分得极严，对李世民来说在意的子女也就那几个与长孙皇后生育的。几个女儿还剩下新城没成家，当年魏徵去世时李世民想把新城嫁给魏徵长子魏叔玉，后来因为魏徵提拔的人造反，又涉及李承乾谋反的事，李世民一度还把魏徵的碑给推倒了。尽管之后不久就恢复了魏徵去世后的一切待遇，但新城成家的事便不了了之了。新城公主就算是今年还小，李世民想着他去世前怎么着也要把新城公主成家的事给解决了。

三个儿子还剩下两个，念至此，李世民把原先废黜了的东莱郡王李泰重新封为了濮王。不能给李泰皇位的原因就一句话，他不能让后世子孙认为皇位是可以通过谋划得到的。但给这个青雀王位，让青雀的弟弟雉奴照顾兄长，实在没什么不可。

李世民最担心的还是皇太子李治，朕十八岁时就胸怀救国救民的慷慨大志，一心想平定大乱，救济苍生。每临大战，一定亲自上阵，不避矢石相加，无城不破，无坚不摧，澄清四海，扫除余孽，平定八方。可我的太子，你自幼生长在深宫，不懂君臣礼节，不知百姓生活的艰难，这个国家，怎么能让阿耶安心地交到你的手中呢？

李世民决定，不仅是处理时政的技法要言传身教，还要把他的贞观浓缩成一本书，一本能让他的太子、让后世所有的皇帝时时刻刻汲取养料的书。

身体差了下来，人不自觉地就有些赶工。李世民想在他活着的时候做完应做的事，包括把那些基础设施的建设，把泰山的封禅，这些古之圣王达成的事，他要通通达成。他留给后人的应是一个完整的治世模板，一个充满生命力的盛世萌芽。

长安的天气一天天升起了温，李世民有些庆幸，若不是尽早平了漠北，漠北这种气候不一定要为大唐留下多大的隐患；同时他也有些苦恼，太极宫太热了，他热到遭了风疾，竭力忍受着才勉强有了好转。四月初九，他数着日子，忍不了了，于是命人修缮终南山废弃的太和宫，改名为翠微宫。

翠微宫是加班加点建起来的，李世民五月就住了进去。翠微宫位置比较险隘，其正门北开名云霞门，朝殿名翠微殿，寝殿名含风殿，旁有太子别宫，内有内殿喜安。听起来很大，但李世民发现这地方还是太小，容纳不了百官，只容得下皇帝一家人。因此，他又派阎立德去扩建玉华山麓的仁智宫。仁智宫是李渊在位时修葺的，当时殿以茅草覆顶，比较简陋，李世民想着修好后可以与百官一起避暑，也给长安降降温。

兴建土木亦是耗用攒下来的钱粮，将积累起来的财富散一散，百姓虽然叫苦连天，但也没有不愿意为皇帝修行宫的。土木一修起来钱粮如流水，李世民取长补短，把封禅的事停了，拿封禅的耗费去补助了河北水灾。

就像李世民自己在翠微宫的评价，他几乎从未干过昏聩的事，而他又极其谦虚，把一生的功绩拢共才归结了五点要素。

第一，不嫉贤。他说，自古以来帝王大多嫉妒能力超过自己的，朕看见别人的长处，便如同看见自己的。

第二，不偏信。他说，人不可能全知全能，朕对人常常要扬长避短。

第三，不偏见。君王们往往见有才能的人便想纳为己用，见无能之辈则恨不能落井下石。朕看见有才能的人非常敬重，遇见无能者亦加以怜悯，有才能与无才能的人都能各得其所。

第四，不偏听。他说，君王们大多讨厌正直之人，对直言不讳的臣子的明诛暗罚古来有之。朕即位以来，正直的大臣在朝中比肩接踵，未曾贬黜斥责一人。

第五，不偏爱。他说，自古以来帝王都尊中原，贱夷狄，唯独朕爱护他们始终如一，所以他们各个部落都像对待父母一样依赖朕。

史官们都说李世民过于谦虚，可谁又能真正效仿李世民，做到这五点呢？

三、帝君典范

李世民要为李治作一本书，书中是他半生执政的精华，更是贞观君臣们之间互相的规劝。进而，他想到了以往的那些贞观股肱，个个神采奕奕，个个为国殚精竭虑。他的翠微宫、玉华宫不只是为了他自己的身体考虑，也是为了这些股肱的身体考虑。是啊，贞观初年到现在的老臣硕果仅存，房玄龄老矣，马周得了消渴病，萧瑀与其他人处不来，只有长孙无忌身体还好些。

前些日子因为萧瑀多次告黑状，房玄龄与李世民有些生分了。李世民趁出宫去皇家禁苑（汉未央宫遗址）的工夫，专程去房玄龄府中把他接到了皇帝的车辇上。也不说话，只是君臣对视，望着流泪。时间白驹过隙，臣子再多，知己别无仅有了。

马周近来饱受消渴病折磨，李世民给他找风景秀丽的地方修了宅子，传许多名医去给马周看病。前年东征高句丽的时候，李治留在定州，马周、高士廉、刘洎身为李治的辅臣也留在定州。方才两三年光景，三位只剩下了一个，李治念旧情，便多次亲自登门拜访，探查马周的病情。

只是这消渴病难治，贞观二十二年（648）初，马周也离开了贞观。所幸其时李世民为李治浓缩的瑰宝已出，马周这种天下寒门的表率，或可在以后的岁月中不再孑然。

唏嘘贞观的年岁到了归途，李世民将他亲手写的《帝范》交给了李治。在唐以前，帝王家训古来有之。从周公家训到刘邦的《手敕太子文》，再到刘备《遗诏敕后主》，一直到南朝诸帝训诫太子宗室的文章。《帝范》与这些前者都不同的是，前者零散琐碎，没有形成完整的体系。《帝范》内容则完整而具体，从每一个大事要事，拢共十二条来细细探讨了帝王应有、应知、应会的道德修养。在信息传输成本极高、中央行政能力低下的时代，道德规训对于行政团体能起到决定性的作用。只是不知，若是杨广能见得了《帝范》，会有什么言语呢？

自从萧瑀被贬成了商州刺史，萧后就一病不起了。她已是杖朝之年，不管商州在何处，她只知与胞弟恐再难见矣。李世民听到了萧后病危的消息，赶忙把萧瑀从商州重新挪了回来，又恢复了萧瑀的爵位，许了他"特进"的名头，令他好生照看萧后。萧后是大隋仅存的财富，不光因为与杨广这个叔父的亲戚关系，李世民也想让萧后多看两眼他的贞观，好叫她日后去了九泉之下说给杨广听。

虽然萧后在突厥王庭一直有义成公主好生养护，但萧后的经历兜转曲折，从江都开始再回到长安，随着时代的洪流被裹挟了十余年，她的身心着实满是疮痍，早就挨不住了。萧瑀尽管从商州很快就回到了长安，可撑着萧后的气却也散了。八十岁的人了，杨广被勒杀时她就在现场，享受过大业的无限光荣，见到了乱世的白骨累累，历经了贞观的殚精治国，她不再记挂旧世界。佛经云转世轮回，祈求与杨广轮回此时，让她的郎君好好学学什么是"大业"。

贞观二十二年（648）桃月，又一个桃月。萧后能看到满院的桃花，阿弟说桃木镇宅辟邪，可保她益寿延年。不过阿弟不知道的是，他那位混账的姊婿就是死在了桃花下，血映在桃花上，不晓得是桃花红，还是血更艳。

但也无恙，萧后早就不做有关前事的噩梦了。她在贞观这些年，尽管没有大业时的荣华，但看着这个贞观，比大业时却安心得多了。

阿弟似是在号哭，哭自己吗？萧后微微笑了笑，这么大了还总是绕着阿姊转，白发白须不知长到哪里去了。萧后看到了贞观帝给太子传授着《帝范》，她聚精会神，准备学来去说教杨广。

……人民是一个国家之所以建立的先决条件。就像《易经》上说的：先有天地然后有万物，有万物然后有男女，有男女然后有夫妇，有夫妇然后有父子，有父子然后有君臣，有君臣然后有上下，有了上下才产生了礼义。当然，一个国家光拥有民众还不够，还要爱护人民，保护人民，否则，人民就要背叛你，还谈什么立国呢？

国家是一个君王的根本。国君之所以被称为国君，之所以贵为天子，就是因为他拥有一个国家。如果国君能够以德来团结人民，那么人民就乐于为君王出力，这样，国君就可以长久地拥有国家，如果国君虐待人民，人民离散而不肯归附，那么你想当国君，又怎么能办得到呢？（《帝范·君体》）

这第一条就与大业全不对付。杨广只想着大业，怎么能想得到这世间终究是人的世间，大业也得是人的大业嘛！

……君王的德行怎样才能宏大呢？作为君王，应该广览皆听，了解老百姓的心声，为百姓办好事。国君好的德行在天下施行，那么国君的德行自然会昭然天下。国君还要懂得张设名分，悬示教令，以法来管理、教化人民。总之，一切都要符合事物的规律，因时制宜，根据万事万物的道理来驾驭万事万物。处理事情的方式方法应该以巧妙隐秘为妙，但应当坚守的做人治事的原则却要不断强化、光大，时刻不要忘记。(《帝范·建亲》)

符合事物的规律，杨广便全然不是了，他非要强征百万民夫，置农耕大事不管不顾，把大隋儿郎大好头颅白白葬送在辽东沼泽地中！

……所以明君圣主广求俊杰，博访英贤。连隐僻鄙陋之处的人才都要想方设法寻找出来。只要是有用之才，就不会因为他出身卑贱而不用他，也不会因为他受过折辱而不尊重他。(《帝范·求贤》)

的确如此，杨广对求贤的态度就与这位震古烁今的贞观帝全然不同。杨广总觉得自己比尧舜都厉害，轻视天下士子，最后落得只能用一些佞臣的结局。

……对于一个良好的工匠来说，没有没用的材料；对于一个圣明的君主来说，没有没用的人。对于一个人，不能因为他做了一件坏事，就忘掉他做过的所有的好事。使用一个人才，也不能因为他有一点小的过错，就抹杀掉他所有的功绩。作为国家，应该根据不同的政务，分设不同的职能部门来管理。这样就可以人尽其用，而不是对人才求全责备。(《帝范·审官》)

官员们但凡不满，杨广就喊打喊杀。须知知人善用，谁不知道晏婴"橘生淮南则为橘，生于淮北则为枳"的典故呢?

……君主深处九重之宫，与民隔绝，不能看到天下所有的东西，不能听到天下所有的声音。唯恐自己有过失而不能听到，自己有缺失而不能及时补救。

如果他说的话有道理，他即便是个草民奴仆，也不能因为他没有身份和地位而不去听他的话;如果他说的话没有道理，他即便是王侯卿相，也不能因为他出身高贵就采纳他的意见。(《帝范·纳谏》)

大业最后那几年，杨广只容得下贴合他心意的话了，还有什么纳谏可说呢?

……一般人都是对逆耳良言难以接受，对顺自己心意的话易于听从。殊不知那些你不爱听的话正所谓:良药苦口利于病，忠言逆耳利于行。那些你爱听的话，虽然像美酒一样甘甜，岂知其中有鸩毒!(《帝范·去谗》)

……做国君的，应该以俭约质朴之道涵养自己的品性，应该用淡泊静远之方修炼自己的德行，之所以如此，是因为俭约可以使人民不至于困顿疲惫，静远可以使百姓不至于进退失据。(《帝范·诫盈》)

……身处太平盛世的明君，心中应常存节俭的美德，只有这样，才不会伤财害民，坏政败国;尤其是富有四海，贵为天子之后，就更应该时时事事以节俭为准绳来警诫自己，否则，国运就要衰微，社稷也必定倾覆。(《帝范·崇俭》)

……赏罚必须要明确，而且要适时适度。要惩罚罪恶，防止小人们作奸犯科;也要奖赏有功，劝导守法者行善立功。威慑的力量一旦形成，作恶的人就会感到畏惧;奖赏的制度一旦确立，行善的人就会受到鼓励。赏罚严明，自然就会起到劝善止恶的作用。(《帝范·赏罚》)

……作君王的，在农业生产方面，必须要身体力行，为百姓带好头，以此来调动和鼓励人民生产的积极性。所谓上行下效，天子一旦确立重农的制度，并且能以躬耕为乐，百姓就会如影随形地实行起来。（《帝范·务农》）

……军队和武器，是国家用来对付凶乱暴虐的工具。一个国家，虽然领土广大，如果喜好战争，那么人口就一定会减少；尽管秩序安定，如果频繁动武，那么国力就一定要衰竭。人口缺乏就难以保证国家的长治久安，国力削弱就难以抵御贼寇的践踏侵凌。因此，战争一事，务求慎重，既不能没有，也不能常用，一定要做到有备无患。（《帝范·阅武》）

……不管兵祸如何惨烈，但最后决定成败的仍是文艺儒道；无论灾乱怎样弥漫天地，兴盛和衰亡也只取决于战争。每当战事降临之时，人们往往只懂得追求坚戟利盾，却忽视了学校教育。自古至今，之所以在全国上下兴办学校，就是为了教育人们知礼养德，不至于胡作非为啊！（《帝范·崇文》）

条条句句，字字呕心沥血。其中每一字、每一事在大业被背弃过，都在贞观身体力行过。罢了，乱世之祸，谈何大业？天下太平，贞观才堪称大业矣！

萧后去世，萧瑀病倒了。阎立德受命修的玉华宫修好了，李世民带着这群老臣去玉华宫避暑，也召了萧瑀一起。长孙皇后去世后李世民再无子嗣，但作为帝王，后宫嫔妃是不可或缺的，巡幸玉华宫的后宫嫔妃中就有一位才学盛传于世的，名曰徐惠。

徐惠是刺史之女，年方二十一，家中有弟妹各一人，姐弟三人都文采出众，人们把他们称作大唐的"班固之家"。彼时才女不可进科举，除了文武贵胄，后宫有着皇帝的翼护，便是至好的去处。徐惠仰慕李世民的功绩，但作为李世民的铁杆"粉丝"，她觉得自己也有谏李世民的责任：

大唐东边驻军辽海，西边讨伐昆丘，弄得军困马乏、粮草匮乏。用农民那有限的收成，去填战争这无边的沟壑；为谋取那些没有收复的部族，丧失了这已经训练好的军队。妾以为，国土宽广并不是长久安定的办法；百姓辛劳是容易动乱的因素。

翠微宫、玉华宫等，虽然依山傍水，没有构筑方面的大工程，但人力、运输之类，也是很繁杂、劳民的。有德行的君王，以百姓安乐为安乐；没有德行的君王，以自己的快乐为快乐。

精雕细琢的珍宝玩物是败亡国家的刀斧，光彩夺目的珠宝玉器是侵蚀人心的毒药，这些虽然看着奢华美丽，但却不能不遏止这类贪念。国家安泰时容易心智骄纵，时局安定时容易放任自己。

李世民非常开心，他好像又看到了魏徵的影子。他亦是知晓这些错，《帝范》中他还把自己当成反例给太子言明，要太子以他为鉴。

服饰华艳，珠玉满堂，大兴土木，筑台掘池，这是我不知节俭，纵欲奢侈的地方，每念及此，都深以为悔；斗鸡走马，纵情声色，招奇纳巧，搜求无度，这是我不懂约己、肆志荒唐的地方，每念及此，都深以为憾。

只是治世难，为明君难。行政效力达不到，全靠个人的威望武功；没有律法监督，唯有道德批判。这世间从来没有天生的圣贤，秦王亦是常人啊！

治世太平，万世太平。许是所有东西都有期限，明明是换了玉华宫来养身体，那些伟大的臣子还是凋零了。萧瑀记挂胞姊，到了玉华宫后不出几日就去了。房玄龄骤然病得厉害，与李世民握着手，老泪纵横，旁边房遗爱与高阳公主断肠声戚戚。大唐开国以来大小诸事遍历的二人，在最平常的一天，做了最后的诀别。

李世民闭着眼，心里念着长孙皇后的诗。他心绪飘啊飘，飘到了年轻的时候，凌烟阁上的那些人都还活着的时候。

上苑桃花朝日明，
兰闺艳妾动春情。
井上新桃偷面色，
檐边嫩柳学身轻。
花中来去看舞蝶，
树上长短听啼莺。
林下何须远借问，
出众风流旧有名。

他知道，时间快到了。他露出了笑容。

等着朕，等着朕为雉奴做完最后的事。

（本书完）